女性文学简明教程

刘艳萍 主编

延吉·延边大学出版社

图书在版编目（CIP）数据

女性文学简明教程 / 刘艳萍主编. -- 延吉：延边大学出版社, 2023.3
　　ISBN 978-7-230-04647-3

Ⅰ.①女… Ⅱ.①刘… Ⅲ.①妇女文学－高等学校－教材 Ⅳ.①I0

中国国家版本馆 CIP 数据核字(2023)第 053378 号

女性文学简明教程

主　　编：	刘艳萍		
责任编辑：	温兆海		
封面设计：	文合文化		
出版发行：	延边大学出版社		
地　　址：	吉林省延吉市公园路977号	邮　编：	133002
网　　址：	http://www.ydcbs.com	E-mail：	ydcbs@ydcbs.com
电　　话：	0433-2732435	传　真：	0433-2732434
印　　刷：	三河市嵩川印刷有限公司		
开　　本：	787毫米×1092毫米　1/16		
印　　张：	14.25		
字　　数：	220千字		
版　　次：	2023年3月第1版		
印　　次：	2023年6月第1次印刷		
书　　号：	ISBN 978-7-230-04647-3		

定　　价：76.00 元

序　言

　　我国高等院校"女性文学"课程大约始于20世纪80年代中期，是受西方女性主义文学批评理论影响的产物，其发展至今，未见公认且得到通用的统编教材。从一些高校相关课程教学情况来看，呈现出各取所需、"百花齐放"的授课态势，其主要表现在：讲授内容或侧重理论介绍，或偏重作品分析；作家作品编排也呈现出或侧重某一洲际女性文学，或某一国别女性文学，亦或是某一国别女性文学断代史的样貌；课程性质与教学时数也不尽统一，有的设为本科生公共选修课，32学时，有的设为研究生课程，32或48学时不等。延边大学最早开设"女性文学"课程是在2000年，由笔者在汉语言专业首先开设，课程性质为专业选修课，32学时。20余年来，笔者根据学生接受的实际情况对讲义不断进行内容上的调整，查缺补漏，反复修改，并且引入国内外最新学术研究动态信息，初步形成理论与实践相结合，具有前瞻性、系统性和代表性等特点的讲义。自设课以来，"女性文学"课受到学生的喜爱与欢迎，已经成为本专业本科、硕士毕业论文选题的重要来源之一。正因为如此，笔者产生将多年授课的讲义编写成教材的构想，以便为学生的学习提供可作依据和可资借鉴的教学用书或者参考书。

　　该教材秉承马克思主义思想理论，以女性主义文学批评理论为导引，在概括梳理有关女性文学基本知识的基础上，着重分析古今中外一些具有代表性的女性作家及其代表作品，目的是启发学生的智识和探知的兴趣，构建其女性意识及女性独特视角的养成，提高其运用女性意识分析和解读文学作品的能力。具体来说，该教材结构分为四章，包括女性文学产生的社会历史文化语境、女性主义批评论、女性文学本体论和女性文学作品论。其中，前两章为东西方女性历史的追溯和女性主义批评基本理论的梳理与阐述，作为解读女性作家作品的理论知识储备与铺垫；第三章介绍女性文学的性质和国内高校相关课程开设的情况，同时对女性文学的题材内容、叙事特色以及语言风格进行简要的阐释；第四章女性文学作品论包括古今中外著名女作家生平介绍和其代表作的分析与解读。这部分主要依据作家创作的时间顺序，并且充分考虑到古今、中外的均衡性，而选取东西方具有代表性的作家与作品进行阐述。其中，中国女性文学主要选取古代的李清照及其诗（《浯溪中兴颂诗和张文潜》）、现代的萧红及其《生死场》《呼兰河传》。外国女性文学主要选取了日本平安时期的紫式部及其《源氏物语》、朝鲜现代作家姜敬爱及其《人间问题》、英国经典女作家夏洛蒂·勃朗特及其《简·爱》和美国当代著名黑人女作家托尼·莫里森及其小说创作等。之所以如此选择，主要基于三点考虑：一是着眼东西方女性文学，尽量兼顾到女作家的国别性；二是作家的影响性，即她在本国或世界女性文学史上所具有的独特地位；三是选取的女性文学文本透露出比较强烈的女性意识，或者更适宜从女性主义文学批评的视角进行解读与分析。另外，从编写体例的一致性上看，除美国女作家托妮·莫里森的小说创作是从整体角度进行综合分析和解读外，每章节的编写体例基本为作家生平与创作、代表作分析以及思考与练习，这样便于学生课后理解与复习。

因编者水平有限，难免存在内容不尽完善之处，恳请读者谅解！

编者

2022 年 10 月 30 日

目 录

第一章　女性文学产生的社会历史文化语境 ……………………… 1
第一节　宗法制社会中女性的生存状态和处境 ……………… 2
第二节　女性性别角色缺席根源的深层探究 ……………… 18

第二章　女性主义批评论 …………………………………………… 28
第一节　女性主义 ……………………………………………… 28
第二节　西蒙娜·德·波伏娃与《第二性》 ………………… 38
第三节　西方女性主义批评理论 ……………………………… 49
第四节　女性主义批评理论在中国的传播与发展 …………… 62

第三章　女性文学本体论 …………………………………………… 65
第一节　女性文学的兴起与课程设置 ………………………… 66
第二节　女性文学的概念、研究范围与意义 ………………… 70
第三节　女性文学创作的题材与主题 ………………………… 74
第四节　女性文学创作的叙事与结构 ………………………… 82
第五节　女性文学创作的语言风格 …………………………… 88

第四章　女性文学作品论……94

第一节　李清照及其创作……96
第二节　萧红及其创作……110
第三节　紫式部及其创作……137
第四节　姜敬爱及其创作……145
第五节　夏洛蒂·勃朗特及其创作……179
第六节　托妮·莫里森及其创作……187

第一章　女性文学产生的社会历史文化语境

在母系氏族社会中，人们"只知有母，不知有父"，母亲掌管部落的一切。人类本由男女两性构建而成，但是当私有制出现后，社会历史就进入以男权为中心的阶级社会。自此以后，女性失去了话语权、交际权、受教育权、恋爱婚姻权以及参政权，从影响社会历史进步的"中心"退到"边缘"，从社会退到家庭，以一种缺席的身份退居到男性的背后，成为辉映男性金色光环的点缀品、边角料，"女性理想王国"便永远成为女性最美好的幻想。从这个意义上说，在整个人类历史走向文明进步的过程中，女性的发展呈现出"一种相对的退步"。因此，恩格斯这样说：

> 最初在历史上出现的阶级对立，是跟专一婚制下的夫妻间的对抗状态的发展相一致的，而最初的阶级压迫是跟男性对女性的奴役相一致的。专一婚制乃是一个巨大的历史的进步，但是同时它又跟奴隶制和私有财富一起开辟了一个一直继续到今日的时代，这时任何进步同时也就是意味着相对的退步，这时一些人的幸福和发展是用（以）另一部分人的苦痛和受压抑为代价而实现的。[①]

根据恩格斯的分析，专一婚制在表面上象征着人类文明社会时代的到来，可是对于女性而言，它却是苦痛和受压抑的开始，因为它使"女性的具有世

[①] 马克思、恩格斯：《马克思恩格斯文选》（两卷集·第二卷），外国文书籍出版局，1955，第223页。

界历史意义的失败"[①]成为不可避免。从世界范围看，无论是东方女性，还是西方女性，尽管历史进程的具体路径有别，但殊途同归，都走过了一条相同的、漫长的苦痛之路。

第一节　宗法制社会中女性的生存状态和处境

一、东方女性的生存状态及处境

在中国远古时代的母系氏族社会里，人们以采集为主业，那时的女性处于社会生活的中心地位，主要负责采集、分配和生育。人们只知其母不知其父，这是中国女性历史上最辉煌的时期。母亲不仅掌管、支配一切，而且受到了顶礼膜拜，直至殷商时代还存在着祭祀祖母或母亲的风俗。例如，夏商甲骨文卜辞记载："祭未贞其……卜子高妣丙""贞之于高妣丙。"这是一则祭祀祖母的卜卦。据说，商人的上帝神也是女性，对此郭沫若在《甲骨文字研究》中提出"花蒂说"，即由花蒂生果实，由果实孕育无数的花蒂来，如此绵延不绝。李小江在《华夏女性之谜》一书中引用我国人类学者萧兵教授的研究成果指出，萧兵的"女阴说"认为"帝"的古文字为倒立的三角形

[①] 郑必俊：《关于中国古代妇女立世精神的几点思考（代序）》，转引自北京大学中外妇女问题研究中心编《北京大学妇女问题第三届国际研讨会论文集》，北京大学出版社，1994，第3页。

▼、▽，而▼和▽象征着女性生殖器。①这些都表明，在国家形成前的母系氏族部落时代，女性的地位是至高无上的。

同样，在管理国家、参政方面，原始部落逐渐过渡为奴隶制国家的过程中，特别是殷商时代，属于统治阶层的贵族妇女还拥有相当高的权力。我们从郑慧生先生的考证②中可以看到，殷商时代的贵族妇女直接掌管祭祀、占卜、作巫和征伐等政治、军事和宗教活动。另外，1976年，通过对河南省安阳市殷墟妇好墓的发掘而出土的文物中可以看到，作为商王武丁的妻子，妇好生前地位显赫，并掌握着重大权力：主持祭祀，掌管军队，参与征战。③妇好死时，有16人殉葬，随葬品中有两件铜钺，是她拥有较高军权的象征。此外，商王武丁（据说他有三个妻子）的另一个妻子戊死后，她的儿子祖庚或祖甲用鼎（殷商时代青铜器中最重要的礼器）来祭祀她，谓之"司母戊鼎"。由此可见，那个时代，女子参政、掌握权力是受到部落成员的认可与尊崇的，并没有"女主之祸"之说。

在恋爱、婚姻方面，我们从西汉刘向编著的《列女传》中可以看到，春秋时期中原地区的男女交往相对比较自由，这一点从我国最早的诗歌总集《诗经·国风》中可以得到鲜明的印证。《诗经》以恋爱和婚姻为题材的作品占很大比重，其中有大量描写青年男女一起嬉戏、幽会的情景和场面的诗歌。例如，《邶风·静女》写情人幽会的场面：静女其姝，俟我于城隅。爱而不见，搔首踟蹰。/静女其娈，贻我彤管。彤管有炜，说怿女美。/自牧归荑，洵美且异。匪女之为美，美人之贻。④《郑风·溱洧》描写三月初春时节，郑国青

---

①萧兵：《中国原哲学中的母性崇拜——兼释〈老子〉》，转引自李小江主编《华夏女性之谜》，生活·读书·新知三联书店，1990，第402页。

②郑慧生：《卜辞中贵妇的社会地位考述》，《历史研究》1981年第6期。

③例如，妇好曾亲率三千人伐羌，"登妇好三千……乎伐羌。"羌是商西北方国家，经常袭扰边民。妇好此次征战获胜。此外，妇好还率兵伐土方、巴方、东夷等周边国家。杜芳琴：《中国社会性别的历史文化寻踪》，天津社会科学院出版社，1998，第87~88页。

④《诗经·邶风·静女》，载周振甫译注《诗经译注》，中华书局，2002，第60页。

年男女在溱、洧河畔手持香草，相伴游春，嬉戏谈爱的情景："溱与洧，方涣涣兮……。维士与女，伊其相谑，赠之以勺药。"[1]这些诗歌写作时间较早，男女恋爱还没有打上封建礼教的烙印，因而传达的是男女之间无拘无束、欢快畅乐的心情。那时，一夫一妻制已经形成，除君王、某些王公为一夫一妻多妾外，鲜有人一夫多妻。而王后与君王的地位相当，即使失宠，也要按礼制通过合法的手续废掉王后，君王才能另立新后。妃，即使是君王的宠妃，也得听命于王后，王后对其有生杀予夺之权。一般女子允许再嫁，贞操观念还没有完全形成。尽管如此，这时有迹象表明：女性的地位开始下降，出现了用女子赎罪、殉葬的做法。例如，《列女传》记载：霍光死了，他的夫人为他修坟，"幽闭良人奴婢"。可想而知，那些被殉葬的女性一般多是未婚配的青年女性，她们还没有品尝到爱情的快乐，便被剥夺了生命。上述情况表明：中国女性在政治、经济、社会、情爱等方面的边缘化和失落化主要是从西周时代开始的，并随着时代的演进而进一步深化。

从生理角度看，男子比女子显示出体魄上的雄厚优势，这在"日驰逐山林清旷之地"的游猎过程，打斗、砍伐等在消耗体力的征战和劳动中表现得尤为突出。而女子更适合居于家庭，洗衣、做饭、照顾孩子，这本是生物学上的自然分工，无可厚非。然而，这种现象却被封建统治阶级用来大作文章，极力地扬男抑女、褒男贬女，从而导致了女性卑贱的身份和地位。下面，我们结合史料简单考察女性在宗法制社会里被贬和沉落的过程。

（一）中国女性的生存状态及处境

西周时代，礼乐俱兴，社会盛行"阴阳说"和"乾坤说"。"阴阳乾坤说"是中国古代先哲观察解释宇宙自然中人事和世事的一种认知图示。《国语·周语》最早提到"阴阳"一词，据载，西周宣王大夫伯阳父论地震，认为自然界由阴阳两气组成，阳气在上，阴气在下。而地震、山崩、洪水等都是

---

[1]《诗经·郑风·溱洧》，载周振甫译注《诗经译注》，中华书局，2002，第131~132页。

因为阴阳两气失调，阳气被阴气所镇迫而成。并且，他把自然界这种异常现象与国运兴衰联系起来，正所谓"一阴一阳之谓道"。"乾""坤"的说法，源于古代占卜用的易书，易经以两种基本符号"—"和"--"，交相叠加，排列组合为八种基本卦法，把乾坤两卦置于八卦之首。八卦分别代表"天、地、雷、风、水、火、山、泽"八种自然界物象。"乾"代表天；"坤"代表地。根据古代哲学"合二而一"的整体思维观，阴阳乾坤作为有机的整体，应有主从、贵贱、强弱之分，否则无法统一。于是《周易·系辞》指出："天尊地卑，乾坤定矣。""乾，阳物也；坤，阴物也。阴阳合德，而刚柔有体。""乾道成男，坤道成女。"并且由此进一步引申为："凡居高者、凸出者、光亮者、坚挺刚直……之物皆为阳；阴亦成了处卑者、凹陷者、晦暗者、脆弱、柔曲……之物事，引申到人事方面，据'天人合一'原则，男子刚强而有力量是为阳，女子柔弱是为阴。"

当人类进入父权制社会，封建统治者为了维护自己的地位和统治，便篡改利用原始朴素的阴阳乾坤思想，使其变成欺骗和压迫弱势群体的一种依据。至此，男强女弱、男贵女贱、男主外女主内的观念逐渐形成。《春秋繁露·基义》记载："君为阳，臣为阴；父为阳，子为阴；夫为阳，妻为阴。"《周易·家人》指出："女正位乎内，男正位乎外。"《诗经·小雅·斯干》提到"弄璋之喜"和"弄瓦之喜"，意思是说：生下的男孩用玉帛包裹，要睡在床上，并给他白玉璋玩；而生了女孩，则用麻布包裹，让她睡在床下，给她拿纺锤玩。由此可见，人从出生之日起就被安排了不同的命运：男子出外征战，掌管财产继承权，而女子只能在家养育孩子、做女红。到了汉代，汉武帝接受董仲舒"罢黜百家，独尊儒术"的主张，建立了有着上下贵贱鲜明倾向的"君与臣、父与子、夫与妻"的伦理统治秩序。这样，宗法制国家为了维护并巩固封建统治秩序而制定了一整套的封建礼仪制度，它不仅束缚着男性，而且把矛头直接指向妇女，利用种种说教来欺骗、愚弄妇女，压制其思想和聪明才智的发挥。例如，封建礼教的核心内容之一就是"三纲五常""三从四德"。所谓"三纲"，古代典籍《白虎通义·三纲六纪》指出："三纲者，何谓也？

谓君臣、父子、夫妇也。……故《含文嘉》曰：'君为臣纲，父为子纲，夫为妻纲。'"这个意思是说，臣子要绝对服从君主，儿子要绝对服从父亲，妻子要绝对服从丈夫。所谓"五常"，又称"五伦"，指仁、义、礼、智、信。它涵盖了君臣、父子、兄弟、夫妇、朋友等人际关系，是维系和巩固家庭与社会组织的最基本的伦理要素。那么，什么是"三从"呢？《礼仪·丧服·子夏传》提出："妇人有三从之义，无专用之道。故未嫁从父，既嫁从夫，夫死从子。故父者，子之天也，夫者，妻之天也。"这就从根本上规定了女性从属于男性的身份、地位，限制了女性的自主权，要求女性心甘情愿地听命于男性，对男性百依百顺、绝对服从。"四德"则进一步对女性的言行举止和道德操守作出了死板的规定。《周礼·天官》说："九嫔掌妇学之法，以教九御，妇德、妇言、妇容、妇功，各帅其属，而以时御叙于王所。"到了东汉，班昭（约49—约120）则专门撰写了一部女性指南《女诫》，从"法律"角度界定了封建社会女性言行的规范标准，她由此被称为封建女教的"女圣人"。在《女诫》中，她提出："女有四行：一曰妇德，二曰妇言，三曰妇容，四曰妇功。"所谓"妇德"，是指"清闲贞静，守节整齐，行己有耻，动静有法""不必才明绝异也"。所谓"妇言"，是指"择辞而说，不道恶语，时然后言，不厌于人""不必辩口利辞也"。所谓"妇容"是指"盥浣尘秽，服饰鲜洁，沐浴以时，身不垢辱""不必颜色美丽也"。所谓"妇功"则是指"专心纺绩，不好戏笑，洁齐酒食，以奉宾客""不必工巧过人也"。明朝吕坤根据以往女子训诫书冗长、繁杂、枯燥无味、可读性差等特点，精选《列女传》人物，写了《闺范》一书，而且命令画工为这本书画像，"意态情形，宛然逼真。女见像而问其事，因事而解其辞"，于是吸引了许多女子的注意力。清代蓝鼎元的《女学》为6卷本，可谓集两千多年封建礼教大成之作。在书中，他系统地提出妇女"四德"之要，作为妇女生活和行动的指南。可见，"三纲五常""三从四德"的说教，是以牺牲女性的社会地位和人格独立为前提条件的。它要求女性的一言一行都必须恪守封建伦理道德规范，不得逾越，不得违拗。不仅如此，它还毒害了一大批女性，使她们丧失了摆脱封建枷锁的愿望,"自觉"地认同并维护这种制度,心甘情愿地把自己的价值定位于家族角色文化之中,成为奴化的自然,如唐太宗的长孙皇后就是一个被封建统治者奉为楷模的标准女性,她贤惠、孝亲、知书、识礼、节俭、勤劳。然而,更多的女性却被推向了社会和两性的边缘地带,失去了自由和聪明才智创造性发挥的机会。

(二)日本女性的生存状态及处境

日本女性在宗法制社会的生存状态又是怎样的呢?众所周知,日本是以种稻为主的农业国家,在平安时期(794—1192)及更早的时候,女性在农业生产和社会生活中占据重要的地位。当时的人们把母性的生育能力当作一种自然力的表现加以敬畏,期待女人多生子。从大量出土的土偶(土制的偶像,公元前3世纪绳文时代以前盛行巫术)看,几乎都为女性形象,而且是夸张的乳房、怀孕的腹部等,因为这些形象象征着繁盛的生殖能力与丰盈的生活。另外,日本神道传说中的最高神是太阳神——天照大神,也是女性。这从侧面反映出日本原始的女性观。从远古时代开始,日本在婚姻制度上实行招婿婚,但是到了平安时期,贵族妇女可以继承父母的遗产,而广大的平民女子却没有这种权利,她们只能通过劳动、打工糊口。这一时期的女性文学非常发达,出现了紫式部、清少纳言、和泉式部等女作家,她们的创作影响了当时的男性作家。但是,佛教自538年由中国传到日本后,女性开始受到排挤,各佛教寺院都把女性视为男性修行的妨害物而将其驱赶。在幕府统治时期,女性的地位开始跌落。从镰仓时代以来,女性被剥夺了继承父母财产的权利,婚姻形态也从招婿婚变为嫁娶婚,女性被认为是夫家的人。到了江户时代,儒家思想成为统治阶级的思想工具,女性遭到蔑视,开始受压迫。

(三)印度女性的生存状态及处境

再看印度女性,据印度学者研究,在公元前2500—公元前1500年,印度妇女与男人拥有同等的政治、社会、经济和宗教权利,但此后,女性就由神降为女巫,被剥夺了个性自由。在印度古代社会里,不仅教派繁杂,而且实行森严的种姓制度。所有的人按等级依次分为婆罗门、刹帝利、吠舍、首陀罗和达利特,而妇女的地位十分低下,相当于低等的首陀罗,毫无自由自主权。婆罗门教规定,女人要无条件地服从男人或丈夫,不得单独从事活动,于是女人负担起全部家务,成为男人的附庸。统治阶级和愚昧的宗教为妇女制定了一种令人发指的野蛮制度——"萨蒂制",即女人与丈夫的尸体一同焚化,而且这种女人殉葬制度一直持续到近现代。这种厌女倾向起源于女人败坏道德说,如婆罗门教的法典就清楚地写道:女人不但能使愚昧的人堕落,误入歧途,也能使博学的人成为贪欲和嗔恨的奴隶。

(四)东方宗法制社会中女性丧失的权利和性别边缘化的主要表现

通过对中国、日本和印度有代表性的国度中女性的生存状态和处境的勾勒,可以概括出东方宗法制社会中女性权利的丧失和性别边缘化的主要表现。

1.在东方宗法制社会中女性丧失的权利

(1) 话语权和交际权

儒家文化的创始人孔子曾慨叹:"唯女子与小人为难养也,近之则不逊,远之则怨。"(《论语·阳货》)。我们暂且不论他说这话时的背景,只从此言本身来说,他把女性与小人相提并论的主要依据是:女人口无遮拦,易生口舌。"口舌"成为男权社会挤压妇女,剥夺女性话语权的一个"罪证",并纳入丈夫休妻的"七出"(无子;淫佚;不事舅姑;口舌;盗窃;妒忌;恶疾)条令中。"含羞不语"被当作女性美的标准,而言语锐利,嘴不饶人被当作"泼妇"。不仅如此,在封建社会里,女子应大门不出,二门不进,规规矩矩地待在家里。特别是寡妇,白天不能随便串门子,晚上一定要早早熄灯入睡,更不能与陌生男子随便搭话,否则"寡妇门前是非多",会被街坊说三道四。所以,在宗法制社会里,女子是没有话语权和交际权的。

（2）受教育权

儒家思想对男子倡导读圣贤书、"学而优则仕"的积极进取态度，对女子则采用另外的标准，提出"女子无才便是德"，剥夺女子与男子本来平等的受教育权。百姓之女是没有机会也没有财力接受教育的，只有出身于阀阅之家的女性才有机会读书识字，而她们学习的内容往往被限定在约束她们恪守封建礼教的繁文缛礼上。例如，北宋司马光在《书仪》《家范》等书中规定女子受教育的内容是："女子亦为之讲解《论语》《孝经》及《列女传》《女诫》之类。""今人或教女子以作歌诗，执俗乐，殊非所宜也。"到了明清时期，女子受教育的内容就更局限在针织女红之类上。可见，儒家文化传统需要的不是"才明绝异""工巧过人"，自立于社会的才女，而是以家庭为全部生活中心，相夫教子，"婉娩听从"的柔弱女性和贤妻良母。在这种情况下，少数有知有识、忧国忧民的女性不能在社会中和教育传授中施展自己的才智，于是只能把希望和理想寄托在对丈夫的支持和对儿子的培养上，以此来间接实现自己的人生价值。因此，与男子相比，她们的诗词较少以功利为目的，多是抒发情感受挫，发泄心中积怨的愤懑之作。

（3）恋爱婚姻权

在封建宗法制社会里，青年男女都被剥夺了恋爱婚姻权，婚姻大事要遵守父母之命，媒妁之言。《孟子·滕文公下》说："不待父母之命，媒妁之言，钻穴隙相窥，逾墙相从，则父母国人皆贱之。"对于男子来说，因为不是自由恋爱，不喜欢父母为之选定的妻子，还可以再纳妾，或到外面寻花问柳。而对于女子来说则苦不堪言，她们不仅不能轻易而主动地向心仪的男子表达自己的爱慕之情（在"存天理，灭人欲"的社会里，这样的女子常被认为是不守闺阁礼仪的轻浮之人，或者是淫妇。描写男女恋情的书籍，如《牡丹亭》《西厢记》等也常被当作淫书），而且婚后还受到"忠臣不事二主，好女不嫁二夫""妇人不二斩者，犹曰不二天也""从一而终"的家庭观和"饿死事极小，失节事极大"的贞节观的制约，即使与丈夫感情不和，或丈夫残废，或丈夫死去，女子也不得背叛。甚至有的女子还来不及与丈夫完婚，丈夫就死去了，这样的女子只能守望门寡。并且，为了弘扬这种贞节观并行之于法，历代统治者都设立了贞节牌坊以表彰并奖励那些贞节烈妇。例如，明太祖朱元璋就曾颁布诏令说："民间寡妇三十以前夫死守制，五十以后不改节者，旌表门闾，免除本家差役。"那么，女性的感受又如何呢？她们没有欢乐，只有痛苦。尽管博取了"贤妇""烈女""贞节"的名声，可是每夜却孤灯长伴，夜不成寐，情感被压抑，个性被泯灭，身心受到极大损害。明代冯梦龙在《情史类略》中讲述了这样一件事：

> 昔有妇以贞节被旌，寿八十余。临殁，召其子媳至前嘱曰："吾今日知免矣。倘家门不幸，有少而寡者，必速嫁，毋守。节妇非容易事也。"因出左手示之：掌心有大疤，乃少时中夜心动，以手拍案自忍，误触烛缸，贯其掌，家人从未知之。[①]

相比之下，社会上层的女性如公主、王公贵戚之女等在恋爱婚姻方面更不自由，礼教更多。她们已不再是独立存在的个体，而是统治阶级手中的一件"物"，作为其达到某种政治和经济目的一个活道具，被用来充当封建社会缔结政治姻亲的桥梁和纽带，从而成为政治牺牲品。

（4）参政权

如前所述，殷商时代的贵族妇女还拥有相当高的政治与军事权力，可以掌管国事，带兵打仗。而随着父权制社会的确立和封建中央集权制国家的形成，"男主外，女主内"的传统观念深入人心，妇女也就由社会走回家庭，从中心走向边缘。"妇人不预外事"，就成为封建统治阶级和士大夫们的一个中心信条。所谓"外事"，指国家和社会事务，也包括涉及外界的家庭产

[①] 冯梦龙：《情史类略》，转引自赵世瑜《明清时期家庭中的两性关系浅说》，载北京大学中外妇女问题研究中心编《北京大学妇女问题第三届国际研讨会论文集》，北京大学出版社，1994，第127页。

业的管理和经营。因此，汉代吕后（汉高祖皇后）称制、唐代武后（武则天）称帝和韦后临朝，直到清朝慈禧太后垂帘听政，历代皇后或皇太后执掌政权，以及后妃、公主参政、干预国事都被认为是国家衰亡的征兆，而不管她们是否有才华，是否对国家有所贡献。由此，这些女性在历史上就被称为"女祸"，成为亡国的起因和负面形象，而受到封建统治者和某些士大夫们的口诛笔伐和严令禁止。"女祸论"滥觞于西周，周武王是最早的倡导者，他认为：商纣王"唯妇言是用"，而"牝鸡司晨，惟家之索"（《尚书·牧誓》），必亡国也。此后，周幽王失国也是因为"乱匪降自天，生自妇人"（《诗经·大雅·瞻仰》）。三国时期魏文帝鉴于汉代多位母后临朝最终导致王莽篡汉之故，在 222 年昭示天下："夫妇人与政，乱之本也。自今以后，群臣不得奏事太后，后族之家不得当辅政之任。"明太祖在洪武元年（1368 年）也曾下谕旨道："后妃虽母仪天下，然不可俾预政事。"[①]而皇帝们骄奢淫逸、不理国政也被认为是受女人迷惑才如此的，这不能不让人深思。

2.东方宗法制社会中女性性别边缘化的主要表现

中国封建统治秩序的建立和社会的发展是以牺牲女性的人格并使其玩偶化为代价的。男尊女卑的性别定位思想至今还存在，厌女倾向的极端表现就是溺死女婴、童养媳制度、拐卖女童和妇女、逼良为娼、蓄姬狎妓等。在此，女性是没有任何人格可言的，被当作一件商品（物）和玩偶被倒卖、玩弄和抛弃，缠足风习就是女性被压迫、被玩偶化的极端表现。中国的缠足习俗始于宋代，盛行于明清时期，至清代达到顶峰。清代常被称为"小脚狂的时代"，三寸金莲受到男性的顶礼膜拜，成为评价女性美的标准之一，如明末清初的李笠翁就把缠足列入其九项美人的标准中。中国的许多男性都具有不同程度的爱莲癖，由此也产生不少所谓的金莲鉴赏家或莲学家，如方绚就写了《香莲品藻》，把女人的小脚分为十八种，列成九品，因此这部书被人誉为小脚

[①]《明史》卷 113《后妃代序》，转引自北京大学中外妇女问题研究中心编《北京大学妇女问题第三届国际研讨会论文集》，北京大学出版社，1994，第 55 页。

文化的圣经。[1]甚至清末民初学贯中西的大文人辜鸿铭也著文表达自己之所以爱莲的心理感受：

> 中国女子的美，完全在乎缠足这一点。缠足之后，足和腿的血脉都向上蓄积，大腿和臀部自然会发达起来，显出袅娜和飘逸的风致。[2]

可见，这是一种畸形的审美心态，男性只顾自己的主观审美享受，满足畸形感官的刺激，却不问女性自身的痛苦。笔者认为，缠足对女性来说是一种极刑，它不仅摧残了女性的身心健康，还扼杀了其个性的独立发展。因为是小脚，所以女性走路非常慢，特别是老年女性，常常因走路而感到钻心的疼痛。

综上所述，在中国、日本和印度等东方各国封建宗法制社会里，女性是作为两性间的缺席者而存在的，被剥夺了话语权、交际权、受教育权、恋爱婚姻权和参政权，沦为男权社会的一个"边角料""玩偶"和"弃物"。让人感到沉痛可悲的是，身处不合理的角色倾斜社会中的祖母和母亲们也身不由己，"主动"担负起维护封建伦理秩序的责任，这就使古代东方女性所受到的压迫尤为深重。

二、西方女性的生存状态及处境

若想考察西方女性在古代社会的生存状态和处境，我们就应该追溯到古

---

[1] 刘汉东：《缠足：畸形审美文化心理剖析》，转引自李小江主编《华夏女性之谜》，生活·读书·新知三联书店，1990，第143~146页。

[2] 周作人：《谈虎集·解脚商兑》，转引自赵世瑜《明清时期家庭中的两性关系浅说》，载北京大学中外妇女问题研究中心编《北京大学妇女问题第三届国际研讨会论文集》，北京大学出版社，1994，第127页。

希腊罗马文化和以希伯来文化的经典《圣经》为基础发展而来的基督教文化。因为两希文化是西方文化的两大发源地，西方文化的思维方式、哲学命题和伦理道德乃至文学艺术等均可以在这两大文化中找到深刻的体现。

（一）从古希腊罗马文化看西方女性的生存状态及处境

德国著名哲学家黑格尔曾说过：一提到希腊这个名字，在有教养的欧洲人心中，尤其是在我们德国人心中，自然会引起一种家园之感。[1]古希腊是位于欧洲南部、地中海东北部的一个广阔地区，包括希腊半岛、爱琴海诸岛屿、克里特岛及小亚细亚西部沿海一带，由各族部落组成。在人类蛮荒时代，也曾存在着如中国母系氏族社会中以女性为中心的社会形态，但只是短暂的，之后便让位给父权制了。

但是，我们还可以从古希腊神话中找到母权制反抗父权制斗争的痕迹，如在宙斯建立男权王国之前，女神——母亲在家庭和社会演变中发挥了重大的作用，克罗诺斯推翻父亲乌拉诺斯和宙斯推翻父亲克罗诺斯的两次"政变"都是由女神（盖亚、瑞亚）发动的，并且决定战争胜负的也是女神。从家庭关系上看，男神父亲自私，与子女没有任何道德感情上的联系，关心子女安全的乃是女神母亲，因此由女神领导的几次斗争可以看作是母权制反对父权制的斗争。直至宙斯在奥林匹斯山上建立起庞大的统治王国，女神还拥有较大的权力，其表现在：女神数量众多，与男神几近相当；女神司掌教育、文艺、宗教等社会文化方面的职责，显得聪明、公正、达情。例如，智慧女神雅典娜、文艺女神缪斯、爱神阿佛洛狄忒、正义女神忒弥斯等。女神常常违背宙斯的命令，而根据自己的好恶干预人间的战争，对此宙斯有时也无可奈何。并且，古希腊时代的祭祀者、预言家（女巫）常常由女性来担任。

公元前8世纪左右，经过部落之间不断的征战、兼并，最终以雅典为中心形成了一个奴隶主民主制城邦国家联盟（相当于区域社会的性质）。这一

---

[1] 黑格尔：《哲学史讲演录》第1卷，贺麟、王太庆译，商务印书馆，1983，第157页。

时期，社会比较安定，崇尚言论自由，民主气氛浓厚，寻常百姓可以在公开场合讽刺批评执政者的过失。虽然女奴占有一定的比重，但是女性自由民和贵族妇女相对比较自由，可以接受教育，参与政治和宗教活动等。例如，古希腊哲学家毕达哥拉斯曾在克罗托内专门召集过一次妇女集会，亲自对妇女们进行讲演，并且他还收了许多女徒弟，其中蔡安诺就是当时一位著名的女性。伯里克利的妻子阿斯帕西娅气质大度，以才智和好客闻名雅典。尽管如此，统治者对女性也开始有了一些限制，如关于女子应不应该受教育的问题就曾引起一些智者贤能之士的争论。有人不赞成女子受教育，而苏格拉底却回答说，男女之间没什么区别，只是一个强点，一个弱点。女子应跟男子一样接受文学教育，接受体操和军事训练。但是，这时从古希腊奴隶制社会整体情况看，女性的地位已完全下降。女子参加社会活动的范围受到了限制，如不能参加公民会议等。女子的职责是做一名忠实于丈夫，并能够管理好丈夫财产的女总管、看家婆，类似于女奴的总管。古希腊时代符合社会伦理道德要求的女子标准是忠贞、爱子、会管家，女子若做不到这些，就不能算作好女人。如同柏拉图在其《曼诺篇》中借一个人物之口说的：

> 男子的德性即在于他有能力治理城邦的事务，管理它们，使朋友得益，使敌人受害。而他自己却能注意免受其害。如果你想知道一个女人的德性，那说起来也并不难：她的职责是必须把家务料理得井井有条，看管好家中的财物，听从丈夫。[①]

如果说神话时代，女性还拥有较高的尊严和较大的自由，那么英雄时代以后，女性就被束缚在家里失去了任何自由。男性要求女子保持贞操，否则就意味着丧失了尊严和荣誉。

---

①柏拉图：《曼诺篇》，转引自苗力田主编《古希腊哲学》，中国人民大学出版社，1989，第240页。

斯巴达王后、古希腊美女海伦放纵情欲,爱上特洛伊王子帕里斯,公然背叛丈夫墨涅拉俄斯,背叛希腊社会道德,与帕里斯私奔,同时劫走大批财物,这是古希腊各部落王国的首长们所不能容忍的。他们感到自己的尊严受到了侵犯,财富受到了损失,因此他们联合起来组成了十万大军,浩浩荡荡地进攻特洛伊城。所以说,古希腊联军大举进犯特洛伊城的最终目的并不是夺回海伦,而是为了整个希腊的荣誉和尊严,并夺得更多的战利品,包括财宝和女人。海伦在他们眼里不过是一根导火索,是被他们强烈谴责的对象。因此,才有了古希腊智者派奠基人高尔吉亚(约公元前483—公元前375年)对海伦的辩护。他在短文《海伦赞》中,通过对海伦爱情波折的辩护,提出了爱作为人的自然情欲的不可避免性和道德责任的问题。他认为,海伦的失贞是受情欲的驱使,是自然的情欲,这是神的意志,不可违。海伦不应负道德责任,不应当受到谴责。另外,海伦最后的命运和结局怎样,史诗的作者并不关心,所以最后也没有向读者交代。可见,海伦的"过失"使整个古希腊女性的社会地位急剧下降,女性的忠实受到了男性的普遍怀疑。

正如史诗中所描述的:一次,奥德修斯遇到了希腊联军统帅迈锡尼国王阿伽门农的鬼魂。阿伽门农因为在率军攻打特洛伊城之前,海上一直狂风大作,无法启航,于是就把自己的小女儿投海祭祀海神。为此遭到妻子克吕泰涅斯特拉的憎恨,等他远征归来后,克吕泰涅斯特拉就伙同情人杀死了他。阿伽门农告诉奥德修斯:"从今以后你也不要对女人太好了,不要知道什么就都告诉女人,应该只说一部分,同时也隐瞒一部分。"并且说:"你要好好记住,你乘船还乡的时候,要秘密登岸,不可公开,因为女人总是不可信赖的。"所以,奥德修斯虽然进了家门,却仍然把自己打扮成一个乞丐,以便探听家里虚实,考验妻子是否忠贞,是否管理好家产(据说,奥德修斯在古希腊联军统帅中是最富有的)。通过查阅古希腊的文学史可以了解到,女性形象被普遍歪曲,像奥德修斯的妻子珀涅罗珀那样的妻子实属少见,大部分都是像海伦、克吕泰涅斯特拉、美狄亚等放荡、凶狠、刻毒的女人。不仅如此,女性在家中也是最没有地位的,奥德修斯的儿子忒勒玛科斯可以轻易地打断母亲的讲话，命令她缄默。对此，古希腊著名哲学家亚里士多德在其《政治学》中，从雅典奴隶主阶级的立场出发指出，主奴关系不仅出于自然，而且有益、公正。他认为：

> 人和禽兽的关系也是如此。家畜在本性上要比野生动物驯良得多。对这些家畜来说，被人所管理则更好。因为这样它们就得到了保护。我们再来考察男女关系，男子自然比妇女强壮，而妇女自然柔弱，所以，男人领导，女人被领导。这个原因也同样必然地适用于整个人类。人们之间的差别，恰如灵魂和躯体的差别，人和动物之间的差别。①

在此，他把女人比喻成家畜，主张男人统治并领导女人，女人应服从男人的统治，这是鲜明的奴隶主统治思想。在这种情况下，女人在家庭中的低微地位也就一目了然了。

（二）从基督教文化看西方女性的生存状态及处境

从西方文化传统的另一个源泉基督教文化来看，女性的地位和尊严已沦落。《圣经》由古希伯来犹太民族的经典《旧约》加上《新约》组成，其内容具有非常明显的父权制社会思想观念的烙印，显然这是一部以男性的视角而写成的书籍，是宗法制社会的产物。

根据《圣经·创世纪》记载："神就照着自己的形象造人，乃是照着他的形象造男造女。"因此，夏娃是上帝用亚当的一条肋骨造成的，是作为亚当的配偶而造的，帮他摆脱其孤单寂寞的处境，是属于从属地位的。于是，夏娃作为女人的化身就成为男人"骨中的骨，肉中的肉"。又由于夏娃意志不坚，轻易接受蛇的诱惑，偷吃了智慧果，因此遭到上帝严厉的惩罚：

---

① 苗力田主编《古希腊哲学》，中国人民大学出版社，1989，第587~588页。

第一章 女性文学产生的社会历史文化语境

> 我必多多加增你怀胎的苦楚,你生产儿女必多受苦楚。你必恋慕你丈夫,你丈夫必管辖你。①

由此可以看出,圣经仅仅根据女人意志不坚、易受诱惑,就把丈夫(男性的代表)对女性的统治合法化了,认为女人必须顺从男人,妻子必须服从丈夫是天经地义的。可见,在圣经产生的年代,女性已不再是独立的个体存在,其在家庭中是没有权利和自由的。之后,在整个被基督教文化笼罩的中世纪时代,教会为了达到禁欲的目的,拼命地压制各种"异端邪说",把夏娃的后代——女性说成是人间罪恶的教唆者,神学家们在各种文章和书籍中极力诋毁、谩骂妇女。例如,教士罗歇·德·冈为宣扬独身节欲而在《藐视世界之歌》中写道:"妇女是世间万恶之源,基督教的责任是躲避妇女。"哲学思想家圣·托马斯则认为妇女是天然机能不健全的人,并且说:"男人生来就是为了从事最高贵的事业,智力的事业,而女人生来就是为了传宗接代。"②

中世纪神学家托马斯·阿奎那认为在教育子女方面,男人比女人更理智,更有力量。这样,女性自被剥夺了话语权后就永远退到男性的后面,成为第二性。尽管中世纪仍存在着骑士对贵妇人"浪漫而典雅"的爱情,骑士绝对服从女主,为她服务献身,并形成延续至今的西方世界对女性的"尊重"传统,可是这是男性统治者为掩盖自己情欲的一块遮羞布,否则为什么女性解放、女权运动最先从西方开始,而且是以激烈的形式进行。

拿英国来说,自从莎士比亚借哈姆雷特之口无意中说出"脆弱啊,你的名字是女人!"开始,女性似乎就变成软弱、无能、目光短浅的下等动物。即使英国资本主义工业生产的飞速发展也未能改变女性的命运,女性群体仍处于无权地位:在家庭中,女性成长的唯一目的就是嫁人,但她们却不能自主自己的婚姻;在社会上,女性与男性同工却不同酬。例如,当时在英国各

---

① 《创世纪》,《圣经新世界译本》中文版,2007,第12页。
② 孙晓梅主编《国际妇女运动概况》,北方妇女儿童出版社,1990,第2页。

大企业中，女性虽然占劳动力的 1/3，而工资却只有男性工资的一半或 3/4；70%~90%的女工从事的是纺织、草编、服装、烟草等劳动条件恶劣、社会保险福利极差的工种；女性普遍受教育难，女大学生的数量只有不到 26%；等等。可见，那时社会和人们的女性观就是：女性的职责就是养育孩子，从事繁重的家务劳动，而不能从事写作等高雅而体面的工作，即"要做一个真正的女性，一个妇女就必须履行自然赋予她的义务和职责"，"妇女的美德就是牺牲、忘我、道德纯洁和奉献精神，而这一切则在妻子和母亲的天职中得到最完美的体现"。①

综上所述，无论是东方女性，还是西方女性，殊途同归，她们都走过了一条屈辱的受到性别不公平对待的历史命运。那么，女性在两性间的性别失落是怎样形成的？对此，马克思主义的经典理论家恩格斯为我们作了详细而令人信服的揭示。

第二节 女性性别角色缺席根源的深层探究

俗话说，不考其源流，莫能通古今之变；不别其得失，无以获从入之途。要想分析女性在两性间性别角色缺席的根源，需要仔细研究人类社会的历史演变过程，但又不能完全依赖某些男性历史学家的现成底本，因为那里书写的并不是女性真正的历史，而是以男性的视角和话语模式表达对女性的同情或歪曲。可见，这的确是一项艰巨而复杂的工程。迄今为止，还没有一种理

---

①雪莉·福斯特：《维多利亚时代妇女小说：婚姻自由与个人》，转引自刘晓文《建立女性的"神话"——论维多利亚时代的女性文学》，《外国文学评论》1989 年第 8 期。

论能够正确揭示女性在男女两性间性别角色缺席的真正根源,但这并不是说就无法破解。马克思主义者、克洛德·列维-斯特劳斯等结构人类学家,以及西蒙娜·德·波伏娃、盖尔·鲁宾等女性主义学者等都从各自学科角度出发,为我们作了有益的探索,并得出了比较令人信服的结论。

一、恩格斯对男女两性性差根源的揭示

恩格斯在《家庭、私有制和国家的起源》一书中,充分肯定了人类学家和法学家巴霍芬和路易斯·亨利·摩尔根等人的研究成果,指出家庭史的最早研究者巴霍芬的《母权论》尽管带有神秘主义特征,却具有"开拓了新道路的研究者的功绩"的意义。从巴霍芬的著作中,我们知道在"专一婚制"以前,欧亚大陆普遍存在着共婚制,即一个氏族中的男子可以共有另一个氏族的多个女子为妻;反之这个氏族的一个女子可以共有那个氏族的多个男子为夫。这种风俗消逝后留下一种痕迹,即女子为了获得自己对专一婚制的权利,必须在一定时期内委身于别的男子。因此,血统最初只能依照母系来计算;母系的这种特殊意义在后来父权身份已经确定或至少已被承认的专一婚制时代仍然保存了很久。母亲作为子女唯一确实可靠的亲长所占有的这种原始地位,便给她们乃至于所有女性保证了一种自此以后再也没有占据过的崇高的社会地位。从这个意义上说,巴霍芬的研究(1861)"乃是一个完全的革命"。

根据摩尔根的划分,史前文化阶段包括蒙昧期、野蛮期和文明期3个时期,每个时期又分初级、中级、高级3个阶段。而家庭也经历了血缘家庭、"普那路亚"(亲密的伴侣)家庭、对偶家庭、一夫一妻制家庭。在蒙昧期和野蛮期的一切部落中实行共产制家庭经济:

女性不仅享有自由,而且居于很受尊敬的地位。……通常是女性在

家中支配一切；……女性在氏族里面，并且一般在任何地方，都是很大的势力。有时，她们可径直撤换酋长，把他变为普通武士。在共产制家庭经济中，全体或大多数女性是属于同一氏族，而男性则分属于各种不同的氏族——这种共产制家庭经济乃是原始时代到处通行的女性统治的真实基础，……[1]

但是，这个时期的女性不同于文明时代的贵妇人，她们要承担整个家庭繁重的工作。

> ……随着原始共产制的解体和人口密度的增加，自古遗传下来的两性间的关系愈加失去它们的素朴的原始的性质，则它们愈使女性感到屈辱和难堪；从而妇女要求取得权利保守贞操即暂时或长久只跟一个男子结婚，以作为自身的解放，也就愈益迫切。这个进步是不能发生于男性方面的，这除其他原因外，还由于男性一般就从来没有想到，甚至直到近日也没有想到要放弃事实上的群婚的便利。只有由妇女实现了向对偶婚的过渡以后，男性才能实行严格的一夫一妻制——自然，这只是对妇女而言。[2]

因此，女性为了取得贞操权利而进行的赎罪，不过是一种赎身的方式。女性用这种赎身方法把自己从共产制度下赎出来，从而获得只委身于一个男性的权利。在以后的发展中，随着家庭财富越来越多，丈夫在家庭中的地位也逐渐提高。而依母权制所规定的财产继承法：母亲的财产可以由母系氏族内部成员继承，而丈夫的子女却不能继承自己父亲的财产，其财产必须留给他所在的氏族。在这种情况下，母权制显得陈旧、混淆，必须废止，而改由

---

[1] 马克思、恩格斯：《马克思恩格斯文选》，第 207~208 页。
[2] 同上书，第 211 页。

子女从父姓，以便继承自己父亲的财产。但是这个过程是怎么发生的，何时发生的，我们却无从了解。

　　从古希腊神话和埃斯库罗斯的悲剧《奥瑞斯提亚》（古希腊悲剧中仅存的三部曲）中读到，父权制取代母权制的过程充满了血腥。阿伽门农因为杀女，被妻子克吕泰涅斯特拉伙同情人埃癸斯托斯杀死。阿伽门农的儿子奥瑞斯提亚为报杀父之仇，又杀死母亲克吕泰涅斯特拉及其情人埃癸斯托斯。根据母权制社会的观念，他犯下大逆不道之罪，于是受到复仇女神们的追杀。他逃到阿波罗神庙净罪，阿波罗给他行了净罪礼，命他逃往雅典。他在战神山法庭受到审判，定罪票和赦罪票相等，庭长雅典娜在关键时刻投了赦罪票，并力劝复仇女神们和阿波罗神言归于好。这样，奥瑞斯提亚得以赦免。这个悲剧表现的是父权制战胜母权制的过程，充满了血腥味。可是恩格斯指出，废止母权制的过程"并不像我们今日所设想的那样困难。……只要有一个简单的决定，说今后本氏族的男性成员的子女应留在本氏族之内，而妇女的子女应离开本氏族，转到他们父亲的氏族里去，那就行了。这样就废止了按照女系确定血统和依母权制继承的制度，而确立了按男系确定血统和父系的继承权"。[①]马克思也说："当直接的利益赋予足够的动机时，借更改名称以改变事物，寻找一个缝隙以便在传统的范围以内打破传统，乃是人类天赋的诡辩法！"[②]所以，"这一转变一般似乎是非常自然的。"[③]

　　　　母权制的颠覆，乃是女性所遭受的具有全世界历史意义的失败。丈夫在家中已掌握了管理权，而妇女则失掉了自己的荣誉地位，降为奴仆，变成男子泄欲的奴婢，变成生孩子的简单工具了。妇女的这种被贬低的地位，在英雄时代尤其是古典时代的希腊人中间表现得特别

[①] 马克思、恩格斯：《马克思恩格斯文选》，第214页。
[②] 同上书，第215页。
[③] 同上。

露骨，它逐渐被伪善地粉饰起来，在有的地方还披以较柔和的外衣，但是丝毫没有被消除掉。①

恩格斯如是说，父权制的建立带来了两种结果：一是男性（父亲）成为独裁者，他把一些非自由人（奴仆）和自己的妻子、子女都纳入自己的管辖范围。在古罗马人中，家庭的首长（父亲）"乃是妻和子女以及若干奴隶的领主，依照罗马父权制对他们握有生杀予夺之权"。②在此，"父权制"指的是其社会学、人类学概念，即"有家长权的男子统治、支配所有的家族成员的家族形态"。由此，马克思推论道：

> 现代的家庭，不仅包含有奴隶制（servitus）的萌芽，而且也包含有农奴制的萌芽，因为它从最初起，就是和农作的劳役有关的。它以缩影的形式包含了一切后来在社会及其国家中得到广泛发展的对抗。③

二是男性观念中女性贞操观的形成。为了保证父亲血统的纯洁性，妻子的贞操受到男性的刻意强调，这样"妻子便落在丈夫的绝对的权力之下了；即使打死了她，那也不过是他行使他的权力罢了"。④同时，与此相伴而生的一夫一妻制家庭既是人类进入文明时期的标志之一，也是女性丧失尊严和地位不平等的开始，因为它是针对女性而言的。对男性来说，他可以休妻，随便解除婚姻关系；他可以一夫多妻，即除了正妻之外，只要有钱，他可以纳妾，数量不限；他还可以到处寻花问柳，美其名曰"风流"，而不受封建社会法律的制裁。男性对于正配的妻子，则要求她容忍这一切，要她自己严

---

① 马克思、恩格斯：《马克思恩格斯文选》，第215页。
② 同上书，第216页。
③ 同上。
④ 同上。

格遵守贞操和夫妻忠诚。妻子对于丈夫,女性对于男性,不过是他的嫡子之母,他的主要的管家婆和奴婢的总管,男性可以随意把这种奴婢作为妾。她的责任就是生儿育女,管理家庭。她还必须忠于丈夫,若有外心,则被视为"通奸"行为,受到监视和监禁,严重者被处死。对此,恩格斯鲜明地指出:

> 奴隶制和一夫一妻制的并存,受男性完全支配的年轻美貌的奴婢的存在,使一夫一妻制从其开始之日起,就有了一种特殊的性质,使之成为只是对于女方,而不是对于男方的一夫一妻制。即到了今日,它还保存着这样的性质。①

如果说,男女间最初的分工是为了生育子女而实行的,那么专一婚制下夫妻间的对抗则可以说是人类历史上最早出现的阶级对立,男性对女性的奴役也可以说是最早的阶级压迫。

> 因此,专一婚制在历史上决(绝)不是作为男女和解办法出现的,更不是作为最高婚姻形式出现的。相反,它是作为一性对另一性进行奴役,作为宣布以往全部历史中从未有过的两性对抗状态出现的。②

从这个意义上说,专一婚制绝不是单纯的、巨大的历史进步,它使一些人(男性)的幸福和发展建立在对另一部分人(女性)的苦痛和受压抑为代价的基础之上,所以从女性的角度看,它是巨大的、历史性的退步。

表面上,男性获得了胜利,"但失败者宽宏大量地给胜利者加带(戴)荣冠了"。③从古希腊时代起,无论丈夫们怎样幽禁和监视自己的妻子,后

---

① 马克思、恩格斯:《马克思恩格斯文选》,第220页。
② 同上书,第223页。
③ 同上书,第224页。

者也照样能找到欺瞒自己丈夫的机会，给丈夫戴上"绿帽子"，这可以看作是女性对男性一夫多妻制现实和丑陋的一种以牙还牙的公然对抗。

通过分析婚姻制度的历史变迁、社会等级和阶级对立的实质，恩格斯指出：

> 同样，现代家庭中丈夫对妻子的支配权的特殊性质，以及确立双方真正社会平等的必要性和方法，只有当两（双）方在法律上完全平等时，才能充分显现出来。那时就可以看出，妇女的解放，必须以一切女性重新参加社会劳动为其头一个先决条件，而要达到这一点，又要求个体家庭不再成为社会的经济单位。①

二、女性主义者对两性性差根源的阐释

美国人类学家、女性主义学者盖尔·卢宾在1975年发表了《女人交易：性的"政治经济学"初探》，在这篇文章中，她通过分析、批判和借鉴马克思主义的政治经济学、弗洛伊德的精神分析学和列维-斯特劳斯的结构人类学而提出了"性/社会性别制度"的概念。由此，这篇文章被认为是女权主义探讨妇女受压迫根源的经典文献。

卢宾指出："作为初步的定义，一个社会的'性/社会性别制度'是该社会将生物的性转化为人类活动的产品的一整套组织安排，这些转变的性需求在这套组织安排中得到满足。"②从马克思的剩余价值论可知，妇女的家务劳动间接为资本家实现最大的剩余价值作出了贡献，这是无可争辩的事实，可是历史发展和传统道德参与对劳动力价值的测定，从而决定了一个"妻子"

---

①马克思、恩格斯：《马克思恩格斯文选》，第230~231页。
②盖尔·卢宾：《女人交易——性的"政治经济学"初探》，转引自王政、杜芳琴主编《社会性别研究选译》，生活·读书·新知三联书店，1998，第24页。

是一个工人的必需品之一。而资本主义继承了人类历史的这个传统,规定女人只能做家务,不能继承遗产,也不能当领袖,更不能与上帝对话。正是这个"历史的和道德的成分"为资本主义奉上了一份有关男性和女性形式的文化遗产。因此,卢宾说:"解释妇女对资本主义的用处是一回事,以这个用处来说明妇女压迫的根源则是另一回事。也正是在这一点上,对资本主义的分析不大能解释妇女和妇女压迫。"[①]

在分析恩格斯的《家庭、私有制和国家的起源》时,卢宾指出,恩格斯的社会理论结合了性别与性文化,尽管列举的证据显得离奇古怪,却不失真知灼见。因为性就是性,每个社会应该有一个性/社会性别制度,不幸的是,人类的性/社会性别制度却被几千年来人类历史文化以及人的社会活动所湮灭,恩格斯的伟大在于,"他确实指出了社会生活那个我要称为性/社会性别制度的领域的存在及其重要性"[②],并提出了"父权制"的概念,但是恩格斯却没有从生产方式的发展中继续深入探究女性居于社会从属地位的原因。基于此,卢宾认为,"父权制"的概念并不能区分"经济制度"和"性的制度",而性的制度具有某种独立性,并不总是能够用经济力量来解释,即性的制度并不是经济制度的上层建筑。

在谈到亲属制度时,卢宾指出,克洛德·列维-斯特劳斯的《亲属关系的基本结构》"是19世纪理解人类婚姻的计划在20世纪最大胆的版本。这本书明确地设想亲属关系是文化组织强加于生物繁殖事实的。此书充满了对人类社会里性文化重要性的认识。它对社会的描述没有假设一个抽象的、无社会性别的人的主体。相反,在列维-斯特劳斯的著述中,人的主体总是非男即女,因此可以追溯两性分道扬镳的社会命运。由于列维-斯特劳斯认为亲属制度的精髓在于男人之间对女人的交换,所以他不经意地构造了一套解释性别压迫的理论"[③]。

[①] 盖尔·卢宾:《女人交易——性的"政治经济学"初探》,第27页。
[②] 同上书,第30页。
[③] 同上书,第34页。

并且，列维-斯特劳斯认为，婚姻是礼品交换最基本的一种形式，女人是最珍贵的礼物。他说："禁止对女儿或姐妹的性的使用迫使她们通过婚姻被送给另一个男人，同时这建立了对这个男人的女儿或姐妹的权利……正因为如此，要把自己不要的女人奉献出去。"[①] "对乱伦的禁忌与其说是个禁止同母亲、姐妹或女儿结婚的规定，不如说是迫使男人把母亲、姐妹或女儿给别人的规定。这是送礼最重要的规则。"[②] 并且，"组成婚姻的交换总关系不是在一个男人和一个女人间建立起来的，而是在两群男人之间。女人仅仅是扮演了交换中的一件物品的角色，而不是作为一个伙伴……即使在考虑到这女孩的感情的情况下（通常是这种情况），依然是如此。女孩默认了一个提婚，便加速或允许进行交换，她不能改变交换的性质……。"[③] 基于此，卢宾说："是女人被做了交易，赠送和接受女人的男人则联系起来，女人是一个关系里的导管而不是伙伴。"[④] 女人的交换，将女性压迫置于社会制度而不是生物性中。当然，男人有时也可被用来交易和买卖，不过那是作为奴隶、男妓等，而不是作为男人，唯有女人在婚姻里被赠送、在战争中被抢走，是作为女人被买进卖出。男性是交换的主体、受惠者，也是性的主体，女性则是交换的对象，是礼品和牺牲品。由此，我们联想到西方人婚礼上的一个传统镜头：新娘在父亲的陪伴下被送入结婚殿堂，然后由父亲亲自将新娘的手交给新郎，其中的含义让人们深思。从这个意义上来说，"女人的交换"本身既不是一个文化的定义，也不是一个制度的定义。这个概念是对性和社会性别、社会关系某些方面的敏锐而又浓缩了的领悟。

关于劳动的性别分工，卢宾认为，可以把它看成是个禁忌，"一个反对男女同样的禁忌，一个把两性分成两个独特的类别的禁忌，一个加深两性生

[①] 盖尔·卢宾：《女人交易——性的"政治经济学"初探》，第37页。
[②] 同上。
[③] 同上书，第38页。
[④] 同上书，第37页。

物差异从而创造了社会性别的禁忌。劳动分工还可被看成是一个反对任何不包含一男一女的性的安排的禁忌,从而它规定了异性婚姻"。①这样,卢宾的"性/社会性别制度"理论表达了当时许多女性主义者试图表述的对两性不平等关系的深层认识,极大地推动了社会性别理论的建构和广泛传播。

由此,就引出"女性主义"和"女性主义文学批评"等概念。

思考与练习:
1.宗法制社会中女性的生存状态怎样?
2.你怎样理解恩格斯和卢宾对女性在两性间性别角色缺席原因的分析?

---

① 盖尔·卢宾:《女人交易——性的"政治经济学"初探》,第42页。

第二章 女性主义批评论

第一节 女性主义

一、女性主义的由来与概念

（一）女性主义的由来

女性主义源于女权主义，由女权主义发展演变而来，但是这两个词在英语中都用"Feminism"一词表示。一般来说，西方女权主义滥觞于欧洲文艺复兴时期，资产阶级要求个性解放和自由平等的思想对当时资产阶级妇女产生了较大的影响。19世纪后半期，西方掀起了第一次大规模的妇女解放运动，标志着女权主义的真正开始。女性高喊男女平权的口号，强烈要求政治与社会地位的平等，最终以妇女获得选举权而告终。20世纪，西方女权运动又掀起了两次浪潮：一次是在20世纪60年代末和70年代初，伴随着黑人解放运动的兴起，主张女性存在的特殊性和性别的差异性；一次是在20世纪80年代，主张女性多元化的差异性，从文化差异性批判西方中产阶级女权主义。

随着女权主义的深入发展，妇女研究也在20世纪70年代广泛开展起来，世界不少国家建立了妇女研究中心，并在其大学开设了妇女学方面的课程。妇女研究以汇集和传播有关妇女的知识为宗旨，这就加强了妇女的力量，女性意识逐渐形成。1975年,第一个"妇女参与发展"办公室(简称WID)建立。①1975年被定为国际妇女年,进而引入了联合国妇女十年(1976—1985),大大推动了妇女事业的发展。1976年,在美国韦尔斯利学院召开了第一届妇女参与经济研讨会,这标志着妇女与发展作为一门学科研究领域的建立。随后,WID遍布美国各大学。但是,到了70年代后半期和80年代,WID受到了WAD("妇女与发展")和GAD("社会性别与发展")的质疑。女性主义者提出:WID的方法植根于传统的现代化理论,而在社会现代化过程中,女性从事的是工资最低、内容最单调及有害于身体健康的工作,被认为是挣补助性工资的人;新技术的引进主要是针对男性而言的,而不是女性;女性从教育的大发展中受益不大;等等,这些都表明女性的地位不是提高而是下降了。她们开始运用女性主义理论对妇女发展理论进行批判和改造,不断创新和发展。

"妇女与发展"(简称WAD),又称为新马克思主义女性主义方式,始于20世纪70年代后半期,其思想主要源于新马克思主义和依赖理论。妇女与发展理论认为,女性从来就是社会发展进程的一部分,扮演着重要的经济角色,她们所做的家庭内外的繁重工作维持着社会的发展,而不是由于少数学者或发展机构人员的远见卓识及其干预战略而突然出现的。同时妇女与发展理论也认识到第三世界非精英阶层的男性同样受到国家系统中不平等结构的损害,因此不主张把对女性问题的分析独立于男性面临的问题之外,但是它很少分析阶级内部两性的社会关系,因而也有局限性,最终被GAD所替代。

"社会性别与发展"(简称GAD),以社会主义女性主义为理论依据。社会主义女性主义者把生产与再生产的社会构建作为妇女受压迫的基础,关

---

①WID隶属于美国国际发展署,主要负责美国对外发展援助中有关妇女的问题。其主导思想是:妇女在社会经济发展中也能起到重要作用,并且现代化大工业(经济)的发展会提高发展中国家妇女的生活水平。

注社会性别的社会关系，对不同社会中赋予男女两性角色的合理性提出质疑。就是说，它承认女性在社会、政治、经济生活等方面应更多参与的重要性，但是更加关注的是为什么女性始终被赋予次等或二等角色的问题。

从 WID 到 WAD 再到 GAD，表明了女性主义理论不断向全面、纵深方向迈进。

（二）女性主义的概念

20 世纪初，女权主义理论传入中国及其他第三世界国家。在一个多世纪的发展演变中，其词义的内涵不断扩大，被赋予"妇女解放""女权主义""女性主义""女权/女性主义"等多个名称。而在英文里，这些名称均使用同一个词"Feminism"，可见这是一个有着丰富内涵的，同时包含理论与实践的，旨在改造传统社会文化定式的、开放的、动态的词语，单纯地翻译成上述任何一个名称都不太恰当。这是因为，"妇女解放"用于表达集体形成的各种各样对妇女解放的理解、建议、设想和理论，表现广泛的民主参与和参与者创造新思想的能动性，以及突出其转变人的思想意识，提高觉悟的作用和目标。但是这一词语在中国的话语中早就存在，早期共产党人常常使用这一词语，用以区别于西方的"女权主义"。"女权主义"，指的是欧美发达国家主流社会中产阶级妇女反对性别歧视，向男性中心社会争取男女平等的思潮，而不包括这些国家中的有色人种女性。正如美国著名黑人女性主义者贝尔·胡克斯认为的，走出家庭，争取社会工作权这样的女权要求在美国只能代表白人中产阶级女性的利益。从美国历史上看，参加家庭以外的社会劳动对黑人女性来说，从来就不是什么要去争取的"权利"。无论是当日棉花种植场的女奴，还是今天要养家糊口的劳动女性，她们生存的第一条件就是工作。因此，争取工作权只代表了被丈夫当作玩偶、宠物闲置在家里的白人资产阶级女性的要求。[①]

[①] 柏棣：《平等与差异：西方后现代主义女性主义理论》，转引自鲍晓兰主编《西方女性主义研究评介》，生活·读书·新知三联书店，1995，第 3 页。

20世纪80年代初，中国研究者和学界多使用"女权主义"一词，但是由于该词带有强烈的政治色彩，因此20世纪90年代后期以来多使用"女性主义"。还有一种用法，就是用"女权主义"指称西方的"Feminism"，用"女性主义"指代中国妇女的理论与实践活动的现象。值得强调的是，"女权主义"在20世纪初刚被引入中国时，是个褒义词，标志着中国开始与国际接轨，可是后来它却染上了"强势女性"的贬义色彩，其主要原因：一是由于西方女权主义者过分偏激的言论和行为方式很难使人接受；二是西方女权主义者的某些理论和主张并不适用于中国特殊的国情（男女同工同酬等）。从这个意义上说，"女权主义"与"女性主义"有着细微的差别，"女权"指的是妇女的人权，具有政治色彩，非常符合妇女运动初期的斗争宗旨，是"女性"一词所无法涵盖的。而"女性"指的是各阶层各种教养的女性，词义比较温和。那么，女性主义的特征是什么呢？

二、女性主义的特征

（一）世界性

鉴于社会发展中男女两性不平等的事实，世界各国妇女都有着争取自由、权利、平等的共同心愿，女性主义的宗旨就在于把各国各界妇女从一切形式的压迫中解放出来，并促进各国妇女之间的团结。因而才有了世界妇女大会这样一个集会形式，来探讨妇女与发展的问题。

（二）民族性

作为一种理论，女性主义主要来自西方，可是作为一种意识形态和实践，女性主义并不仅仅是西方的产物，而是各民族女性在反抗阶级、性别压迫中萌生出来的自觉意识。各民族历史上涌现出的可歌可泣的女英雄就是最好的见证。因此，女性主义离不开具体的国情，应结合各国具体的政治、经济和文化状况制定女性解放的纲领和策略，不能无的放矢、生搬硬套。例如，西方女性主义的思想理论是在西方特定的文化、历史、政治、经济等社会背景中产生和发展起来的，可能适用于西方，但是并不一定适用于东方各国，应该具体分析。

（三）多样性

从横向上看，女性主义并不是一个严密的统一体，而是分成众多的流派，如西方女性主义、第三世界女性主义、后现代女性主义等；即使在美国，女性主义也分成自由主义女性主义、马克思主义女性主义、社会主义女性主义、激进女性主义、精神分析女性主义等，其内部一些主张和观点也不尽一致，存在着分歧。

（四）发展性

从历史的角度看，女性主义并不是一成不变的理论，而是随着社会的发展和观念的更新而不断变化的。例如，它最初是一种政治话语，以"妇女"为名，以获得妇女的解放（男女平等）为最终目的，意在动员全体妇女，组成一个连贯的政治运动。然而这等于消除不同种族、不同族裔、不同阶级女性之间的差异，二者在现实中是行不通的，因而在20世纪70年代以后，它又转向社会性别差异理论的构建，继而又出现后殖民女性主义和后现代女性主义。可见，女性主义也不断地从不完善到完善。

（五）局限性

女性主义者进行斗争的思想武器是女性经验，而女性经验并不是科学的方法论范畴，只能作为一种亲历，这就决定了其局限性。同时，因为它没有一套系统的理论，因而常常被父权制卫道士们贬为："只有观点，没有理论，没有方法的非学术政治。"

三、女性主义的发展阶段

（一）传统（经典）女性主义阶段（20 世纪上半叶）

女性主义者认识到妇女在传统社会里的失落，力图从历史中求证自己要求的合理性，努力"寻找"和"发现"妇女在社会历史上的能动作用及其表现，期望为妇女构建一个持久的、共同的身份认同。它源于 18 世纪末 19 世纪初西方资产阶级的人权思想，以承认现存社会结构是男权的，即女性权益服从于男性利益的权力结构为理论出发点，主张男女平等，并认为性不同于社会性别。性是指男女间的生理差异，而社会性别是指社会化的，男权制度极力维护的关于男性/男性特质与女性/女性特质的观念和理想。男女两性不平等的根源并不是生理差异，而是社会性别差异。传统女性主义理论认为两性不平等关系经历了由生理差异向社会差异的转变，由社会差异又产生价值关系，由价值关系引导出不平等观念这样三个阶段。例如，女人生孩子，男人不能生孩子是基于男女两性的生理分工，可是由此认为女人只配在家养孩子，从事家务劳动，这就导致社会性别分工和性别歧视，进而引起两性价值观的倾斜，即认为男性所承担的社会分工是更重要的，女性所承担的社会分工是次要的、从属的。男性应该得到经济上、道德上和文化上的补偿和回报，而女性则不能或很少得到回报。传统女性主义理论的代表人物是法国著名女性主义者、作家西蒙娜·德·波伏娃，其代表作是《第二性》，被称为"西方女权运动的圣经"。在这本书中，她提出了一个开启女性革命先河、振聋发聩的观点："女人不是天生的，女人是变成的。"因此，应重写女性的"她史"。鉴于波伏娃及《第二性》在女性主义历史上的重要性，后面将专节讲述。

（二）"社会性别差异论"（20 世纪 70 年代末）

这一时期，左派民权运动和学生反战运动消退。社会性别差异问题成为讨论的焦点，主要有两派：一是以玛丽·戴利为代表，提出女性创造，肯定生命的能力是女性的特质，不同于男性的死亡趋力。这是一种生理本质决定论，为后来的女同性恋文化女性主义提供了理论依据。二是具有社会主义女性主义倾向的心理分析学派女性主义者，其认为正是由于父权制社会的核心家庭模式导致男女两性的自我意识走上了截然不同的发展道路。社会性别差异理论家认为，以母亲为中心的幼儿抚养模式造成了女性更注重关系性的自我意识，女性获取知识和价值观的方式更注重背景和联系，而男性自我意识则是冲突性的，注重抽象思考和倾向原则。由此，心理学家卡罗尔·吉利根提出，男性主要以正义和权利的原则来解决棘手的道德问题，而女性道德观多以对他人的爱护和责任感作为伦理指导（即"女性的关怀伦理"）。这种对社会性别差异和重估女性特质的强调引起许多人的不满，自由派和激进派女性主义者认为，并不存在一个统一的女性或女性关怀伦理观以及性价值观。这种理论与女性运动的政治目标相去甚远，对女性反对现实中的色情等阴暗面无补于事，是次要的。

（三）第三世界女性主义和后现代女性主义（20世纪七八十年代）

第三世界女性主义和后现代女性主义是基于对"社会性别差异论"的一种政治反思，主张摒弃性别平等与性别差异的问题，从分析背景的"多方面交叉"来强调妇女之间的差异，而不是把所有的妇女作为受压迫的性别阶级笼统看待。同时，后殖民主义女性主义者认为，北方女性主义者对所谓的南方"不发达国家"性别问题的理解是一种新帝国主义倾向。显而易见，第三世界女性主义和后现代女性主义植根于当代哲学思想家米歇尔·福柯的后结构主义、雅克·德里达的解构主义以及雅克·拉康的心理分析。他们认为，无论男女都受到阶级、民族、种族、政治、地理、文化等观念的影响和制约，因而具有相对同样的经验。而西方女性主义者不考虑这些差异，一味地将男性排除在外，将性别作为孤立的范畴来分析，实质上是一种"西方优越论"的体现。

具体来说："第三世界女性主义"中的"第三世界"本是一个地理范畴，

泛指那些已摆脱欧洲殖民主义统治的亚、非、拉国家，后演化成带有政治色彩的词语，指除了这些国家之外，还包括受西方发达国家剥削和压迫的民族、种族和人群以及西方发达国家内的亚文化群，如美国的黑人、华人等。其共性在于都不同程度地受到西方发达国家白种人的剥削、歧视和经济上的制裁。基于此，第三世界女性主义既指亚、非、拉、加勒比海地区的国家和洲际大陆的女性主义，也包括居住在英、法、德、意、美等西方发达国家中的有色人种女性主义。第三世界女性主义者尽管观点不一，但是一个突出的共识是：女性主义产生于西方的中产阶级白种妇女，她们把自己局限在反对性别歧视的斗争中，而性别歧视并不是第三世界妇女所受的唯一的和最主要的压迫。所以，一个仅仅把消灭性别歧视作为通向消灭妇女所受压迫道路的狭隘的女性主义是无法解决第三世界妇女所受到的压迫问题，其并不代表第三世界女性的真实情况，不符合实际，是一种理论脱离实际的观点。

第三世界女性主义者认为，西方女性主义者是戴着有色眼镜来看待第三世界女性的生存状况的，其前提条件是假设第三世界是贫穷、落后的，第三世界的女性受当地父权制的压迫比西方发达国家妇女受本国父权制的压迫程度更深，因而也是最严重的受害者。例如，古代中国女人的缠足，中东妇女戴面纱的风俗等。这种忽视第三世界妇女中存在的由于阶级、阶层、种族、地区、文化背景不同所造成的差异的倾向，以及把自己的认识和行为模式全盘塞给第三世界的做法显然是唯我独尊的女性主义中心论和优越论，因而也是武断的、片面的。由此可见，第三世界女性主义是在反对西方女性主义的"种族中心论"（优越论）的基础上发展起来的，一开始就与西方女性主义相对立。同时，第三世界女性主义者一针见血地指出：白人中产阶级妇女所谓的就业（找工作），并不是她们这些有色人种女性正在做的低廉而受侮辱的工作，而是报酬高，相对有人格独立的高级工种。基于此，她们否认西方女性主义者所提出的"姐妹情"之说，而认为超阶级、种族和民族的"姐妹情"是不存在的。"各个阶级的黑人妇女，土著印第安人妇女和亚裔妇女，包括劳动妇女，无法称白人妇女运动的先锋——白人中产阶级妇女为自己的姐妹。"[①]对此，美籍华人学者周蕾指出："西方女性主义者应该正视自身的历史局限——西方妇女运动是在高度物质丰富，强调思想自由和个人充分发展的资本主义发达时期产生和发展的。这个社会的发达是建立在剥削和压迫发展中国家的基础上的。西方女性主义者要与第三世界国家妇女对话，应该首先认识和批评自身的殖民主义和帝国主义影响，以平等的态度对待第三世界妇女运动和理论。不要把自己的想法和利益强加在第三世界妇女身上。"[②]

举例来说，20世纪70年代，当美国著名女性主义学者贝蒂·弗里丹访问秘鲁时，秘鲁妇女领导人公开宣称自己不是女性主义者，而秘鲁早在1920年就从西方引进了女性主义。因此，第三世界女性主义者与西方女性主义者在观点上的主要分歧在于：是否承认第三世界国家女性存在的差异性、多元性；是否将女性主义与反对种族主义、经济压迫的斗争联系在一起。第三世界女性主义者深刻指出，事实上，正是殖民主义的长期统治和帝国主义的经济侵略加剧了这些国家男女不平等，妇女受剥削和压迫的状况。因而对第三世界妇女来说，妇女的维权斗争并不像西方女性主义者所认为的那样只局限于家庭中，而是包含了家庭和国际两个层次，带有强烈的政治性。所以，"女性主义"的界定是不全面的，应改为"妇女主义"。该词语由美国黑人女作家艾丽斯·沃克于1983年提出，她将其定义为"献身于实现所有人民的，包括男人和女人的生存和完美的主义"。美国著名黑人女性主义者彻丽·莫拉戈和格拉瑞·安萨尔杜拉主编的《我的背是座桥》被认为是第一部美国第三世界女性主义的专著，是美国第三世界女性主义的宣言书，其根本宗旨是：美国少数种族妇女要与种族主义、偏见和特权、虐待妇女和暴力行为等黑暗的社会现象作斗争，要推翻美国国内和国际上的殖民主义统治。此外，美国

[①] 苏红军：《第三世界妇女与女性主义政治》，转引自鲍晓兰主编《西方女性主义研究评介》，生活·读书·新知三联书店，1995，第43页。

[②] 周蕾：《在其他国家中的暴力：把中国看作危机，奇观和妇女》，转引自鲍晓兰主编《西方女性主义研究评介》，生活·读书·新知三联书店，1995，第33~34页。

第三世界女性主义者还建立了全美性质的组织机构来开展活动,如"全美第三世界妇女全国联合会""全国黑人女性主义组织"等。

我们认为,第一和第三世界女性主义者毕竟有着共同的妇女解放要求,应在求同存异的基础上找到一个共同的基础。第三世界妇女(有色人种妇女)要努力消除其所在社群对西方女性主义的怀疑,而第一世界妇女则必须不断批判其种族主义倾向,承认并反对她们所在的社会参与压迫第三世界妇女的活动,必须承认种族主义和经济剥削是世界上大多数妇女受压迫的主要的和首要的根源。只有这样,才能在民族和国际两方面建立能容纳自主决定的、切合各地女权主义斗争实际的,而且又能兼容最广泛的支持和合作的女性主义。

后现代主义是20世纪后半期资本主义发展的产物,由于信息技术的微电子革命,资本主义跨国跨地区的超级性联合,以及过去处在社会政治边缘的群体的兴起等,导致了垄断资本主义社会状况的深刻变化。这种变化增强了人们对现实的不信任感,意识到启蒙理性的局限性,进而产生后现代主义思潮。这种思潮遍布文学、艺术、建筑等领域,它消解了精英文化和传统理论,认为科学技术带给人类的不仅仅是进步,而是破坏、污染。后现代女性主义理论就是受到这种理论的影响而产生的,它又分为"本质论(唯本论)"和"构成论"。"本质论"提出性别制度理论,其代表人物是盖尔·卢宾。她认为,女性在社会中之所以处于与男性不平等的地位,根源在于性别制度,而不是如马克思主义所提出的经济制度。"构成论"否定"两性平等"的理论,认为一百多年来的女权运动刻意强调女性要取得与男性完全相等的社会地位,并把这看作是解放,这实际上仍使用男性标准来衡量女性的自然与社会作用,其代表人物为丹妮斯·赖利、朱迪斯·巴特勒等。丹妮斯认为,本质论仍然是一种男权单线型的思维方式,由于男性的标准不稳定,不同的历史时期、不同的社会经济条件会产生不同的标准,所以女性的标准也是不稳定的、暂时的。另外,并不存在广义上的"女性经验",坚持追求女性权利就会在实践上堕入男权个人主义的怪圈。朱迪斯认为,人的社会角色是靠表现来实现的。性别角色和性别特征是靠性表现决定的,服装、举止都是表现的道具。社会固定了性歧视的场景，规定了男女角色的模式。她提出男女混装主义，主张打破性界限，使女人从性别角色中解放出来，并认为这是破除男权制度的最为有效的方法。[①]我们看，后现代女性主义理论对打破两性界限、建立人类理想人格方面有着积极的作用。但是，它在某种程度上也削弱了女性主义的政治性和实践性，走向一种极端，极易导致女性主义理论的消亡。

第二节　西蒙娜·德·波伏娃与《第二性》

一、西蒙娜·德·波伏娃及其思想

　　西蒙娜·德·波伏娃（1908—1986）是享誉世界的法国著名作家，当代极负盛名的女权主义者。作为存在主义哲学的创始人让-保罗·萨特的终身伴侣，波伏娃与萨特之间建立起一种新型的夫妻关系，即彼此自由互不约束，同居而不结婚，需要时在一起，必要时则保持自己的独立性。他们以这样的关系同居的时间持续了 50 年。波伏娃是存在主义女权主义的代表，她以自己切身的体验和行动，证明了这种理论的合理性，这对西方的思想和习俗都产生了巨大影响。

　　波伏娃与萨特的爱情与生活是透明的，正如波伏娃的传记作者法国的克劳德·弗朗西斯和费尔南德·龚蒂埃所指出的："透明的原则将使这个女人和这个男人尽可能正确地理解生活和爱情对异性意味着什么。这种透明能达

---

①柏棣：《平等与差异：西方后现代主义女性主义理论》，第 11 页。

到最大限度对自我及世界的了解。这是两位作家互赠的最出色的礼物。在他们共同从事的写作中,经验、肉体和真实性占相当重要的地位,而其写作的独到之处在于这种对他们自己的全部开放,未经雕琢。没有虚荣,毫不保留,毫不掩饰。"[1]这种开放性是在其他浪漫性作家或女性作家中很难见到的。因为男性作家虽然从其伴侣的隐情中涉及关于女性爱情细节的题材,却从不把床笫之间的秘密告诉他们从事写作的女友。而萨特的生活比较自由,他坦白地说:"我从不知道规规矩矩地过性生活和感情生活。"他自称为"一个令人作呕的正式的唐璜"。对此波伏娃很清楚:"我们一认识,您就立刻跟我说您是喜欢多配偶的人,您不想局限于一个女人,一个故事,这是说定了的……"[2]正是萨特的坦诚赢得了波伏娃的信任,他们之间建立了一种契约关系。同时,他们之所以能建立起这样的关系,也是由其所共同信奉的存在主义哲学决定的。

存在主义哲学出现于20世纪初,创始人为德国哲学家马丁·海德格尔,法国的代表人为萨特和加缪等人。存在主义哲学强调个人的非理性意识活动,其基本观点是"存在先于本质"。"存在"就是意识,是一种非理性的具体生存。其本质是客观而永恒的理性,他是一切存在的根源、本源和实体(包括人),而具体的个人仅仅是这种本质的呈现;因而除了本质以外的一切东西——个性、差异性和主体性、自我选择、造就和设计、心情和不安、关心、生老病死、孤独和苦恼、沉沦和复归、过去、现在和未来的时间性等都被忽略掉。因此,他强调从本质(理性)转向生存(个体);从物(客体)转向人(主体),即从理性人转向"具体人"。所以说存在主义哲学就是关于个人自我存在、自我设计、自我塑造的哲学,是以个人、

---

[1] 克劳德·弗朗西斯、费尔南德·龚蒂埃:《西蒙娜·德·波伏瓦传》,刘美兰、石孔顺译,中国妇女出版社,1989,第179~180页。

[2] 同上书,第179页。

自我为出发点的人本主义哲学。[①]

　　萨特和波伏娃在政治倾向上赞同马克思的社会主义学说。波伏娃曾到过苏联，1955年9月6日，他们乘专机到达中国后，曾徜徉在北京、上海和沈阳的街道上。回巴黎后写了随笔《万里长征》及专刊《昨日与今日的中国》，发表在《现代》杂志上。

　　波伏娃一生写了许多作品，如《第二性》《女宾》《名士风流》《他人的血》等。其中《第二性》是她获得世界性声誉的一部巨著，被认为是"有史以来的讨论女人的最健全、最理智、最有智慧的一本书"，被誉为女人的"圣经"，成为西方妇女的必读之书。[②]法国前总统密特朗称她是"法国和全世界的最杰出的作家"。法国总统希拉克则在一次演讲中说："她介入文学，代表了某种思想运动，在一个时期标志着我们社会的特点，她的无可置疑的才华，使她成为一个在法国文学史上最有地位的作家。"[③]的确，《第二性》使我们重新认识了女人，或者这样说，身为女人不读《第二性》，将是一件憾事。

二、《第二性》

（一）结构

　　《第二性》创作于20世纪40年代，分2卷，由中国书籍出版社1998年2月出版，陶铁柱译。但早在1987年，《第二性》就以《女人是什么？》

[①] 胡经之主编《西方文艺理论名著教程》下，北京大学出版社，1989，第198~199页。

[②] 西蒙娜·德·波伏娃：《〈第二性〉译者前言》，陶铁柱译，中国书籍出版社，1998，第1页。

[③] 周秀萍：《简析〈女宾〉中弗朗索瓦兹的形象——谨以此文纪念波伏娃诞辰100周年》，《湘潭大学学报（哲社版）》2008年第5期。

为题被翻译成中文。然而《女人是什么？》只选取了原书第 2 卷，包括第 4 部分的 1，2 节和第 5 部分的 1，2，3，4，6 节。《第二性》2 卷本是全译本。

《第二性》第 1 卷论述"事实与神话"，分为 3 部：命运、历史和神话；第 2 卷"当代女性"承袭上卷的排列顺序，由 5 个部分构成：女性形成、处境、生存之辩、走向解放和结论。

（二）内容

过去，我们只是从一些描写女性的书籍中零碎地了解女人。波伏娃在书中以公正和客观的态度，详尽而完整地论述了女人的历史、现在和未来。她采用存在主义哲学观深刻剖析了女性成为"他者""客体"的根源，提出了妇女解放的前提条件是：和男子一样成为自由的主体。在第 1 卷第 1 部"命运"中，她首先分析总结了生物学、精神分析学及历史唯物主义的妇女观的合理内核及局限性，阐述了"女人命运"形成的历史。

生物学认为，女人是雌性的生育物种，她就是子宫、卵子。波伏娃不承认这些事实，因为它为女人确立了一个固定不变的不可避免的命运。她认为，这些事实不足以确立两性等级制度，也不能够解释女人是他者的原因，更不能够宣判女人永远起这种从属作用。

精神分析学提出性一元论，认为每个婴儿都先经过固恋母亲乳房的口唇期，再经过肛门期，最后达到生殖器期。只有在生殖器期，两性开始出现差别。精神分析学之父弗洛伊德实际上是依据男性模式来看女性的，因此他没有对女性进行有效的阐述，更没有进行直接研究。

历史唯物主义理论认为，人类不是动物，而是一种历史现实，所以不能只把女人看成是一个性的机体，女人的自我意识不是由她的性征专门确定的。

在第 2 部中，波伏娃追溯游牧民族中的女人、早期农耕时代的女人、父权时代与古代社会的女人、从中世纪到 18 世纪的法国女人、法国大革命后女人的就业与参政等方面的历史，细致地阐述了西方女性，特别是法国女性的历史地位和处境。

在第3部中，波伏娃指出，女人从未将自己视为主体，而是创造了一个男性的神话。女人完全由她同男人的关系来限定，两种性别的不对称表现在性神话的单向形式中，女人仅仅是肉体，男人把女人当作他者。之后，波伏娃探讨了5位作家（司汤达、劳伦斯等）笔下的女人神话。

在第2卷中，波伏娃通过幼女、少女、性发动、女性同性恋等几个方面探讨了女性的形成，提出"女人不是天生的，女人是变成的"。"永恒的女性气质"是男性社会强加给女人的，它成为束缚女性自由的羁绊。随后，她分别探讨了不同阶级和地位的女人，如结了婚的女人、母亲、社交中的女人、妓女、中老年妇女等的不同处境。她认为，处境（被隔绝于男性世界）造成了女人的个性特征：敏感、多疑、乖僻、易哭。

波伏娃认为，正是漫长的两性不平等制度才使女人走向畸形发展，成为自恋者、情妇、修女、同性恋等，这也是一种生存的需要，所以女性应不断追求超越、追求自由，才能获得解放。值得说明的是，波伏娃在本书中所分析的主要是西方女性的生活，中国当代妇女的生活与之不尽相同。她所希望的理想有的已在中国变成现实，如男女同工同酬等，她所揭示的女性自省意识对我们有重大启迪。全书论述的深刻性、丰富性都可见波伏娃思想的精深与博大，在当时的法国，能达到她的思想境界是很难的。

（三）重要观点

1.女性群体是社会中的弱势群体，女性自身也存在着无法克服的弱点

波伏娃指出，在法国除少数获得经济独立的妇女外，还存在着大量的无业妇女、经济上依附丈夫的妻子，即使充当情妇，也要根据情夫意愿来决定他们的见面和分手。于是女人在与情人约会时常常姗姗来迟，她以这种方式来维护她工作的重要性，坚持她的独立性；似乎她在那一会儿就变成了主要的主体，男人要被动地服从她的意志，但这是一种怯懦的报复尝试。而男人作为主体是虚伪的，表现在：他在公共场合的高调言行同"他私下不屈不挠

搞的新花样"有着天壤之别。例如，他提倡高出生率（法国现实），但决不要孩子；他赞美贞洁忠实的妻子，却又千方百计地勾引别人的妻子，让她犯通奸罪。在法国每年有约100万妇女堕胎，可是男人却虚伪地宣判堕胎是犯罪，好像堕胎与男人无关，他们这样做的目的是公开期望女人能自觉自愿地对罪行感到内疚。所以说，她的"不道德"是被男人尊重的道德社会保持和谐所必须的。

另外，男性与娼妓的关系也证明了男人常是一些口是心非的矛盾统一体。波伏娃指出，娼妓之所以存在，是因为男性需求造成了这种供应。娼妓作为客体，是因为男性主体的需求而存在的。男性主体谴责一般的罪恶，却纵容自己个人的邪念。他们虽然在心理和公众场合宣布：靠出卖肉体生活的女孩子是堕落而放荡的，而兽欲本能却驱使他们去与这些从事卖身的女孩子在暗地里干着皮肉买卖，而且公共道德却公然袒护那些有着一定地位和影响的嫖客，只因为他们是一些显赫人物。例如，警察在妓院中抓到两个十二三岁的小女孩。在审讯取证时，两个女孩供出了嫖客的名字，他们是达官贵人。当其中一个女孩要说出嫖客的名字时，法官制止说："不许你玷污一个体面男子的名字！"由此，我们可以看到法律并不为被侮辱者（弱者）说话和服务。

波伏娃指出，女人非常相信她的直觉，而不是相信普遍有效的推理。为此，她常常做戏，过高估计自己微笑的价值。就是说，她在期望得到额外的利益，而且常常是得到了，如警察会让她没有通行证也可以通过。女性的普遍弱点是斤斤计较，把精力都耗费在一些鸡毛蒜皮的小事情上，从而至今未能建成一个稳固的可以向男性挑战的相反的"另一半"世界。女性的另一个弱点是认识不到自己的生存价值，潜意识中有一种逃避现实的倾向。波伏娃指出，男性生活在一个协调的世界里，这个世界是一个可以包容在思想里的现实。女性则在勉强对付一种有魔力的、藐视思想的现实，通过没有真实内容的思想去逃避现实。她不是接受自己的生存，而是在虚无缥缈中对自己的命运这个纯粹的理念苦思冥想；她不是采取行动，而是在想象的王国中树立自己的形象；就是说，她不是去推理，而是去梦想。所以实际上她既是"自然的"，也是人为的；既是实实在在的，也是虚无缥缈的。她是男人的附庸，却自以为是他的偶像；她在肉体上蒙受耻辱，却把一切献给了爱情。由于只配知道生活中偶然发生的事情，她变成了耽于空想的祭司。

2.宗教的实质是欺骗女性

波伏娃深刻指出了宗教对女性客体的欺骗性。它冠冕堂皇地暗示女人，"多亏有了上帝，她才和高贵的男性处于平等地位"。宗教使一些有着反抗意识的女人也被关于不公正已被克服的断言所迷惑而放弃了反抗。在上帝的眼里，男人和女人都是上帝的子民，是平等的。而事实上，女人作为一个女人几乎没有影响，但是一旦以圣灵的名义行动，她的愿望就是神圣的了。这就是历史上那些伟大的女圣徒，也具有完全属于男性的坚定性的原因。而这恰恰是男性主体采取的一个小智谋，男人为了让女人完全处于内在性状态，认为有必要为她提供一个进行某种超越的海市蜃楼。于是男性让上帝批准了他写的法典，他拥有很大的优势。世界三大宗教在性别问题上的共性特征是以男性为主体。所以对最高主宰的敬畏会压抑被蹂躏的女性所产生出的任何反抗的冲动。同时宗教也满足了她的白日梦，充实了她空虚的时间。最主要的是，宗教通过让她对无性别的天国里有美好未来的希望，进一步巩固了社会秩序，证明她听天由命是有道理的。这就是女人到今天仍然是教会手中的一张有利王牌的原因，也是教会对可能有助于妇女解放的一切措施特别怀有敌意的原因。基于这个角度，波伏娃提出，必须有为女人准备的宗教，同时也必须有让宗教不朽的女人，这就是"真正的女人"。

3.自恋是女性认同自我的一种自在方式

波伏娃在《第二性》第6部"生存之辩"第22章中指出，女性常常表现出强烈的自恋性，这是社会传统教育模式对女性自我压抑而导致的一种无声的反抗，是女性认同自我的一种自在方式。她认为，自恋是认同的既定过程，在这一过程中自我被看作绝对目的，主体从自身遁入其中。女人沿着两条路线（主体和客体）被引入自恋：作为主体，她从小就有受挫感，因为她不是男孩；作为客体，她的活动、兴趣被限定在关于女性的教育中，她要做女红，她的生存环境是与社会隔绝的,被封闭在家庭中。但是女孩的潜意识里始终存在着把主体和客体这种二元性统一起来的愿望。女孩玩布娃娃的行为就是突出的特征。女孩想把这种梦物化在布娃娃中,她通过布娃娃能够比通过她自己的身体更具体地看到她自己,因为她和布娃娃实际上是相互分离的。这是一种为了在自我与自我之间进行深情对话而成为两个"我"的要求。正如安娜·德·诺阿耶夫人在《我的一生》中所描写的:"我爱布娃娃,我认为它们和我一样是活着的,除非它们被羊毛和天鹅绒裹好,否则我在被窝里会一直睡不着……我梦想我真的会有纯粹的双重孤独……这种对成为整体的、成为双重自我的需要,我从很小的时候就感觉到了……哦,在我那梦幻般的温柔成为辛酸眼泪的牺牲品的那些悲剧性时刻,我是多么希望我身边会有另一个小安娜用她的胳臂搂着我的脖子,安慰我,理解我啊!……在后来的生活中,我发现她就在我心中,于是我紧紧抓住她不放:像我希望的那样,她给我的帮助不是表现在安慰上,而是表现在勇气上。"

少女时代的女性就抛开了布娃娃,将注意力投向镜子。镜子的魔力对她先是努力投射自己,后是对她达到自我认同有一个巨大的帮助。镜子对男人没有太大的吸引力,因为男人不是通过固定不变的影像去观察自己:他自己的身体并不是欲望的客体。而女人却知道自己是客体,并且使自己成为客体,所以她相信通过镜子确实能够看到自己。

自恋女人常常把自己认同为天使、美德的化身,并且像关心她的服装那样关心对她加以烘托的家具和装饰品。自恋的女人喜欢在公共剧场演出,展示自己,甚至裸露自己。她认为,别人都钟情于她,如果她已证实自己未受到崇拜,她会立刻认为自己是可恨的。她把一切批评都归之于嫉妒或怨恨,她的挫折都是由罪恶阴谋造成的,从而她更加坚定地认为自己是举足轻重的。这样,她容易变成自大狂,进而产生迫害幻觉。所以,波伏娃说:"耐人寻味的是,有被爱幻觉的病人十有八九是女人。一个迷恋于自我的女人完全失去了对真实世界的控制,她不关心与他人建立任何真实的关系。""自恋者若是认同于她想象中的双我(主体的我与客体的我)就会毁掉她自己。她的往事是不会变化的,她的行为是定型的;她空话连篇,她反复表演那逐渐失去全部内容的动作,因此女人写的许多日记和自传都是贫乏的。"实际上,自恋者和高级妓女一样是依附的。一般来说,自恋女人的特点是外表傲慢(地位不稳定的象征)、烦躁不安、爱发脾气、虚荣心强。

4.情妇在"爱情"的迷雾中创造了一种男性的神话

情妇以她所依附的男性所具有的力量(包括性欲)和权威而自豪,并产生一种"被虐狂"心理,根据情人飘忽不定的梦想和专横的命令,变成了奴隶、王后、花朵、雌鹿、彩色玻璃窗、荡妇、仆人、高级妓女、缪斯、伙伴、母亲、姐妹和孩子。无论从爱情层面看,还是从性欲层面看,被虐狂显然都是未满足的女人。由于对别人和她自己均感到失望而采取的旁门左道,但这并不是快活的听天由命的态度的自然倾向。被虐狂心态使自我永远处于被埋没、被贬辱的状态中。爱情所引发的自我忘却,受到身为主要者的主体的欢迎。

情妇以被爱者(情夫)的意识作为价值衡量的标准和世界真理,她就是他,如同凯瑟琳(《呼啸山庄》)说的:"我就是希斯克利夫。"正是这种确信给她带来了崇高的快乐;她觉得自己被提升到上帝右手的位置。对她来说,即使只是次要的位置也没有多大关系,只要在极其令人惊叹的有序世界上永远有她的位置就行。只要她在爱也在被爱,并且为她的恋人所必须,她就觉得自己生存的正当性得到了证实……。这样,情妇把恋人奉为神,创造了一种男性神话,而情人的痛苦要么时间短暂,要么不太严重。女人则由于承担次要角色和完全接受依附,结果为自己造就了一个地狱。女人一旦发现所崇拜偶像的缺点和平庸,就会感到失望,她丝毫不考虑他也是一个存在于现实中的软弱的个体。这种拒绝以人的尺度去衡量情人,就是女性在许多方面表现出荒谬的原因。女人要求得到情人的偏爱,如果被答应,那么情夫就是慷慨的、富有的、伟大的,他就是国王,就是神;而如果被拒绝,那么他就是贪婪的、卑鄙的、残忍的,他就是如同魔鬼和牲畜一般的人。爱的不真诚,在萨特存在主义哲学中意味着由于选择所要承担的艰辛义务而放弃了人的自我,意味着对因而想成为一个物,逃避极度痛苦的自由的一种愿望。爱的另一种不真诚是它以赠送的形式出现，而实际上是一种专制。接受是约束情人的一种义务。女人要求情人时时刻刻关注她，一旦得不到满足，她便产生受挫感。在此，女人成为一个看守。恋爱的女人有一种"偏执狂"，不诚实地把欲望当作爱情，把爱情当作宗教。而男人的欲望不但专横，而且存在时间很短，一旦得到发泄，很快会消失，可是往往是到后来女人才会被爱情迷住，并且陷入其中不能自拔。所以情妇比妻子更痛苦，她永远是等待者。例如，朱利埃特·德鲁埃向维克多·雨果写道："我永远等着你。我就像笼子里的松鼠似的等待……我等你是因为我毕竟宁愿等着你，也不愿意相信你根本不会来到我的身边。"

5.修女利用上帝来拯救自我的尝试是一种对残酷现实的逃避

失恋的女人或过于苛求的女人容易走上修女的道路，她通过崇拜上帝本人的神性与上帝谈话，进行心与心的交流，以此来实现自己存在的价值。修女向上帝表露感情的方式与世俗情人相似，有时是自恋的，有时是自虐（贬辱自我）的，如福利尼奥的圣·安琪拉曾愉快地喝下了刚用来给麻风病人洗手洗脚的水。波伏娃认为，修女本身的这些拯救的尝试必然会失败，因为她没有摆脱自己的主观性，她的自由仍然受挫。因此，女性唯一存在的道路就是真实地利用她的自由，即通过积极进入人类社会的行动去设计这种自由。

6.妇女怎样走向解放，做一个独立的女人呢

波伏娃在《第二性》第7部第25章中说："使女人注定成为附庸的祸根在于她没有可能做任何事这一事实，所以她才通过自恋、爱情或宗教孜孜不倦地、徒劳地追求她的真实存在。当她成为生产性的、主动的人时，她会重新获得超越性；她会通过设计具体地去肯定她的主体地位；她会去尝试认识与她们所追求的目标，与她所拥有的金钱和权力相关的责任。……然而不要以为，只要有选举权和工作的结合，就可以构成彻底的解放，因为工作在今天还不是自由。只有在社会主义世界里，女人才能够用一种自由获得另一种自由。"

关于女人性解放的问题，有的女人建议应建立"男妓"院，即专为女性

提供性服务的妓院。对此，波伏娃认为，这不可能，因为女人不像男性那样能机械地得到满足。她说，男女存在着体力上的差别，特别是两个陌生男女，只因为性的要求而同居一小时或一夜时，女人的危险极大，有可能被抢被杀。即使女人有资产，她也决不会认为购买男性服务是一种满意的解决办法。波伏娃认为，女孩只有受到和男孩子完全相同的教育（这不但在方法上是相同的，而且在氛围上也是相同的）才能够克服她的少女自恋。而且女人要想成为与男人平等的人，"就必须同样毅然决然地投入她的事业"。

所以今天独立的女人在职业兴趣和性生活之间左右为难：维持两者的平衡对她来说是很难的。如果要维持，她就必须付出代价，作出让步和牺牲。波伏娃深信给女人造成沉重负担和疾病基本上是由于心理原因。职业女性的难处在于：她是在精神备受折磨的处境中，是在女性气质所隐隐赋予她的个人负担下从事一种职业的。女人之所以常常不成功，在男人面前自愧不如，是因为其有失败主义心理。她不敢把目标定得太高，满足于中等成功，还因为她从没有成为一个自由的人。教育和习俗强加给女人的种种束缚正在限制着她对世界的把握，为此女人首先要痛苦地、骄傲地开始她在放纵和超越方面——即在自由方面的实习。只要她仍不得不为做一个人而斗争，她就不可能成为创造者。最后，波伏娃呼吁女人应当为成为一个自由的人而勇于去冒险。"自由的女人正在诞生；她一旦赢得了对自己的所有权，也许蓝波的预言就会实现：'在她们当中，将会有诗人出现！当女人受到的漫无边际的束缚被消除的时候，当她能为自己并通过自己去生活，并且当男人（他们至今仍是可恶的）把她松开的时候，她也会成为诗人！女人将会发现未知事物！她的观念世界和我们的会有什么不一样吗？她将碰到陌生的、深奥的、排斥的、愉快的事物，我们将占有它们（事物），我们将认识它们。'她的观念世界未必就和男人的不一样，因为她只有获得和他们一样的处境，才会得到解放；说她在何种程度上是有差别的，说这些差别在何种程度上仍有其重要性——这其实是在碰碰大胆推断的运气。可以肯定的是，迄今为止，女人的发展前景一直在受着压制并且丧失了人性，现在是时候了，让她为了她自己的利益，为了全人类的利益去冒险吧！"

波伏娃预言，由于女人"低人一等"的地位是男性世界硬加在她身上的，作为次要者的生存者——女性，就不能不要求重新树立自己的主权地位，而自由的每一方都不想承认对方，并想支配对方，为此两性间的对抗也将越来越激烈。波伏娃认为，男女两性平等虽然在苏联社会主义国家获得了表征上的实现，但未必从实质上达到了真正的平等。波伏娃赞同男女同校，平等教育，她批评了那种认为男女在具体问题上实现了平等，就不可能再有狂喜、堕落、销魂和激情的错误观点，认为这是毫无根据的。她的结论是：要在既定世界当中建立一个自由的领域，获得最大的自由，男人和女人首先就必须依据并通过他们的自然差异，去毫不含糊地肯定他们的手足关系。

第三节 西方女性主义批评理论

一、西方女性主义批评理论产生的背景

西方女性主义批评理论产生于20世纪60年代女权运动的第二次浪潮，是伴随着黑人民权运动的高涨、形式主义批评的内在危机、后现代主义思潮的兴起以及女性文学的兴盛而产生的。

20世纪60年代，美国反对种族歧视的斗争风起云涌。受到"黑旋风"运动的启迪，女权主义者要求妇女自由和性别平等，强调女性意识，这对许多知识女性产生影响。而两次世界大战带给人们的精神创伤使他们对战争和政治产生怀疑，转而追求文化革命，社会中虚无主义思想盛行，后现代主义思潮兴起。同时，英美新批评衰落，结构主义向解构主义转化，也促进了

女性主义批评理论的勃兴，加之世界范围内女作家群的崛起，都为女性主义批评理论提供了充足的文本经验基础。例如，法国的西蒙娜·德·波伏娃、玛格丽特·杜拉斯，英国的简·奥斯汀、"勃朗特三姐妹"、艾德琳·弗吉尼亚·伍尔夫、琼·里斯本和美国的艾丽丝·沃克、托尼·莫里森等。

1970年，美国女性主义者凯特·米勒特的博士论文《性政治》出版。在文中，她不满新批评派片面地从审美层面分析文学作品的做法，认为传统文学是父权文化意识的产物，男性作家凭借其性别意识，在自己的文学天地里重置着现实世界的性政治。所谓"性政治"，是指在两性关系中，男性用以维护父权制、支配女性的策略。她用大量篇幅集中探讨了性别权力关系在戴维·赫伯特·劳伦斯（1885—1930，英国小说家、批评家、诗人、画家）、亨利·米勒（1891—1980，美国"垮掉的一代"作家）、诺曼·梅勒（1923—2007，被誉为"美国的良心"）和让·热内（1910—1986，法国当代著名小说家，同性恋者）等4位作家作品中的体现，得出尽管这些作家采用的方式和角度不同，但是在他们的笔下，女性总是被贬损到被压迫、受支配的地位。因此，女性主义文学批评家的任务就在于披露性别歧视，从而使作者和作品从父权制意识的观念中解放出来。由此可以联想，在传统的文学研究中，由于女性失去了话语权，因而对女作家作品的研究都是基于男性视角，采用"男性中心文化"的标准进行阐释、解读，其结果是男性的文学经典标准得到进一步的确立和扩大，相反女性作品则被排斥到边缘。从这个意义上说，凯特·米勒特的《性政治》展示了文学批评的一个新视角，标志着女性主义批评理论作为一种新的、独立的批评方式的形成。

二、西方女性主义批评理论发展的阶段

女性主义批评理论基于女性经验和性别意识，通过对具体作家文学文

本的研究,揭示其中的性别歧视和女性意识,这是纯粹意义上的"文学批评"。在此基础上,进一步批判男女不平等的社会现实,这就使女性主义批评理论具有了"社会批判"的意义。具体来说,它经历了以下三个阶段。

第一阶段,20世纪60年代末至70年代中期,女性主义批评理论着重揭露和批判男性中心文化("逻各斯中心主义")对女性形象的丑化和歪曲,如"美丽的天使""厌女倾向"等。代表作为凯特·米勒特的《性政治》。

第二阶段,20世纪70年代中期至80年代中期,女性主义批评理论着重挖掘和阅读传统女性文学,探索女性文学的创作和批评模式。代表作为伊莱恩·肖瓦尔特的《她们自己的文学》、桑德拉·吉尔伯特和苏珊·古芭合著的《阁楼上的疯女人》等。

第三阶段,20世纪80年代中期以后,女性主义批评理论反思以往文学研究的局限,从跨学科跨性别角度探索对性别差异进行比较研究的"性别诗学",呈现出多元发展的理论格局和态势。代表作是茱莉亚·克里斯蒂娃的《妇女的时间》等。

三、西方女性主义批评理论的主要流派

西方女性主义批评理论在发展的过程中综合借鉴了20世纪各种文学批评的经验,是一个复杂、多元、开放的理论体系,因此流派纷呈。从批评阵营的角度,可分为法国学派和英美学派;从借鉴其他批评经验的角度,又可分为马克思主义女性主义批评、精神分析女性主义批评、后殖民女性主义批评、后现代女性主义批评和生态女性主义批评等。

(一)法国学派和英美学派

1.法国学派

法国女性主义批评理论发端较早且自成系统,受后结构主义批评的影响,

重视语言批判和心理建构，强调打破并颠覆男权话语，建立"女性书写"。其代表人有除了早期创作出"妇女解放运动的《圣经》"的西蒙娜·德·波伏娃外，还有露丝·伊利格瑞、茱莉亚·克里斯蒂娃、埃莱娜·西苏等。

露丝·伊利格瑞是法国著名哲学家、心理学家和精神分析学家，曾获得哲学、心理学和语言学3个博士学位，也曾师从拉康。代表作为《窥镜，作为他者的女人》（一译为《他者女人的反射镜》）（哲学博士论文）等。在文中，她以鲜明的性别差异立场对西方哲学话语展开了批判与重建并举的双轨策略。她将精神分析学的"工具"即镜子作为她的批评装置，"往回穿过男性的想象"，查看自柏拉图以来西方哲学传统中男权秩序的功能。得出，在传统哲学视野中，女人不是被看成"缺乏"、一个"黑洞"，就是根本不存在。因此，要重读、重释柏拉图，以便揭露自他以来将隐喻确定为意义载体的种种策略，要考察理论的发展史，要重新标记女人——他者——在哪里和怎样被从话语生产中排斥出去。这样做的目的就是建构自主女性主体性，因此她提出"女性谱系"理论，主张重建前俄狄浦斯阶段母女亲情的新型女性关系，倡导"女人的表达"。伊利格瑞的"窥镜"理论直接冲击了弗洛伊德性别理论和父权社会的二元对立等级制度，因而论文发表后，她就被逐出弗洛伊德精神分析学派。

茱莉亚·克里斯蒂娃是法国著名的文学评论家、精神分析学家和第三代女性主义代表，也是"波伏娃奖"的创始人。1974年和2010年先后2次访问过中国，第1次回国后发表《中国妇女》。她曾受语言学家弗迪南·德·索绪尔、精神分析学家拉康、俄罗斯哲学家和文论家巴赫金理论的多重影响，著有《符号学》。她认为在人类生命的最初阶段存在着"符号"，因而提出"符号写作"，并以此打破父权制社会的"象征秩序"。

埃莱娜·西苏是法国当代最有影响力的小说家、戏剧家和文学理论家之一，她与伊利格瑞、克里斯蒂娃一起被公认为"法国女性主义文论界三位最有影响力的代表人物"。其影响最大的女性主义批评之作是《美杜莎的笑声》（1975年），在文中西苏批评詹姆斯·乔伊斯等男性作家将女性与死亡等同，指出这些作家用语言将女性限制在一个"狭隘的经济体系"。她指出:"男人们说有两样东西是无法表现的:死亡和女性。那是因为他们需要把死亡与女性联结起来。"①她将写作分为阴性书写和阳性书写,认为女性要打破男性创造的二元对立的菲勒斯-逻各斯体系,就要进行"阴性书写"。在西苏的眼中,女人用"白色墨水"书写,她们的文字将如河流般自由流淌,说出了一切未被言说的可能性。女性通过写作,在思想领域为自己创造出一个相对独立的空间,并以此为跳板逐渐走向自由王国。西苏并不否认她借用了男性的语言,因为别无选择,她只能借用这种她想摧毁的语言,这就是她的"女性写作"的概念和理论。对此著名女性主义批评家托里尔·莫瓦评价道:"大部分由于埃莱娜·西苏的努力,'女性写作'问题得以占据70年代法国的政治与文化讨论的中心位置。"②

除上述3位法国女性主义批评家外,来自挪威的陶丽·莫依也是"法国学派"的代表性人物。陶丽·莫依是20世纪挪威著名的女性主义学者和文学批评家,深受后结构主义的影响,代表作为《性与文本的政治:女权主义文学理论》。

2.英美学派

英美学派是一种强调以妇女为中心的社会、历史的批评理论,内部较为复杂。英国的女性主义批评理论倾向于马克思主义,强调阶级与性别因素,以弗吉尼亚·伍尔夫、玛丽·雅各布斯为代表。而美国的女性主义批评理论包括美国黑人女性主义批评理论、美国亚裔女性主义批评理论、第三世界女性主义批评理论等,主要代表为伊莱恩·肖瓦尔特、桑德拉·吉尔伯特、苏珊·古芭和凯特·米勒特等。

---

①埃莱娜·西苏:《美杜莎的笑声》,转引自张京媛主编《当代女性主义文学批评》,北京大学出版社,1992,第200页。

②张琼:《身体的困惑——从〈美杜莎的笑声〉中看到的》,《咸宁学院学报》2008年第1期。

弗吉尼亚·伍尔夫（1882—1941）是英国意识流小说家，也是女性主义文学批评理论的先驱，被誉为20世纪现代主义与女性主义的先锋，其代表作为《一间自己的屋子》，这是其1928年在剑桥大学女子学院以"妇女和小说"为题所作的演讲，发表后一鸣惊人，该著作被评为当代英语国家第一部重要的女性主义文献。在文中，她引用特里威廉教授《英国史》中的实例，指出英国18世纪以前女性在家庭和社会的悲惨命运：

> 打妻子是大家公认的男人的权利，而且不论上等人或下等人一律如此做而不以为耻。……同样，假使女儿拒绝和父母所选定的男人结婚，就会被关起来，被鞭打，在屋里被推得东跌西撞，而大众恬不为怪。婚姻并不是个人情感的事，而是家庭贪婪的工具。①

可见，在现实生活里，女性就是父亲和丈夫的财产以及生儿育女、传宗接代的工具。然而在想象视域里，女性又是多么的聪明、重情和富有魅力啊！因此，女性要想摆脱现实困境，必须重塑自我。那么，女性应该怎样重塑自我呢？伍尔夫指出，女人要有一间自己的屋子，而且每年有五百镑的入款。她说：

> 一年五百磅（镑）入款可以代表沉思的力量，门上一把锁象征能替自己想的力量……智力的自由全靠物质环境……而女人历来都是穷的，并不仅是二百年来，而是有史以来就穷。女人比希腊奴隶的子孙的智力的自由还要少，……这就是我所以这么注意钱和一间自己的屋子的理由。②

在此，伍尔夫使用"父权制"概念揭露社会对女性的不公，同时告诫女

---

① 弗吉尼亚·伍尔夫：《一间自己的屋子》，王还译，上海人民出版社，2008，第58~60页。

② 弗吉尼亚·伍尔夫：《一间自己的屋子》，第148~151页。

性，不应满足于拥有一间自己的屋子，还要剔除掉"房中的天使"，即自我意识里的落后思想，才能获得精神的充分自由。她批评所谓的"女性气质"，主张构筑适合于女性自身的话语和写作，并提出"双性同体"才是有效弥合两性差异的基本途径。

肖瓦尔特是美国著名女性主义理论家和文学评论家。从 20 世纪 70 年代至今，她发表了大量女性文学批评著作，如《她们自己的文学：从勃朗特到莱辛的英国女性小说家》《走向女权主义诗学》等。在《她们自己的文学：从勃朗特到莱辛的英国女性小说家》中，肖瓦尔特描述了从勃朗特时代起到当今英国小说中的女性文学传统，指出历史上确实存在着妇女文化传统，只不过"伟大"这一男性批评话语阻碍了妇女进入文学，因而才形成了奥斯汀巅峰、勃朗特峭壁、艾略特山脉和伍尔夫丘陵这样的断裂。女性写作是有共同的生理和心理基础的：青春期、行经、性心理的萌动、怀孕、分娩和更年期闭经等女性特有的生理过程以及作为女儿、妻子和母亲的社会角色所特有的心理体验等。这种不同于男性的特有体验使她们紧密结合在一起，形成一种非自觉的文化上的联系，这就是妇女文化的亚文化。因此，女性主义批评理论就应揭破菲勒斯文化压抑和贬损女性文学的伎俩，重新发现和构建"女性批评学"。肖瓦尔特的这部著作被认为是划时代的巨作，影响深远，对英美女性主义批评理论的形成和发展起到关键作用。

美国著名的女权主义评论家桑德拉·吉尔伯特和苏珊·古芭合作出版了数量可观的女性文学批评和女权论作品，为女性文学研究作出了独特贡献。代表作有《阁楼里的疯女人——女性作家和 19 世纪文学想象》《诺顿妇女文学选集》等。在《阁楼里的疯女人——女性作家和 19 世纪文学想象》中，她们提出"作者身份焦虑"理论，开启了对女性文本作深层挖掘的思路。总之，两位学者对发现和构建女性文学的传统、建立女性主义理论体系等女性主义批评理论重大问题的发展都作出了重要贡献，而且为当代文论研究提供了方法和借鉴。

（二）其他女性主义批评流派

1.马克思主义女性主义批评

马克思主义女性主义批评产生于 20 世纪 60 年代，是从马克思主义有关妇女的理论中吸取精华，以便建立一种与男性针锋相对的女性的"她者"声音。需要指出的是，马克思与恩格斯并没有论述妇女问题的专著，可是他们在创建马克思主义哲学、政治经济学和科学社会主义理论体系的过程中不断地触及妇女问题，在《共产党宣言》《德意志意识形态》《家庭、私有制和国家的起源》等著作中有大量关于妇女问题的论述，这就形成了以辩证唯物主义和历史唯物主义为基础的相当系统的马克思主义妇女理论。马克思主义女性主义批评初期代表人物为英国的朱丽叶·米切尔，她宣称："提出女性主义的问题，给予马克思主义的回答。"[1]该批评首先强调压迫，认为阶级是妇女受压迫的根源，资本主义制度造成了对女性的压迫，因而妇女反抗压迫应当被看成是争取实现共产主义社会的广泛斗争的组成部分。其次，其赞同马克思主义关于"妇女解放的第一个先决条件就是一切女性重新回到公共劳动中去"的观点。在对文学文本的批评实践中，马克思主义女性主义批评指出，妇女形象在男性作家笔下形成了两个极端，要么是"天使"，要么是"恶魔"，两种截然不同的形象均反映了现实中男性对女性的偏见、惧怕、压迫和不公。这些形象其实是男性心灵的投影，是与现实中的妇女极不相符的"假"的形象。最后，该学派更侧重于对马克思主义的质疑、批评和补充、修正。

2.精神分析女性主义批评

受弗洛伊德和拉康的精神分析学说的影响，早期精神分析女性主义批评从强调男女平等转为承认男女性别差异。女性在差异的名义下，拒绝接受男

---

[1] 鲍晓兰主编《西方女性主义研究评价》，生活·读书·新知三联书店，1995，第194页。

性的符号秩序，赞美女性，强调女性心理的独特性。基于此，波伏娃、贝蒂·弗里丹、凯特·米勒特、露丝·伊利格瑞等对弗洛伊德和拉康学说中的"阳物崇拜"发起了猛烈的攻击。她们认为，在弗洛伊德理论下，女性被置于补充和寄生的地位，是一个有别于正常"主体"的异体。后期精神分析女性主义批评借鉴精神分析学中有关语言和欲望的理论，提出"女性话语""女性写作""躯体写作""双性同体"等新概念。代表人物为露丝·伊利格瑞、埃莱娜·西苏和茱莉亚·克里斯蒂娜等。例如，克里斯蒂娜批判拉康学说中的"象征秩序"，提出了足以颠覆"菲勒斯中心主义"的富有挑战性的符号学。她认为，在"菲勒斯中心主义"社会中，上帝、父亲、法权符号对女性实行压抑，只有在语言中才可以找到尚且残留的"记号"。女性可以用它自由书写，对"菲勒斯中心主义"秩序进行扰乱。同时建立女性话语，实现颠覆传统男女二元对立话语。伊利格瑞提倡妇女以不同于男性的方式讲话，只有模仿男性话语，才不会被人当作是无法理解的絮絮叨叨，而女性意识也只能在其模仿的符号和字里行间中体现出来，这种充满符码意义上的"女人话"也只能在文本书写中才能展现它的威力。那么什么是"女人话"呢？"女人话"文体可以是各种文体（诗歌、小说、理论等）的交错相杂以及互文、双关、反讽等。

  西苏在《美杜莎的笑声》中不仅提出"女性写作"的概念，还提出女性必须通过她们的躯体来写作。因为"几乎一切关于女性的东西还有待于妇女来写：关于她们的性特征，即它无尽的和变动着的错综复杂性；关于她们的性爱，她们身体中某一微小而又巨大区域的突然骚动。不是关于命运，而是关于某种内驱力的奇遇，关于旅行、跨越、跋涉，关于突然的和逐渐的觉醒，关于对于曾经是畏怯的继而将是率直坦白的领域的发现。妇女的身体带着一千零一个通向激情的门槛，一旦她通过粉碎枷锁、摆脱监视而让它明确表达出四通八达贯穿全身的丰富含义时，就将让陈旧的、一成不变的母语以多种语言发出回响"。①可见，西苏强调女性写作必须要通过"躯体写作"，其目的在于：第一，解除女性压抑，释放女性潜能，"必须让人听到你的身体，只有到那时，潜意识的巨大源泉才会喷涌"，"解除对其性特征和女性存在的抑制关系"；第二，创造女性自己的语言和历史，确立妇女自己的地位，"夺取讲话机会"，"打进一直以压抑她为基础的历史"，"为了她自身的权利，在一切象征体系和政治进程中，依照自己的意志做一个获取者和开创者"。②

众所周知，女性话语是不重视理性的、反逻辑的、反等级的。精神分析女性主义文学批评对陈染（《私人生活》《与往事干杯》）、林白（《一个人的战争》）和九丹（《乌鸦》《女人床》）等20世纪90年代中国新生代女作家影响极大。她们就崇尚个性化写作、私人写作、经验写作、私人话语等。她们运用个人话语方式消解"菲勒斯中心主义"的权威话语、行为规范和只体现男性的价值标准的女性形象，进而建构一个独立平等的女性主义文化空间。③

3.后殖民女性主义批评

后殖民女性主义批评又称"第三世界女性主义批评"，包括美国黑人等少数族裔女性主义批评，亚洲、非洲、拉丁美洲以及加勒比海地区的女性主义批评，是20世纪80年代以后女性主义批评与后殖民批评相结合的产物。

"后殖民"理论的创始人是出生于耶路撒冷的爱德华·W·萨义德（1935—2003）。他在著作《东方学》（1978）中指出，19世纪西方国家眼中的"东方"并非自然的存在，而是欧洲最常出现的他者形象，是欧洲物质文明与文化的一个内在组成部分，是强势者对弱势者的符号编码，体现了文化霸权或欧洲中心论。"有大量的作家，其中包括诗人、小说家、哲学家、

---

① 李爱云：《精神分析女性主义文学批评述评》，《太原城市职业技术学院学报》2009年第8期。
② 同上。
③ 同上。

政治理论家、经济学家以及帝国的行政官员,接受了这一东方/西方的区分,并将其作为建构与东方、东方的人民、习俗、'心性'和命运有关的理论、诗歌、小说、社会分析和政治论说的出发点。"[①]《东方学》系统地批判了欧洲的殖民体制和思想,为处于主流文化外和第三世界国家的女性主义者提供了新的视角,被誉为后殖民批评或第三世界批评的奠基之作。

美国黑人女性主义者彻丽·莫瑞哥与格拉瑞·安萨尔杜拉主编的第一部美国第三世界女性主义专著《我的背是座桥》,号召美国少数民族妇女要与种族主义作斗争,要推翻国内国际的殖民主义统治,这就将性别问题与种族问题联系起来。由此,这本书被视为美国第三世界女性主义的宣言书。

后殖民女性主义批评以不同政治和文化语境中的女性为关怀的对象,主要特征是批判殖民主义意识形态(文化霸权),揭穿建构主流文化主导体制背后的意识形态和权力机制,把性别问题放在国家、种族、帝国主义、资本主义跨国公司、殖民与被殖民的各种因素中去探讨,批判西方/白人/中产阶级女性主义的"霸权",要求全面反映所有处于被压迫情境中的女性,强调女性主义批评话语的多元性、多层次性,关注跨文化的性别差异性。其代表人物为C.T.莫汉蒂(代表作为《西方的注视下:女性主义学识与殖民话语》,1984)、G.C.斯皮瓦克、B·史密斯等。后殖民女性主义宣称,殖民主义及帝国主义的政治与经济侵略是以男权意识形态为基础的,加重了第三世界妇女受压迫的状况,而西方白人女性主义者无视其他种族妇女的存在,将种族、地域、阶级等因素排除在女性主义视域之外,不自觉地表现了男权传统的霸权主义或"帝国主义女性主义"。例如,西方白人女性主义者往往强调女人个性、欢悦、欲望的层面,以性生活替代妇女的日常生活,以其"性开放"的标准来衡量非西方地区妇女的解放程度。可是对于不少发展中国家来说,受族群政治制约的妇女的生存权才是最重要的,这些国家妇女的身体常被用

[①] 爱德华·W·萨义德:《东方学》,王宇根译,生活·读书·新知三联书店,1999,第4页。

来测试发达国家未上市的避孕药物的实效性，而印度、韩国及我国台湾等地的跨国公司对女工的剥削，更鲜明地呈现出殖民压迫与性别压迫的复杂关系。此外，在"劳动权""母亲""姊妹情意"等词语的理解和使用上，白人女性主义者与第三世界女性主义者的指称也有着显著的差异。

总之，后殖民女性主义批评指出，女性问题应放在政治、民族、殖民、经济利益及性别中来探讨，性别歧视不是问题的核心，殖民压迫、种族歧视等族群政治才是问题的关键。因此，第三世界女性应结成政治联盟，进行集体抗争，从阶级、宗教以及性别的层面考察女性问题，从而打破"第三世界女性"的刻板形象。

4.后现代女性主义批评

后现代女性主义批评产生于20世纪80年代，是受后现代主义文学思潮影响的产物。之所以如此，是因为后现代主义与女性主义具有同样的要求，如后现代主义消解并颠覆整体性，认为世界是支离破碎的、无序的，缺乏中心控制机制。女性主义要求解构菲勒斯中心主义，"去中心化"，这与后现代主义不谋而合；后现代主义主张推翻宏大叙事和主导叙事，消解中心话语，而女性主义批判男性中心话语，建构女性话语的书写原则，两者在这点上达成一致；后现代主义反对一致性和同质性，强调差异性、多元性，而女性主义也强调种族、地域、阶级等因素的差异。但是，后现代主义和女性主义也有一些矛盾之处，如后现代主义解构主体性，而女性主义则为争取自己的主体性而斗争。尽管如此，后现代主义为女性主义批评的建构搭建起了新的阐释框架，提供了新的视角。

后现代女性主义批评的主要特征是消解中心、关注个体差异、倡导多元。女性主义的多元特征主要源于女性所处的国家、地域、阶级/阶层、职业、文化、宗教等方面的巨大差异。作为一个阶级，女性同其他阶级的最大不同之处就在于她们没有相对集中的居所，而是分散在由经济状况决定的其他阶级之间，女性面临的生活状态和需要解决的问题也千差万别，多种政治诉求之间甚至出现矛盾。在后现代语境下，女性内部的多元特征得到突出表现，但是在现实生活中很难得到解决。如何在多样性中谋求共性、保持共性、发扬共性，提出有共性的女性主义主张，增强反抗父权文化的能力，也是摆在后现代女性主义理论家面前的重要课题。为此，一些女性主义者提出了发展姐妹情谊或女性友谊的主张，以在多元中谋求统一，保持有效的斗争力量。

5.生态女性主义批评

生态女性主义批评产生于 20 世纪 90 年代，是妇女解放运动和环境保护运动相结合的产物，其产生背景是 20 世纪 60 年代以来的环境恶化和生态危机。最早提出"生态女性主义"这一术语的是法国学者弗朗索瓦·德·奥波妮，她在著作《女性或死亡》（1974）中将生态思想与女权思想相结合，批判压迫自然和女性的共同根源——父权制、二元论和统治逻辑。

生态女性主义批评从自然、环境、性别等多重视角进行文学研究，通过重读文学经典（包括妇女文学文本），发掘曾经被埋没或受冷落的作家及其作品，肯定、赞扬这些作品中蕴含的生态思想、女性意识，通过文学作品所反映出来的生态危机揭示物种歧视和性别歧视，并对现代社会中的自然压迫和性别压迫进行文化反思和批判，以达到解构人类中心主义和菲勒斯中心主义的目的。也就是说，它将自然、性别、文学、文化联系起来并进行考察，着重寻找经典文学作品中自然和女性的错位，考察自然、女性在文学作品中"他者""边缘""失语"的地位，唤起人们对自然和女性的理解和尊重，唤醒人们的生态保护意识和男女平等意识，同时也要探索文学的生态审美及其艺术表现。例如，生态女性主义批评家帕特里克·墨菲教授通过研究加拿大当代著名作家玛格丽特·阿特伍德的小说《浮现》，指出女主人公由环境遭受的破坏联想到自己身为女性所遭受的压迫，认识到环境和女性遭受压迫的同质性，决定不能再沉默下去了。另一位研究者夏洛蒂·柔·沃克则对英国女作家弗吉尼亚·伍尔夫的短篇小说进行分析，指出伍尔夫的小说通过动物、鸟类和风景的描写，揭示了自然、生命与死亡的关系等问题。

总之，生态女性主义批评以期建构交叉互动的多元化文学批评理念，为文学创作与研究拓展了新的视角，开辟了广阔的空间，因而充满无穷的活力。

第四节　女性主义批评理论在中国的传播与发展

一、女性主义批评理论在中国的传播

女性主义批评理论作为一种文学思潮，是20世纪80年代开始从西方引入中国的，但这并不意味着中国文学传统中就没有女性意识的萌芽。晚明时期杰出的启蒙主义思想家李贽质疑并批判宋明理学"存天理、灭人欲"的本质，提出"童心说"。所谓"童心"，也就是"真心"，即维护人性，主张男女平等，这有力地推动了中国人性觉醒和思想解放的浪潮。"五四"时期，革命志士秋瑾为追求解放慷慨赴义的壮烈精神激励着同时代的妇女。随之，涌现出陈衡哲、冰心、庐隐、丁玲、萧红、张爱玲等一大批女作家，然而受时代思想的局限，她们只是从女性的视角书写出女性的命运与悲剧，未能将这种女性意识升华为具有普遍价值的文学流派。

1981年，中国学者朱虹在《世界文学》1981年第4期上发表了《美国女作家作品选·序》，文章最先介绍了美国女性主义文学。1983年，她选编《美国女作家短篇小说选》，开始系统地译介西方女性主义文学理论。1986年，西蒙娜·德·波伏娃的《第二性》中文版问世，标志着女性主义批评正式在中国传播。此后，玛丽·伊格尔顿主编的《女权主义文学理论》、伍尔夫的《一间自己的屋子》、陶丽·莫依的《性与文本的政治：女性主义文学理论》、米勒特的《性政治》等西方女性主义文学批评家及其著作被大量地译介，中国学者特别是女性学者积极呼应并参与到翻译、介绍、评价和应用该理论进行文学研究的实践热潮中。1995年，在北京召开的"世界妇女大会"更有力地推动了中国女性主义批评理论实践的发展。孟悦、戴锦华撰写的《浮出历史地表——现代妇女文学研究》从女性主义视角出发，颠覆菲勒斯中心文化，

重构中国现代文学史，代表了当时该领域研究的最高水平。此外，刘慧英、李小江、林树明、罗婷等都是中国女性主义批评理论与文学实践的重要代表。

二、中国女性主义批评理论研究的特点与发展趋向

中国女性主义批评理论是在接受西方女性主义批评理论及其文本创作的基础上形成和发展起来的，具有阶段性发展、理论与实践相结合以及研究群体以女性为主且学历层次高等特点。

首先，从阶段性发展来看，20世纪80年代至90年代中期，女性主义批评理论偏重政治伦理性，主要从女性意识出发，基于女性在中国两千多年的历史长河中作为缺席者身份所受到的性别压抑与束缚，着力批判传统文学文本中的男性中心主义思想，主张性别平等，恢复女性主体意识，努力构建文学中的女性话语。其主要贡献在当代诗歌和小说领域，如翟永明的《黑夜的意识》、伊蕾的《独身女人的卧室》、舒婷的《致橡树》和刘索拉的《女贞汤》等。20世纪90年代后期女性主义批评理论开始转向性别研究，"结合历史和现实剖析性别化的民族、国家话语；揭示以往文学批评在对文化与历史的再现进行评论时所呈现的性别盲点；从性别角度对文学创作的主旨、形象、叙述方式以及语言等进行分析；对国内学界的性别研究实践进行理性审视等"。[①]

其次，理论与实践相结合。从对西方女性主义批评理论的接受到应用于文学创作实践和研究，中国女性主义批评理论不仅逐渐超越单纯的以女性经验为中心的文本解读和分析，还力图构建出契合我国当代国情的"中国式"女性主义批评话语，呈现出多点透视、强调性别平衡的学术观。这就意味着，

[①] 乔以钢主编《"性别视角下的中国文学与文化"丛书·总序》，转引自马勤勤《隐蔽的风景：清末民初女性小说创作研究》，南开大学出版社，2016，第3页。

"研究者更倾向于以一种'涵盖的视野'考虑两性复杂的经验，认识到这种经验是在社会性别与种族、族裔、阶级、性倾向、年龄等多重因素的相互作用中产生的，从而避免在性别问题的讨论中陷于狭隘和偏执"。[①]

最后，研究群体以女性为主且学历层次高。40年来，从事女性主义批评理论研究的主体呈现出群体性态势，即一方面是各大高等院校从事外国语言文学或中国语言文学研究的女教师、以"女性中心"之类命名的研究机构人员；另一方面则是相关领域的女性硕士研究生、博士研究生、博士后等。她们接受过系统且正规的教育，基础扎实，其中不乏一些直接从国外学习和掌握女性主义批判理论研究与方法者。这是令人可喜的成果！但是同时也不免使人感到些许遗憾：女性主义批评理论研究队伍里鲜见男性研究者的身影；《女性文学》选课学生中男学生寥寥无几。尽管今天的中国女性主义研究者努力修正两性的传统认知与偏见，奋力开辟出两性和谐发展的新天地，却仍不时地受到一些偏激者的冷嘲热讽，这是中国女性主义研究者们需要正确面对并努力克服的问题。

思考与练习：

1. 女性主义的概念与特征是什么？
2. 女性主义经历了哪几个发展阶段？
3. 《第二性》的主要观点是什么？
4. 简述西方女性主义批评理论产生的背景与发展阶段。
5. 西方女性主义批评理论的主要流派有哪些？其主要观点是什么？
6. 概述西方女性主义批评理论在中国的传播和发展。

[①] 乔以钢主编《"性别视角下的中国文学与文化"丛书·总序》，第3页。

第三章　女性文学本体论

　　众所周知，在女性被边缘化的封建社会里，女性不仅被剥夺了受教育权、婚姻自主权、经济独立权，而且还被剥夺了创作权。在 18 世纪以前的世界文学史上，女诗人、女作家凤毛麟角，鲜有被列入官方正统文学的。其中比较著名的有中国南宋时期女诗人李清照，日本平安时期宫廷女官、女小说家紫式部以及公元前 600 年前古希腊抒情女诗人、被柏拉图称为"第十位文艺女神"的萨福等。18 世纪末、19 世纪初，随着西方资本主义社会内部矛盾的尖锐化和女性意识的觉醒，世界范围内女作家群开始崛起。英国率先垂范，一大批女小说家步入文坛，开创了女性文学的新时代。进而，当历史的车轮驶入 20 世纪，特别是 20 世纪下半叶以来，女作家仿佛春风吹开了的花朵，又如雨后的春笋在世界各国相继涌现，以各自的创作占据文坛的一角，共同烘托起了女性文学创作的半壁江山，甚至有的女作家还获得了诺贝尔文学奖，如美国女作家赛珍珠、黑人女作家托妮·莫里森等。

第一节　女性文学的兴起与课程设置

一、世界范围内女作家群的崛起

（一）英国女作家群的异军突起

翻开18世纪以前的英国文学，我们看不到女性写作的痕迹。因为那个时代女作家的名称、身份不仅不被承认，反而被认为是可耻的，有时作品也不得发表。例如，夏洛蒂·勃朗特曾用本名发表《简·爱》，却遭遇失败，后来她和姐妹们在作品上署上某个男子的名字，作品才得以发表。当时，许多英国女性都假托某个男性的名字而匿名写作，并且在创作中尽量模仿男性的语言，采用男性所惯用的艺术形式，"唯恐流露出女性的痕迹"。可想而知，那时女作家的创作环境是极其恶劣的。然而，正是这些被压抑的女性们创造了18世纪英国文学特别是小说的辉煌。正如伊恩·瓦特在《小说的兴起》中所指出的："绝大多数18世纪的小说，都是出自女性之手。"[1]而到了19世纪，英国女作家更是异军突起，在小说领域取得骄人的成就，从而打破了女性不能创作的神话，并赢得了英国19世纪是"女性小说家的时代"[2]的美誉。代表性的小说家有简·奥斯汀、苏珊·弗里娅、玛丽娅·爱德华、玛丽·雪莱、哈丽特·玛蒂诺、黛娜·米勒克、勃朗特三姐妹、盖斯凯尔夫人、夏洛蒂·杨格、亨利·伍德夫人、乔治·艾略特和玛格丽特·奥丽芬特等著名女作家。其中，简·奥斯汀、勃朗特三姐妹、盖斯凯尔夫人和玛丽·雪莱是具有世界声誉的作家。

---

[1] 李小江：《英国女性文学的觉醒》，《外国文学研究》1986年第2期。
[2] 梅丽·威廉斯：《英国小说中的妇女，1800—1900》，转引自刘晓文《建立女性的神话——论维多利亚时代的女性文学》，《外国文学评论》（人大复印资料）1989年第8期。

这一时期，英国女性文学之所以异军突起，走在世界各国女性文学的前列，是有政治、社会、文化和女性心理等方面原因的。

第一，英国女性自由意识的觉醒。伴随着英国资产阶级革命和工业革命的到来，一些女性开始意识到自己在社会中的无权地位，要求平等的呼声此起彼伏。以玛丽·霍尔斯东·克雷弗特为代表的英国女权主义者大声疾呼，应给女性以自由发展和自主选择职业的权利。许多女性开始从家庭走上社会，为获得经济独立而斗争，这大大激发了英国女性自由意识的觉醒。

第二，英国中产阶级女性的阅读和写作要求促进了女性文学的繁荣。18世纪的英国工业革命为英国经济创造了巨大的财富，也给社会培养了一批有钱、有教养和生活闲适的中产阶级女性。她们除了上街购物，举办一些沙龙外，大部分闲余时光只能在消遣阅读书籍和杂志中度过。随之，一些中产阶级女性开始尝试写作，但受当时时尚的影响，她们作品中的女主人公都是一些像帕美拉式的淑女形象，即"家庭的天使"。帕美拉是英国书商理查逊（1689—1761）的书信体小说《帕美拉》的同名主人公，端庄娴静，虔诚宗教。当东家少爷企图诱惑她时，她毅然拒绝，而以自己的纯真贤淑使东家少爷幡然醒悟，而使自己得到明媒正娶。作为"高尚淑女"的理想化身，帕美拉成为英国女性争相模仿的对象。尽管这时女作家们的思想意识还很单纯，艺术手法还不够精湛，但这毕竟是英国女性第一次用自己的笔来抒写自己的生活和理想，充分显示了女性自我意识的初步觉醒。

（二）中国女作家群的崛起

尽管中国历朝历代都出现过比较杰出的女诗人、女作家，但是鲜能达到女性主体精神的萌发和女性群体意识的觉醒，尚缺乏独立自主意识。中国真正具有独立意义的女性文学的第一个繁荣期应始于20世纪初的五四新文化运动时期，彼时西方的自由、独立和平等等进步思想以及欧美各国蓬勃开展的妇女运动都极大地冲击着中国知识人的头脑。冰心、庐隐、陈衡哲、冯沅君、凌叔华、苏雪林、萧红、石评梅、张爱玲等一大批沐浴着欧风美雨的知识女性，率先冲破封建思想的牢笼，大胆地争取女性作为"人"的地位和权利。她们以诗歌、小说和戏剧等文学形式表达女性的内心欲求，抒发女性自我的人格尊严和独立意识，表现出反封建反礼教的叛逆精神。她们以其独具特色的文学创作，不仅助力了五四新文化运动，表明具有独立意义的中国女性文学的真正诞生，同时也极大丰富了我国新文学创作的宝库。

中国女性文学的第二个也是最重要的繁荣期是改革开放后女作家群的崛起，大有轻取中国文坛半壁江山之势。这一女作家群是由老、中、青三代女作家构成的，其人数众多，数量之大和质量之好都叹为观止。其中，老一代女作家追随着五四新文化运动进步的思想意识，把握时代的脉搏，塑造新时代的新女性；中年女作家抚平了十年动荡的历史给心灵造成的"伤痕"，并借鉴西方文学创作理论，努力寻找创作的突破；而进入 90 年代以后，随着网络文化的兴起，又有一大批思想新颖、学历层次比较高的年轻女性作家登上文坛，其中有被称为"另类作家"的陆离、代薇、卫慧和九丹等，还有被称为"新新一类作家"的尹丽川、严虹等。

综上所述，世界范围内女作家群的崛起充分说明：女性意识的形成和女性恢复言说权时代的到来。

二、女性文学课程的开设

在中国，作为女性学和性别研究的一个分支，女性文学课程于 20 世纪八九十年代在河南大学、天津师范大学、南开大学等 20 多所大学相继开设，课程性质多为选修课，32 或 36 课时，2 学分。尽管这门课程的名称被冠以"女性文学"的字样，可实际上讲授的内容比较繁杂，缺乏系统性。根据"两性视野学术网站"对中国大学女性文学课程开课情况的调查可知，女性文学课程讲授的内容有如下几类。

1.国别女性文学史或断代女性文学史论。例如，厦门大学林丹娅开设的

"当代中国女性文学史论"课程；北华大学师范学院张荔开设的"台湾女作家研究"课程；云南大学开设的"现代、当代女作家群的作品介绍"课程；洛阳师范学院中文系朱青开设的"中国当代女作家论"课程；首都师范大学荒林开设的"20世纪中国女性与文学"课程等。

2.介绍西方女性主义文学批评理论。例如，复旦大学张岩冰开设的"女权主义文论"课程；陕西师范大学屈雅君开设的"女性主义理论"课程，同时为研究生开设的"女性主义文学批评"课程。

3.介绍中外有代表性的女性主义文学批评家及其理论、著作和观点，同时以专题形式讲授中国女作家及其作品。这类内容的讲授在女性文学课程中占绝大多数，如曲阜师范大学楚爱华着重讲授谢无量的《中国妇女文学史》、谭正璧的《中国女性文学史》、康正果的《女权主义与文学》和明清小说中的女性形象；苏州科技学院中文系潘延则讲授张京媛的《当代女性主义文学批评》、林丹娅的《当代中国女性文学史论》、戴锦华和孟悦的《浮出历史地表》、西苏的《美杜莎的笑声》、伍尔夫的《一间自己的屋子》、张爱玲的《金锁记》和现代女作家作品专题。

总之，尽管女性文学课程的内容丰富多样，却缺乏真正从女性文学的角度来探讨女性文学创作规律的女性文学史，这不能不说是一件遗憾的事情。但是并不是说就没有这方面的理论探讨，有学者就试图从性别角度建构一部性别文学史，但"性别文学"的说法还有待探讨和研究。

第二节　女性文学的概念、研究范围与意义

一、女性文学的概念

提起"女性文学"这一词语，常有人这样问："女性文学"的名称科学吗？中国著名女性学者李小江教授讲过一个笑话："一次文学研讨会上，一位颇有影响的教授甚至戏言：'文学就是文学，难道还要像男女厕所一样分开吗？'"[①]可见，人们主观感觉上的"女性文学"带有一种反叛的性质，它意味着从本为男女组合为一体的"文学"中硬性分离出来，公然与"男性文学"对立，分头割据。就连身为女性的西班牙当代著名女作家安娜·玛丽亚·玛图特也特别讨厌女性文学的界说："我认为有两种文学：好的和坏的。对我来说，男人写的，女人写的，无论什么人写的都一样。此外，我唯一的希望是，作品要有文学质量。如果孩子们也写作，他们会写出真正是孩子们的东西。一般说来，我们是写不出来的。但是对我来说，在阅读和评价一本书的时候，所有这一类问题都不很重要。"[②]尽管人们曾对女性文学这一名称怀有种种的猜疑、否定，但是不容忽视的事实是："女性文学的提法却已被普遍接受"。因为"它是相对男性文学而言的"，能明确地突出"性别特征"。[③]

基于此，我们认为，女性文学的建立，是基于以下几种显而易见的事实：

---

① 李小江：《走向女人——新时期妇女研究纪实》，河南人民出版社，1995，第1页。
② 安娜·玛丽亚·玛图特：《写作是表达抗议的方式——西班牙皇家学院女院士访谈》，朱景冬译，转引自《外国文学动态》1998年第2期。
③ 吴黛英：《女性世界和女性文学》，转引自吕晴飞主编《中国当代青年女作家评传》，中国妇女出版社，1990，第3~4页。

首先，几千年来，女性是作为缺席者而存在的，丧失了话语权、受教育权。广大的女性没有知识，也没有机会借助文学形式表达自己的生之体验、情之感受。

其次，男性成为女性生活与命运、书写与评价的主要言说者，这就不可避免地使他们的言说或多或少地打上父权制社会伦理道德定势的印记，而这对女性来说是极不公平的。

最后，从世界范围看，伴随着西方女性主义运动和女性自觉意识的觉醒，文学领域一个突出的现象是，一大批才华横溢的女作家跃上文坛。她们以迥异于男性作家的独特眼光，借助文学手段来抒发女性对生活的思考，修正基于男权思想（"逻格斯中心"）对女性的错误书写，努力建构一种真正意义上的女性创作言说方式。当然，到目前为止，女性主义理论体系还处在探索、整合阶段，还需要不断地发展和完善。

那么，究竟如何界定女性文学的概念呢？"女性文学"又被称为"女子文学""妇女文学"等。关于女性文学，历来有广义和狭义之说。广义的说法是：泛指一切描写女性生活的文学作品，包括男作家创作的以女性形象为主人公的作品，如法国福楼拜的《包法利夫人》、俄罗斯列夫·托尔斯泰的《安娜·卡列尼娜》、中国汤显祖的《牡丹亭》等。女作家张抗抗持这种看法："我理解的妇女文学是一个范围广阔的领域，在这里浸透了男人和女人共同体验到的妇女对生活的一切爱和恨。""因为这是一个男人和女人共同的世界，男人笔下的妇女形象恰是女人塑造自己的一个不可缺少的补充。"[①]

狭义的说法是：由女作家创作的文学作品，包括女性生活的内在世界和外在世界，却不包括男性作家描写妇女生活的作品在内。张抗抗也同意这种观点："我们必须公正地揭示和描绘妇女所面对的外部和内部的两个世界。所以，如果能够把女作家所写的关于女人和男人以及整个社会生活的作品，

---

① 吕晴飞主编《中国当代青年女作家评传》，中国妇女出版社，1990，第3~4页。

统称为妇女文学，它的内涵和外延就会更加广泛和深刻。"[①]阎纯德在《二十世纪中国女作家研究》一书中也强调指出："有一个概念必须坚持：女性文学是女作家创作的文学，而不是女性主义，……另外，女性文学更不是凡是写女人的文学就是女性文学。"[②]目前，这种看法比较普遍，也基本上成为定论。

此外，还有一种更狭义的说法，认为：女性文学是指女作家所写的以女性生活为题材的作品。这种观点具有女权主义强烈的女性意识和女性特征，要求女作家在作品中必须表现女性的命运和情感世界，其目的在于颠覆男权中心主义的樊篱。笔者认为，这种理解是非常偏颇的，带有强烈的主观色彩。女作家笔下所描写的男性形象实际上也浸透着女作家的心血和思想，反映着她的男性观，正如我们从莎士比亚的《哈姆雷特》和托尔斯泰的《安娜·卡列尼娜》中可以看到两位文学大师的女性观一样，是了解作家世界观、性别观须臾不可缺少的。

综上所述，"女性文学"是指女作家的文学创作，是古今中外一切女性作家共同创造的语言艺术世界。它以女性作家为创作主体，以女性独特的视角观察社会、透视人生，并借助艺术语言来塑造形象，表达对生活的理解和人与人之间关系的感受、判断。女性文学包含内在和外在两个世界：内在世界是女性作家对女性自我世界的开拓，是女性在文学上的自我表现；外在世界是女作家对于女性世界之外的整个社会人生的艺术把握。两个世界相互渗透、照应、紧密联系在一起。

[①] 张抗抗：《我们需要两个世界》，《文学评论》1986年第1期。
[②] 阎纯德：《二十世纪中国女作家研究》，北京语言文化大学出版社，2000，第9页。

二、女性文学的研究范围与意义

（一）女性文学的研究范围

女性文学的研究范围包括两个层面：一是对女性作家创作基本规律的探讨及其在各国的表现与差异，女性创作基本规律包括女性创作的题材、主题、人物塑造、语言艺术等方面的特征；二是女性文学的理论，例如女性主义文学批评理论的建构与发展。

（二）女性文学的研究意义

通过学习与研究女性文学，一是可以寻找到在历史长河中被边缘化的女性自我，进而提高女性自主自觉的精神。正如张抗抗所说："妇女文学真正的责任在于提高妇女。提高妇女的自我意识，将是长期而艰巨的。"[①]二是能够认识并掌握女性文学的特征、本质规律、存在的问题以及今后发展的方向，以便重建女性文学史，最终本着两性和谐发展的态度，以平等的眼光重新书写人类文学史。这将是一项需要长期努力的事业，是需要不断克服男女性别偏见才能达到的。

---

① 张抗抗：《我们需要两个世界》，第 1 期。

第三节　女性文学创作的题材与主题

一、女性文学创作的题材

女性文学创作的题材从不同的角度来划分，可分成许多种。例如，从"为谁写"的角度可分为儿童题材、妇女题材等；从"写什么"的角度来看，又可分为爱情题材、历史题材、神话题材、科幻题材、武侠题材等。谈到女性文学创作的题材，人们心里已成的定势就是"爱情题材"，这不无道理，爱情在男人和女人心目中的位置并不是均等的。巴尔扎克说："生命的最高目的，男人为功名，女人为爱情。"黑格尔则说："爱情在女子身上特别显得最美，因为女子把全部精神生活和现实生活都集中在爱情里和推广成为爱情，她只有在爱情里才找到生命的支持力，如果她在爱情方面遭遇不幸，她就会像一道火焰被一阵狂风吹熄掉。"但是，女性创作的爱情题材有一个随时代发展而演变的过程，即从传统的、单一的为爱情而爱情的狭隘的题材选择，而向着眼于整个社会的普遍问题，以爱情为主线，力图描写社会人生百态的方向拓展。

（一）爱情题材

如果说男性创作喜欢选择"宏大叙事"（指思想上呼吁社会公德、揭示社会政治压迫、关注弱小群体的命运、追求社会理想、社会解放等；结构上纵横古今、盘枝蔓节等）的题材，那是由他在社会中的生存环境决定的，就是说社会对他的要求是"学而优则仕"的功名利禄观，只有这样他的价值才会被社会承认，被家族认可。因此，假如男性整日沉湎于卿卿我我的爱情网中是会被社会所耻笑的。这样，男子就不屑于选择爱情题材，认为那是脂粉气、女人气。纵观我国古代男性创作，爱情诗作不多，更多的是满怀天下事、忧国忧民的爱国诗和抱负诗，即使是写人与人之间的关系、感情的诗歌，也多半是酬友赠答诗、怀朋恋友的送别诗等。即使是以爱情为题材的作品，如白居易的《长恨歌》、曹雪芹的《红楼梦》也是以爱情为线索，感叹的是人世的悲凉和社会的无情，带有批判社会的政治倾向。与男性创作比较，女性创作虽不乏某种程度上的对历史与民族、社会与人生等重大现实题材的关注与把握，但是这方面的创作不占重点。女性创作更侧重于从女性自我出发，以"情"这一独特视角来体悟社会、感悟人生和透视世界。

由此，引来人们（特别是男性读者、作家和评论者们）的非议。有人说，女作家创作不外乎"卿卿我我""儿女情长""失恋伤感""身边琐事"的呻吟，左右都离不开一个"情"字，呈现出非常鲜明的"女性化"特征。对此应该怎样看呢？我认为，中国旧制度下的女性由于长期被封闭在闺阁中，无法读书、也无法步入社会与人交际，因此她们别无选择，只能描写发生在自己身上的爱情故事，抒发自己的内心感受和体验。这样，男女创作就划定了一条不成文的界限。由此也导致这样一种现象，一提起爱情题材，往往被某些男性作家和批评家认为是低俗、劣等、小家子气。实际上，这正是由于历史的过错而造成的女性独特的创作领域，不能简单粗暴地予以否定。

然而进入 20 世纪以来，女作家不再满足于单纯地书写自己的情感经历与思考，而是有意识地触及男性所涉猎的"宏大题材"领域，并且许多人获得了成功。她们以自己的作品进入了文学主流的队伍中，充分证明了女性并不是把握不了宏大的题材。例如，美国女作家斯托夫人因为创作了小说《汤姆叔叔的小屋》，就被林肯总统亲切地赞誉为"酿成了一次大战的小妇人"。中国新文化运动的第一位女作家陈衡哲，大气地写成《运河与扬子江》，这是一篇洋溢着浓郁的爱国气氛的气势磅礴的散文诗，堪与郭沫若的《凤凰涅槃》相媲美，在此节录其中的一段。

奋斗的辛苦啊！筋断骨折；

> 奋斗的悲痛啊！心摧肺裂；
> 奋斗的快乐呵！打倒了阻力，羞退了讥笑，征服了疑惑！
> 痛苦的安慰，从火山的烈焰中，采取生命的真谛！
> 泪是酸的，血是红的，生命的奋斗是彻底的！
> 生命的奋斗是彻底的，奋斗来的生命是美丽的！①

陈敬之在《现代文学早期的女作家》中评价陈衡哲道："她是一个能够把题材范围，从家庭扩展到社会，从亲情、性爱以及由此而滋生的关于个人情智上的困扰，推而至于人生和社会问题"的女作家。

可见，20世纪以来，随着女性社会地位的提高，视野的扩大，许多女作家努力摆脱单纯的爱情描写，而力图通过爱情题材透视社会人生和人性的本质，深入触及带有普遍性的女性社会问题。如张洁的《方舟》《爱，是不能忘记的》；王安忆的《小鲍庄》、"三恋"（即《荒山之恋》《小城之恋》《锦绣谷之恋》）等。其中，张洁的《爱，是不能忘记的》虽然创作于改革开放不久，但是它最鲜明的特征是，作家超越了"伤痕文学"所惯常采用的"对逝去未久的时代的怨恨和诛伐"，而"将人生问题纳入时代，或将时代纳入人生问题来进行反思"。"她在对人生的反思过程中及其反思的结果，将时代融入了人物性格，又将性格融入了爱情中。"②

（二）儿童题材

女作家创作所涉及的另一大题材是儿童题材。她们借描写儿童的天真烂漫、纯真善良来讴歌人与人之间的爱和伟大的母爱。在我国现当代文学史上出现了一批自觉自愿以儿童题材为创作题材的女性作家。冰心是最早的先行

---

①阎纯德：《二十世纪中国女作家研究》，第36页。
②何满子、耿庸：《关于张洁〈爱，是不能忘记的〉的通信》，《女作家》1985年第1期。

者，她的《寄小读者》《再寄小读者》已经成为中国少年儿童必读的书目之一，成为解决少年儿童烦恼困惑的精神食粮。黄庆云的童话《跟着我们的月亮》，儿童剧《中国小主人》《奇异的红星》等深受孩子们的喜爱。她还曾开辟了"云姊姊信箱"，定期与孩子们通信交流。吴向真被称为"上帝的孩子"，她把自己的一生都无私地献给了儿童文学创作。其作品《小胖和小松》在1980年全国少年儿童文艺创作中获得一等奖。此外，她还写了《春天》《节日的礼物》《风雨中的小鹰》等儿童作品。柯岩在改革开放的春天里，也创作了大量的儿童文学作品，其长篇小说《寻找回来的世界》主要描写工读学校的老师和学生之间的矛盾、斗争和心灵世界，被丁玲称为"一本好书，一本有教育意义的书"。而立志要为"孩子们营造一座美丽的精神家园"的葛翠琳，以自己辛勤的劳动为孩子们写下了《野葡萄》《翻跟头的小木偶》《蓝翅鸟》《草原小姐妹》《会唱歌的画像》等大量儿童文学作品。英国女作家J.K.罗琳创作的世界畅销书哈利·波特系列故事迷倒了无数孩子。诚然，过去也有许多男性作家写这方面的题材，如丹麦的安徒生、德国的格林等世界知名童话大师，但是这并不能说明女性就不能把握这一题材。上述女作家的成功就充分说明了女性在这一领域的独特创造性。

（三）其他题材

尽管女作家在爱情题材和儿童题材方面占有"女性优势"（张贤亮语），即她们具有情爱上的强烈的感受经验和生之体验，但是女作家首先是作为一个人来从事文学创作的，她应该肩负着神圣的使命感和道义感。这种忧国忧民的爱国情怀的生成一般发生在社会面临急剧变革的时代，如斯托夫人的《汤姆叔叔的小屋》以反映种族歧视这一题材揭开了美国南北战争的序幕；李清照的爱国诗篇《咏史》和《夏日绝句》表达了她驾驭社会政治题材的卓越才能；丁玲创作于30年代的新型小说《水》开辟了农村题材小说的领域；草明的《倾跌》是最早描写工人（女工）题材的小说。随着女性对社会生活各个领域的介入，越来越多的女作家有意识地拓展自己的题材领域，开始涉入自己比较陌生的题材领域，如侦探题材、科幻题材、历史题材等。如女作家沈祖棻在20世纪30年代民族危难之际，创作出一大批历史题材的小说，如《马嵬驿》《茂陵的雨夜》《苏丞相的悲哀》等，这些作品都是从女性的视角来观照被男性书写的历史。《马嵬驿》重新演绎了在唐末安史之乱马嵬兵变中死去的杨贵妃的悲剧。杨贵妃视爱情为生命，愿为心爱的人赴汤蹈火，可她没有想到的是，危难时刻，心爱之人却背叛了她，这令她深深哀伤。她最后所发出的感慨："这不是一个人的悲哀，是自古以来千万个女人的悲哀。"充分反映出她对女性历史命运的深刻认识和反思。

二、女性文学创作的主题

女性文学创作的主题与女作家喜爱选取爱情题材或儿童题材有关，在宗法制社会里，女作家作品的主题一般是女性自我感情的抒发、爱情的苦闷和失落以及抗争等。例如，战国时代杞梁妻（无姓氏）的《琴歌》有"乐莫乐兮新相知，悲莫悲兮生别离"的诗句，充分抒发了她在丈夫战死，又因无子而无可依靠的伤感和悲哀，她本人最后也投淄水而死。汉代才女卓文君在《白头吟》中写道："皑如山上雪，皎若云间月，闻君有两意，故来相决绝。"她在司马相如穷困潦倒之时，因爱其才而抛弃优越的地位，与之私订终身。而一得知司马相如欲纳妾的动意后，即作此诗以示与司马相如决绝之心。自称为"薄幸人"的南宋著名女词人朱淑真以一曲《断肠词》倾诉了自己被弃失恋的痛苦。又如，其在《新秋》词中写道："一夜凉风动扇愁，背时容易入新秋。桃花脸上汪汪泪，忍到更深枕上流！"[1]可见，封建社会女性作家的诗歌主题表达的是自己亲历的不幸命运与失落情爱的痛苦和悲哀，闺阁抒情就成为她们不甘不幸命运和抗议封建礼教的呐喊。

---

[1] 朱淑真撰《朱淑真集注》，郑元佐注，浙江古籍出版社，1985，第147页。

第三章 女性文学本体论

"五四"时期登上文坛的现代女作家,如陈衡哲、苏雪林、庐隐、凌叔华、冰心等人的创作均带有强烈的抒情和自叙传的性质,多以自己的生活、命运作为创作背景材料。因此,反映婚姻自主和恋爱自由就成为"五四"时期女性文学所表达的中心主题之一。例如,冰心的《秋风秋雨愁煞人》描写女主人公云英被迫嫁给自己不爱的表兄的精神痛苦,借此表达作者对封建包办婚姻的不满和愤懑。冯沅君的《隔绝》借笔下女主人公之口勇敢地发出:"身命可以牺牲,意志自由不可以牺牲,不得自由我宁死。"以及"人们要不知道争恋爱自由,则所有的一切都不必提了"。[①]这种反抗旧礼教,打破一切封建镣铐的精神充满了叛逆性和时代性。

从小被认为是灾星,且被家人厌弃的庐隐,把文学创作当作苦闷的解脱,其作品充满了悲哀、苦闷、愤世的情绪,如《海滨故人》《或人的悲哀》《曼丽》等。虽然她后期的世界观和文艺观有所改变,开始关注现实社会的矛盾,诚如她所说:"我现在写文章,很少想到我的自身,换句话说,我的眼光转了方向,我不单以个人的安危为安危,我是注意到我四周的人了。"[②]但是她的对于"人生问题"的苦索,也不过是"穿了恋爱的衣裳"(茅盾语)。凌叔华小说主要表现了豪门巨族和中产阶级人家温顺女性的枯寂和忧郁的灵魂,她特别擅长描写"宗法社会思想下的资产阶级的女性生活,资产阶级的女性的病态,以及资产阶级的女性被旧礼教所损害的性爱的渴求,和资产阶级青年的堕落"(阿英语),[③]如《酒后》的少妇。同样,婚姻与恋爱也构成张爱玲小说的主要内容,诚如她自我揭示的:"我甚至只写些男女间的小事情,我的作品里没有战争,也没有革命。我以为人在恋爱的时候,是比在

[①] 淦女士:《卷绝·隔绝》,转引自任一鸣《中国女性文学的第一次崛起——五四女作家主体精神与女性群体意识的觉醒》,见《北京大学妇女问题第三届国际研讨会论文集》,北京大学中外妇女问题研究中心,1994,第384页。

[②] 阎纯德:《二十世纪中国女作家研究》,第88页。

[③] 同上书,第109页。

战争和革命的时候更素朴。"但是，与同时代的女作家相比，其小说中的女主人公具有一种苍凉的悲剧之美，如《金锁记》中的曹七巧；《倾城之恋》中的白流苏。同样，萧红不顾世俗的偏见，至死也追求真正的爱情（《生死场》）。三毛和留美女作家吉铮不仅借助创作表现"情"，而且自己也被"情"所困，最终走向毁灭。因此，以《赛金花》闻名海内外的台湾女作家赵淑侠在《文学女人的情观》中这样说："文学女人太美化人生，也太期待爱的不朽，这就是文学女人感情弱点的悲剧……"[①]

尽管如此，文学史上也不乏让男性惊愕感叹的女性"大"家大作，如蔡文姬的《胡笳十八拍》、李清照的《漱玉词》和《咏史》、秋瑾的《对酒》等。陈衡哲的"融合寓言、童话及天候气象知识于一炉"的散文诗《运河与扬子江》，借扬子江之口唱出了中华民族的奋斗史，堪与郭沫若的《凤凰涅槃》相媲美。被誉为"女强人"的女作家杨刚，在国难当头之际不仅像男儿一样勇敢地走上抗战前线，而且在身处囹圄之时，以笔为武器同敌人斗争。她的作品没有女性的缠绵，只有男性的呐喊，感情的燃烧，其风格深沉而热烈，雄奇而豪迈。此外，还有20世纪三四十年代的罗洪、白朗、菡子、丁玲、杨沫、茹志鹃等，以及建国和改革开放后活跃在中国文坛上的刘真、宗璞、谌容、戴厚英、张抗抗、王安忆、铁凝等女作家，她们自觉地把自己的创作融入时代，以质朴细腻的笔法描绘出中国错综复杂的生活，表达由时代变迁而引起的人的心理变化和错综复杂的人际关系。女作家创作的这类主题（即社会政治化倾向）的文本形态随时代不同而浮沉，或为显性潮流，或为隐性潮流，如李清照的《咏史》在当时并不是显性潮流，当时更多的女诗人、女词人写得更多的是"风花雪月"的情爱主题。

然而，女作家创作中所表现的"情爱"主题和"革命（政治）"主题有时并不像《刑场上的婚礼》那样和谐地统一在一起。例如，杨刚的代表作《日记拾遗》表现了两位女革命者为革命事业而失去天伦之乐的内心痛苦。其中，"我"

[①] 阎纯德：《二十世纪中国女作家研究》，第523页。

出于女人天生的母性本能，渴望着"给世界增添一个生命"，然而"我"的怀孕却是在革命最需要"我"的时候，由此"我"陷入了矛盾之中。后来因为丈夫被捕，"我"被迫转移到革命者老李家中。从李太太那里，"我"得知她为了革命工作曾七次流产，唯一的儿子也在监狱中夭折。于是"我"为了早日恢复工作，毅然"吞下了三大粒打胎药"。这种政治使命与个体需求之间的痛苦使杨刚感叹道："妇女与革命——多么奇怪的一对！"（《日记拾遗》）由此可以说："《日记拾遗》之类的作品正是借助宏大叙事中生命的升华与个体叙事中女性深层的人性欲求的错位而在不自觉中完成了作品思想深度的拓进。"[①]宗璞的《红豆》也通过女大学生、革命女性江玫与银行家少爷奇虹的爱情悲剧，表现了为了革命的需要而舍弃爱情的主题。

此外，歌颂"爱的哲学"，表达真善美的理想也是女性文学创作的中心主题之一。这种"爱的哲学"既有男女之间的情爱，也有伟大的母爱、天人合一的自然之爱，还包括普泛的人类之爱。她们将女性视为人世间真善美的载体，印证着"世界上若没有女人，这世界至少要失去十分之五的'真'，十分之六的'善'、十分之七的'美'"。[②]陈衡哲的童话《小雨点》充满女性对世间生命的温情与博爱。受到印度诗人与作家泰戈尔"泛神论"思想影响的冰心可谓是"爱的哲学"的倡导者和传播者，一生都力图用爱来弥合社会的缺陷。她善于把追求平等、博爱的理想同母爱有机地结合成一体，通过对母爱的赞美表达女性的尊严与神圣。她认为，女性并非"次等性别的人"，而是真善美的化身，于是其笔下出现了颖贞（《斯人独憔悴》）、惠姑（《最后的安息》）和小女孩（《小桔灯》）等众多对人生充满着爱和希望的女性形象。她们忍辱负重，任劳任怨，却默默无闻，她们才是人世间最有人性的人，是真善美的典型体现。

[①] 李奇志：《三十年代女性小说论》，《海南师范学院学报（社科）》2004年第4期。
[②] 冰心：《〈关于女人〉后记》，转引自任一鸣《中国女性文学的第一次崛起——五四女作家主体精神与女性群体意识的觉醒》，见北京大学中外妇女问题研究中心编《北京大学妇女问题第三届国际研讨会论文集》，北京大学出版社，1994，第385页。

第四节　女性文学创作的叙事与结构

由于女性创作长期被压抑，因而造就了女性不同于男性的独特的创作言说方式，从而变成了女性文学创作的特征。就中国古代女作家而言，诗、词、曲、弹词等韵文体裁是其惯常采用的，小说则很少。这是因为，中国古诗短小，多意象组合、片段描写和即兴抒发，适合女性联想丰富、跳跃性强的创作思维特点。而近现代以来，特别是当代中国女作家积极与西方知识界接轨，学习并接受西方女作家惯常采用的小说和诗歌等文学体裁，不仅创作出大量的自传体、日记体和书信体小说，而且叙事风格呈现出现代性。正如一位学者指出的："20世纪第一个20年女性文学的创造主体由闺秀转变为第一代知识女性，为中国女性文学走向现代迈出了第一步，为'五四'女性小说家的成长奠定了基础，同时为'五四'之后现代文体结构的确立提供了丰富的资源。"[1]

一、婉曲回环的情感叙事

一般认为，女作家作品的结构是情节线索单纯，如学者何致耿就认为张洁的《爱，是不能忘记的》"少点广度，而且她似乎也不要求广度。她把纷纭的生活筛滤得过于单纯，以致环绕着人物的只剩下了一点色感不强的氛围气；这就倒过来影响人物的丰富性，从而影响人物关系所构成的环境的明朗性"。[2]其实这是对女作家创作的误读。在文本叙事上，女作家

---

[1] 郭延礼：《20世纪初叶中国女性文学的转型及其文学史意义》，转引自马勤勤《隐蔽的风景：清末民初女性小说创作研究》，南开大学出版社，2016，第6页。
[2] 何满子、耿庸：《关于张洁〈爱，是不能忘记的〉的通信》，1985年第1期。

偏重写情，喜欢采用第一人称"我"，描写自我情感的变化过程和对自身坎坷命运的心态体悟，因而显得单纯、真切、细腻而感人，具有强烈的主观抒情性。并且，女作家创作喜欢循环式结构，注重精心运笔和委婉含蓄的情感表达。这很符合女性心理特质，因为大多数女性潜意识中隐伏着一种"对月伤怀"、悲天悯人的"伤感气质"，也可以理解为"诗性气质"。这导致女作家创作时在谋篇布局上总是喜欢情节的悲喜交加，曲绕叠加，变化迅速，就像在织一件色彩鲜丽、纤柔细密的嫁衣。而结尾则喜欢悲剧式结局、呈开放式结构，给人留下无限遐想的空间。例如，艾米莉·勃朗特的《呼啸山庄》和被称为"20世纪俄罗斯的萨福"的安娜·安德烈耶夫娜·阿赫玛托娃的抒情长诗《没有主人公的叙事诗》等。

　　如果说普希金是"俄罗斯诗歌的太阳"，那么安娜·阿赫玛托娃则可被称为"俄罗斯诗歌的月亮"。[①]她在斯大林时代备受压抑，丈夫被处死，儿子被投入监狱，自己也被软禁起来，更令她心伤的是自己创作的诗歌被主流媒体禁止发表长达几十年。原因是作家脱离革命现实，过分沉溺于自己的内心情感世界，过分渲染主人公的悲惨命运，这是社会主义现实主义文学创作所不能允许的。正如同时代的主流评论家谢维里亚宁所说，她是用诗对女性进行诽谤，以致阿赫玛托娃愤怒地驳斥道：在谢维里亚宁的眼里，"女人是幻想家，她们像面包似的，松软可口，骄傲自负，可在我的笔下，她们都有些不幸……"事实上，阿赫玛托娃情感细腻，其诗歌结构也有如蜘蛛织网，绵密入理，经纬交错。俄罗斯白银时代著名诗人曼德尔施塔姆在《谈现代诗歌》中指出"阿赫玛托娃的创作特长在于细微心理学与歌曲韵味的有机融合，主人公的心理脉络在其诗作中表现得那样自然，

[①] 俄罗斯诗人叶甫根尼·叶甫图申科（1933—2017）在诗歌《缅怀阿赫玛托娃》中评价道："普希金是俄罗斯诗歌的'太阳'，而阿赫玛托娃则是俄罗斯诗歌的'月亮'"，转引自阎保平《月亮阴晴圆缺之谜——浅谈阿赫玛托娃诗歌创作心态》，《外国文学研究》（中国人大复印报刊资料）1990年11期。

就像槭树叶上的叶理那样漂亮"。[①]

其实，安娜·阿赫玛托娃及其诗歌早在20世纪20年代末就被译介到中国，郭沫若曾给予其诗歌创作以很高的评价："她的著作，表现着这位天才的抒情诗人之古典的清澈意味与其沉着的用词。她的疏淡的韵文很喜欢用颠倒的简语。革命并没有威骇了她，依然在苏维埃共和国度她的生活。"[②]遗憾的是，安娜·阿赫玛托娃及其诗歌并未在中国落地生根，直到20世纪80年代后，国内才掀起对她及其诗歌创作研究的热潮。

尽管我们说，女作家创作的结局常常是悲剧性的，但是并不尽然，如英国女作家简·奥斯汀的《傲慢与偏见》等作品，就以男性惯常表现的"有情人终成眷属"式的大团圆结局而告终。而曹雪芹的《红楼梦》写了宝黛爱情的悲剧，但却有女性化创作的嫌疑。不管怎么说，女性文学创作的叙事与结构是一种比较复杂的现象，不能说男性就喜欢复杂结构，团圆结局，而女作家则喜欢单纯结构，悲剧结局。作家在编排小说结构、戏剧结构和诗结构时受时代背景、心境、个性气质和创作观、美学观等多方面因素的综合影响，需要具体情况具体分析，这对男女作家的创作都是如此。

二、自叙传结构

在宗法制社会里，女性文学创作一般是女性倾诉心中苦闷，表达爱情理想的主要言说方式，这就决定了作品的主人公多为女性，而且带有强烈的自传性。就是说，女性诗抒发的是诗人自我生命存在的主观感受和理想，女性小说往往以作家的生活亲历和现实处境为底本，经过艺术再加工，使作品中的

[①] 奥西普·曼德尔施塔姆：《谈现代诗歌》，转引自周小成《永远的安娜·阿赫玛托娃》，《俄语学习》2016年第2期。

[②] 郭沫若：《新俄诗选》，李一氓、郭沫若合译，光华书局，1930，第80页。

女主人公形象进一步升华为典型形象，从而表达对社会生活的观感和态度，因而感染力大，可读性强。例如，蔡琰（蔡文姬）的代表作《胡笳十八拍》，就是诗人根据自己被掳的过程、到匈奴后对祖国和家乡的思念，以及汉使来迎接她回朝时与儿子生离死别的痛苦和感受而写成的，因而悲壮激昂，感人涕泪。此外，丁玲的《韦护》（1930）、《母亲》（1933）；庐隐的《女人的心》（1933）；萧红的《生死场》（1934）、《呼兰河传》（1940）；杨沫的《青春之歌》（1958）；张洁的《爱，是不能忘记的》（1979）；王莹的《宝姑》（1982）等作品均带有女性自传的性质。

"女性自传"是女作家擅长描写的体式，它来源于女作家叙述自我经验的一种冲动，很接近女性生理本质。这些自传中的女主人公带有作者本人生命活动的痕迹，不过是比真实的自我更形象更生动的艺术典型。例如，庐隐的《海滨故人》中露莎的身世直接取材于庐隐自己的生活和情感遭遇。《苏斐》《琳丽》等作品中女主人公的情感痛苦显然源自作家白薇恋爱婚姻上的自我体验。医生出身的女作家邢院生的《动荡三部曲》，包括《叛女》（1982）、《女伶》（1989年）和《伶仃》（1993）就是一部自传体小说，它以一位出身于贵族家庭、追求真理与正义的姑娘润格（及其女儿江风）曲折坎坷的人生为线索，从她因反叛家庭而离家出走，再到同情革命参加革命，生动地展示了她不平凡的一生。

值得注意的是，尽管作品中的人物带有女作家鲜活生命的影子，却不能就是女作家本人，不能充当作者思想的传声筒。换句话说，给予作品主人公生命的作家是造物主，她将自己的生命分给主人公，而自己必须站在高处。她既要进入角色，又要评判角色，只有这样，主人公的形象才是富有生命力的成功的艺术典型。

女性文学创作的自叙传是特定时代适合表现女作家情感经历和思想发展的创作体式，尽管被某些评论家批评为反映现实生活不够广，描写社会重大事件不够深，但它却是女性文学创作范式的独特属性，表明了女性主体意识的确立。

三、身体书写

"身体书写"是法国女权主义解构男权中心话语后所建立的一种女性言说方式,它依据女性存在基于女性躯体的假说,认为在父权制社会里,女性行为与命运都已被安置被注定,女性没有可供利用的任何资源,除了身体以外。因此,"女性必须通过她们的身体来写作,她们必须创造无法攻破的语言,这语言将摧毁隔阂、等级、花言巧语和清规戒律"。[①]这样,"从身体出发,通过自己,妇女将返回到自己的身体,用自己的肉体表达自己的思想,用肉体讲真话"。[②]于是,"身体书写"就成为女性作家新开启的反叛式的行为写作模式,在此女性的真实和本质将毫无遮拦地被自由言说。在创作实践中,"身体书写"大胆冒犯父权制的言语禁忌,恣意描摹身体器官。

虽然"身体书写"作为一种创作理论是西方女性主义作家提出来的,但是作为一种创作实践,古今中外的许多男性作家早已涉猎过。例如,日本的"私小说",中国古代的《金瓶梅》、当代贾平凹的《废都》等。它表层上写的是身体,是性,而实际上暗示的是"政治",是一种隐蔽的政治。在此,性是作为死亡的对立面而存在的,其深刻的意义在于,以性——身体象征政治和现实,实现女性的社会自在价值。同时,重建女性主义话语,因为从古至今女性使用的话语强化了她们的从属地位。这就好比佛教术语"空",其意并非就是指什么都没有。众所周知,杯子只有先空才能装满水,所以"空"意味着重塑,意味着新生。由此,"身体书写"象征着文学创作上的一种探索,它意在剥掉女性的羞怯、困惑,还原自父权制社会以来一直处于被压抑

[①]杨俊蕾:《从权力、性别到整体的人——20世纪欧美女权主义文论述要》,《外国文学研究》(中国人民大学复印报刊资料)2003年第1期。

[②]林树明:《性别与文学》,转引自阎纯德《二十世纪中国女作家研究》,北京语言文化大学出版社,2000,第10页。

被束缚的女性在两性间的缺席地位和女性自我，重建早已失去了的女性创作话语模式。这种主观动机本来是好的，但某些中国女性写作者在接受这种创作理论的过程中步入了误区，表现在为迎合某种庸俗时尚和消费时尚而走向极端，沦落为赤裸裸的无意义的纯粹的性描写、性展示。特别是所谓的"下半身写作""妓女文学"和木子美的"遗情书"等，甚至个别玩文学的女写作者为吸引住那些一味追求阅读新奇和感官刺激的读者的眼球，赚取更大的经济利润，便丧失做人的良知，把自己性的体验和苦闷生搬硬套地挪入创作中。这样的写作态度是不负责任的游戏人生，不能不说是女性的再度沦落。而由此产生的文本也终不会有生命力，只能成为纸屑垃圾被烧掉。同样，女诗人诗歌语言的创新也不能是泛化、随机性、非规范化的个人化语法。请看这首诗："月亮露出天上的肚脐/我腹部受凉；伤了风/望星星，我按摩天上的穴位/染上月亮的怀乡病。"[①]这首诗要表达什么？通过诗歌中反差较大的语言好像无从得知，它给人的感觉是怪诞的。这种创作本来意在通过诗歌话语的创新颠覆男性写作话语的套势，结果在实践中又陷入女性怪诞的写作陷阱中，不能不说是一种倒退。正如女诗人翟永明所说的：

"女性诗歌"固定重复的题材，歇斯底里的直白语言，生硬粗糙的词语组合，毫无道理、不讲究内在联系的意向堆砌，毫无美感、做作外在的性意识倡导等，已经越来越形成"女性诗歌"的媚俗倾向。[②]

令人感到欣喜的是，经过20世纪八九十年代转型期的探索，许多女作家开始认识到一味追随西方女性主义理论话语，不仅容易失掉传统写作惯势，而且容易失去自我，步入死胡同。因此，其开始有意识地克服这种创作弊端。

[①] 唐亚平：《天上的穴位》，转引自唐亚平《黑色沙漠》，春风文艺出版社，1997，第142页。

[②] 翟永明：《纸上建筑》，东方出版中心，1997，第232页。

第五节 女性文学创作的语言风格

有人说，女作家在创作上不同于男作家的最突出特征是语言风格，即女作家喜欢在自己的作品中用华丽的语言营造一种诗意的优美的境界，张贤亮也认为"华丽的语言"是女性所特有的表达情感和叙事的有效形式。这种说法不见得全面，实际上某些男作家的作品（特别是写景诗和散文）的语言风格也很奇巧绮丽，比如郭沫若的诗歌语言就很华美瑰奇。可是应该承认的是，女性在语言上确实有着得天独厚的先天优势和艺术上的矢志追求，女作家更是如此。概括地说，女性文学创作的语言是柔和细腻的、诗意化的，具有强烈的"女性化"风格。

一、柔婉细腻的语言风格

女性创作的语言仿佛一首歌，柔婉细腻，令人感到一种怡情怡心的审美愉悦。从女性心理学的角度来看，女性比男性有着更为细腻的艺术感觉，直觉性和感悟性都极强，热爱美的事物，凡事讲求完美。审美倾向上，女作家比较喜欢追求含蓄之美、诗意之美。女作家这种特异于男作家的温柔与细腻就使作品显得柔和、舒缓、细密、尖新，同时含着一种淡淡的伤感和愁思。例如，冰心的抒情哲理小诗《春水》《繁星》以及散文的语言清隽、秀逸、淡远，给人以澄澈、凄美之感。苏雪林说，冰心通过"一朵云，一片石，一阵浪花的呜咽，一声小鸟的娇啼，都能发现其中的妙理；甚至连一秒钟间所得于轨道边花石的印象也能变成这一段'神奇的文字'"。[①]

[①] 阎纯德：《二十世纪中国女作家研究》，第125页。

女性文学柔婉细腻的语言还常常表现为将抽象的思想或情感有机融合于对身边之物的细致描摹与精雕细刻。例如，绿漪（苏雪林）在小说《棘心》里写道："慈母的一片真挚的爱心，细细写刻在每件衣裳的褶缝里、熨痕中。"①出身优渥的贵族之家却孤独终老的张爱玲谙熟中国传统文化，又接受过西方文明的洗礼和浸润，其文学世界更是繁复而细腻。她回忆自己被父亲毒打和囚禁时，连"黑暗中出现的青白的粉墙"都是疯狂的，"楼板上蓝色的月光"，卧着"静静的杀机"。囚窗后"高大的白玉兰树，开着极大的白花，像污秽的白手帕，又像废纸，抛在那里，被遗忘了"。②她形容笔下那些永远"年轻"的男人"是酒精缸里泡着的孩尸"，"长得像广告画上喝乐口福、抽香烟的标准青年绅士"，"穿上短裤就变成了吃婴儿药片的小男孩，加上两撇八字须就代表了即时进补的老太爷，胡子一白就可以权充圣诞老人"。③她形容婚后的女人——媳妇"是一只钉死的蝴蝶"，"鲜艳而凄怆"④，又"是绣在屏风上的鸟——悒郁的紫色缎子屏风上，织金云朵里的一只白鸟。年深日久了，羽毛暗了，霉了，给虫蛀了，死也还死在屏风上"。⑤张爱玲的文学语言尽管透着苍凉、颓败与死亡气息，带有不动声色般的犀利与揶揄，却不失真实而细腻的婉约之美。

---

① 绿漪：《棘心》，转引自任一鸣《中国女性文学的第一次崛起——五四女作家主体精神与女性群体意识的觉醒》，载北京大学中外妇女问题研究中心编《北京大学妇女问题第三届国际研讨会论文集》，北京大学出版社，1994，第385页。

② 张爱玲：《流言·私语》，转引自孟悦、戴锦华《浮出历史地表——现代妇女文学研究》，河南人民出版社，1989，第248页。

③ 张爱玲：《传奇·花凋》，转引自孟悦、戴锦华《浮出历史地表——现代妇女文学研究》，河南人民出版社，1989，第251页。

④ 张爱玲：《金锁记》，转引自孟悦、戴锦华《浮出历史地表——现代妇女文学研究》，河南人民出版社，1989，第253页。

⑤ 张爱玲：《茉莉香片》，转引自孟悦、戴锦华《浮出历史地表——现代妇女文学研究》，河南人民出版社，1989，第254页。

二、诗化的语言风格

同样,现当代女性创作常常追求一种"散文诗"或"散文画"的小说体式。"散文画"一词是叶圣陶先生提出来的,意思是"以文作画",即淡化叙事的浓重,语言清新、质朴而流畅,使人很快地融入作者用文字所编织的优美意境中。举例来说,建国"十七年"(1949—1966)的女性文学创作政治倾向性很强,基本上追随革命的政治方向,不允许有小资产阶级的个人情调。语言应是慷慨激昂的、积极向上的。可是,即使在这样的夹缝中,女作家菡子在散文创作上仍执着地追求一种诗意。她这样说:"我极盼自己的小说和散文中,在有充实的政治内容的同时,有比较浓郁的抒情的调子,并带有一点革命的哲理,追求诗意的境界。"[1]可见,追求浪漫是女人的天性。她的《黄山小记》(这是为曾向海外发行的《黄山》画册所作的代序)的语言古朴、清雅、隽永,充满诗情画意,是作家悉心研磨语言的佳作。试举一例:

……路边的溪流淙淙作响,有人随口念道:"人在泉上过,水在脚边流",悠闲自得可以想见。可是它绝非静物,有时如一斛珍珠迸发,有时如两丈白缎飘舞,声貌动人,乐于与行人对歌。[2]

她的《初晴集》《乡村集》更是一幅幅充满生活气息的江南水乡的风景画和风俗画:

在一条临河的小街后面,时起时落传来窗和舟中清脆的答话,一声嘱咐,几句道贺,飘(漂)过水面去了。我爱水,冬天,它们像家酿的

---

[1] 阎纯德:《二十世纪中国女作家研究》,第327页。
[2] 同上。

烧酒，那么醇，那么清凉，那么静静地流着。我更爱江南人此时水上、埠头的生活，称啊，量啊，大家欢欢喜喜地把金山（稻子）银山（萝卜）送走；槌声、笑声，妇女们嬉闹着漂出鲜亮的衣裳、被单，晒在用节节篙架起的长竹竿上，把太阳的香味，也带进夜晚温暖的梦中。①

这段极富江南水乡韵味的文字描写，我们可以把它与沈从文在《边城》所描写的湘西风俗的文字对比，从中可以见到男女两性在风俗画面描写方面的差异。

茶峒地方凭水依山筑城，近山的一面，城墙如一条长蛇，缘山爬去。临水一面则在城外河边留出余地设码头，湾泊小小篷船，船下行时运桐油青盐，染色的梼子。上行则运棉花，棉纱，以及布匹杂货同海味。贯串（穿）各个码头有一条河街，人家房子多一半着陆，一半在水，因为余地有限，那些房子莫不设吊脚楼。河中涨了春水，到水进街后，河街上人家，便各用长长的梯子，一端搭在屋檐口，一端搭在城墙上，人人皆骂着嚷着，带了包袱，铺盖，米缸，从梯子上进城里去，水退时，方又从城门口出城。②

上述两段文字尽管写于不同的时代，但都是关于南方河边人家的日常生活描写，可是由于作家语言风格不同，所营造的气氛和情调也有所差异。沈从文用字节俭洗练，少用修饰语和语气词，只是客观地描述，仿佛在说着与己不相干的事。这使气氛平静肃然，不啰嗦。而菡子则更多地使用修饰语、语气词，气氛热烈欢快，格调柔和，带有强烈的主观抒情性。

可见，女性文学创作具有独特的艺术视角，以柔美、细腻、和婉为主色

---

① 阎纯德：《二十世纪中国女作家研究》，第 327~328 页。
② 沈从文：《沈从文专集·边城》，吉林美术出版社，2014，第 11 页。

调。在语言运用上善于使用诗化的语言，营造飘逸的艺术氛围，而结构则呈现出散文化的倾向，如瞿永明的语句"我是软得像水一样的白色羽毛体"。尽管如此，改革开放以来，在西方女性主义思想的影响下，中国年轻一代女作家努力修炼语言的技巧，力图有所超越有所创新。她们尝试着借鉴西方女性主义理论话语进行身体写作。

三、"女性化"的语言风格

"女性化"是女性作家创作的风格特点之一。它本来是男性作家和评论家视域中的话语，是站在男权文化的角度对女性创作进行透视得出的结论，更多地带有贬义意向。也就是说，"女性化"意味着女性创作的一种狭隘、偏颇，即只关注个人感情和生活琐事的"小我"写作倾向，而无能力把握像歌德的《浮士德》、托尔斯泰的《战争与和平》，以及马尔克斯的《百年孤独》那样深邃、宏大的题材。我们认为，对男性读者、作家和评论家为女作家创作所界定的这种"女性化"创作倾向应加以辩证、科学地分析。"女性化"作为女性文学创作的典型风格应包含两个层面：一是指题材和主题取向是体验式的，偏重从女性自我出发，以"情"来体悟社会、透视人生；二是指写作手法的选择是细腻化的，注重用纤细锋利的笔刀挖出人性中的善与恶。

首先，"女性化"创作倾向是一种历史的存在，是女性长期受男性的束缚与在社会上不平等的境遇所造成的结果，也是女性作家借此来表达对封建制度和礼教强烈抗议的艺术形式之一。

其次，"女性化"并不是女性作家创作的整齐划一的图式，即女作家只会这样写。如前所述，虽然数量较少，但历代都诞生过符合男性评价标准的才华横溢的女作家作品。例如，有学者评价道：王安忆的《小鲍庄》与《百年孤独》一样，都是作者"从现实走向历史深处，从历史生活中，从人心最隐秘的深处，寻找着本民族的群体意识"的作品。①

最后，"女性化"并非固定不变的。在一定的政治、经济和文化环境下，"女性化"创作意识将不断发展变化。在创作实践中，女作家深刻地认识到这种"女性化"特点，并努力探索突破这一传统固定模式的方法，尽管这种探索有时是痛苦的。正如安妮思·普拉特在《妇女小说中的原型模式》（与三位女性合作）中所说的："妇女小说所反映的经验与男人的完全不同，这是因为我们作为个人的成长动力被有关性别的社会规定所阻挠。无论女作家在他们的小说中是否意识到这一女权主义观点，在阿波罗想要做的与达芙妮愿意接受之间的张力，或者说在要求我们屈服的压力和我们个性化的反叛主张之间的张力，已经成了我们的小说的不容置疑的突出特征。"无论女作家在创作中是否意识到这一点，女作家的创作将突破这一固有模式，向多元化、个性化方向发展。

思考与练习：

1. 世界范围内女作家群的崛起说明了什么？
2. 什么是女性文学？
3. 谈谈女性文学创作的题材、主题和语言特点。
4. 你怎样理解"女性化"风格？

---

① 叶继宗：《寻找本民族的群体意识——〈百年孤独〉与〈小鲍庄〉的比较》，《外国文学研究》1989年第1期。

第四章　女性文学作品论

英国著名的女性主义批评家伊莱恩·肖瓦尔特提出应以女性主义观点重建女性文学史。她根据女性意识的发展过程（即蒙昧、觉醒和反抗），将200多年的英国女性文学划分为3个阶段：女性、女权和女人。尽管世界各国女性文学的发展历程不尽相同，有着各自的特殊性，但是对于中国女性文学来说，肖瓦尔特对女性文学史的划分值得借鉴。基于此，依据她的划分，可将中国女性文学史粗略地划分成3个阶段：上古女性文学到明清时期女性文学（封建社会女性文学）；"五四"时期女性文学到20世纪80年代女性文学；20世纪80年代即改革开放以后的女性文学。

从远古到清末，是中国礼教兴、男尊女卑观念盛行的时期。由于女子普遍得不到受教育的机会，所以能够舞文弄墨的女性大多是出身于皇亲国戚或官宦之家的女子，如皇后、公主、夫人、小姐等，此外还有艺妓和妓女。又因为传统女性文学基本上处于父权制文化的巨大阴影遮蔽之下，因此顺应男性中心文化所规定的礼教要求，表达中国传统女性在遵守三从四德、守贞节的过程中所表现出的忠贞不二、贤顺恭谦之美就成为这一时期女性文学的主旋律。例如，《诗经》中的《周南·卷耳》（周文王妃子）、《邶风·静女》（齐桓公小白嬖妾长卫姬）、《王风·大车》（息夫人）、《鄘风·载驰》（许穆夫人）等诗歌都是女性所作。其中，"柏舟"诗颂扬了一位持守贞节的寡妇。刘向《列女传》说的是一位齐侯的女儿，出嫁到卫国，不巧刚到城门时，丈夫死了，她的保母劝她回去，她不肯，坚持在卫国守了三年寡。她

第四章 女性文学作品论

的弟弟又来劝她改嫁，她于是作诗道："我心匪石，不可转也。我心匪席，不可卷也。"①

同时，许多女作家也以极大的同情心哀叹了父权制压抑下广大妇女的不幸身世和凄惨命运，流露出对美好爱情的追求。例如，宋代女诗人朱淑真，浙江钱塘（今杭州）人，自号幽栖居士，才色清丽，存诗328首，可谓之最。魏仲恭把她的诗编辑成《断肠诗集》18卷（前集10卷，后集8卷）。从魏仲恭所作的"断肠诗序"中可知，朱淑真出身于官宦人家，才貌出众，聪慧好学，喜欢读书，可是遵从父母之命而成就的婚姻导致了她的不幸，因为与丈夫志不同道不和，因而一生郁郁不得志，常常悲秋伤春，对月伤怀。这也使得其诗哀婉细腻、怨怀多触。例如，《愁怀》之一："鸥鹭鸳鸯作一池，须知羽翼不相宜，东君不与花为主，何似休生连理枝。"②在此，她把丈夫比作鸥鹭，把自己比作鸳鸯，两者本不相宜，又怎能同池共舞呢？借此表达心中的郁闷和不愿。在《黄花》诗中，她借咏黄花抒发自己宁肯独居不嫁的心理："宁可抱香枝上老，不随黄叶舞秋风。"③《惜春》《寄情》《恨别》《元夜三首》等诗则表达了对美好爱情的热烈追求，以及与恋人的约会、聚首、别离与相思之情。她这种大胆的行为触怒了封建礼教而为世人所不容，就连她的父母也害怕她辱没门庭，她死后不仅"不能葬骨于地下"（《断肠集序》），而且其诗也被父母一把火烧掉。此外，她还写了《断肠词》1卷，胜于诗，其主要有《清平乐》《眼儿媚》《柳梢青》《蝶恋花》《江城子》等。可见，在父权制文化统治下，身为一名女性，即使再有才华，也难逃封建礼教思想的藩篱和摧残。朱淑真的凄惨命运很具代表性。身处封建社会的

---

①周振甫译注《诗经译注》，中华书局，2002，第36页。
②朱淑真撰，魏仲恭辑，郑元佐注《朱淑真集注前集》卷9，中华书局，2008，第130页。
③朱淑真撰，魏仲恭辑，郑元佐注《朱淑真集注外编》卷2《补遗》，中华书局，2008，第262页。

女作家的作品表达的主题基本上是闺阁抒情，书写的是切身的命运和感受，即作家身世与诗中女主人公的命运是同一的。从女性主义的立场来看，这一时期基本上属于女性文学的蒙昧不开化时期。

然而，在严重压抑女性创作自由的父权制时代，也有个别女作家能够跳出单纯的个人爱情与命运的狭隘圈子，着眼于国家与社会，迸发出不亚于热血男儿的爱国诗怀和豪情，李清照就是其中之一。

第一节 李清照及其创作

一、李清照的生平与创作

李清照（1084—1155）是中国南宋著名女作家、婉约派女词人，被誉为"千古第一才女"。她自号易安居士，父亲李格非为礼部员外郎，母亲是状元王拱辰的长孙女。李清照自幼就有才气，诗、词、曲、画皆通，是位才女。十八岁时，李清照嫁给吏部侍郎赵挺之之子赵明诚为妻。从《金石录后序》和李清照的自序中得知，她的婚后生活虽然贫俭，但是夫妻志趣相通，恩爱有加。夫妻俩都喜爱古玩和文学，于是抱着"穷尽天下古文奇字"的心愿，不惜倾其资财购买名人书画和古代奇器，有时因无钱能买，便惋惜怅然。有时偶然得到一本书，便不分昼夜地校勘装缉，考证指疵，精细到某件事某句话在哪本书第几页第几行都了如指掌。夫妻俩常常饭后坐在归来堂一边品茶一边谈诗论画，这段日子是他们最快乐的时光。可是生不逢时，他们生活在中国历史上最动荡不安的南宋时期，当时金兵进犯京师，钦宗徽宗二皇帝被俘，导致国破家亡。黎民百姓四处逃难，居无定所。宫人们或流落他乡，或改嫁士人、或沦为妓女,遭遇甚悲。面对国家灾难,夫妻二人不得不逃亡,然而又不能把这些珍爱的东西全部带走,于是去掉那些笨重不便携带和不太重要的书画古器,装了十五车,剩下的那些连同十几间老屋都在后来青州被攻陷后化为灰烬。不久,赵明诚被诏去行都赴任,由于心急,冒着大暑策马奔驰而生病,到任后不久即病逝。丈夫的病逝让李清照痛苦万分,加之朝廷分遣六宫,又传江当禁渡,于是她大病一场。此时,她还有两万余卷书、两千卷金石刻和一些器皿,这些都是丈夫所珍视的"长物",不能弃之。于是她去投靠了在洪州的赵明诚的妹夫,可是不久洪州也失陷了,这些长物又被迫扔掉大半,只留下数量极少的容易携带的小卷轴书帖、写本,李白、杜甫、韩愈、柳宗元的文集以及几十轴金石刻等。此后,她开始了逃亡生活,几经颠沛流离又遭盗贼,其间又有奸佞之人传说赵明诚有颂金之语,且有"密论",这使李清照更不敢将书留在家中,几经反复,所存的心爱之书所剩无几,以致她认为,这是"天意以余菲薄,不足以享此尤物耶"。由此可见,李清照写上述自序的目的:一是说明她与赵明诚的共同志向;二是为赵明诚正名,以驳斥那些小人的逸言。

李清照在诗、词、画等方面皆有造就,而尤以词著称,她的词仅存《漱玉词》1卷。从女性作词的角度来说,李清照并不是第一人。隋朝侯夫人曾作《春日看梅》可以看作女性词的滥觞,其词写道:"砌雪无消日,卷帘时自瞿。庭梅对我有怜意,先露枝头一点春。"[①]到了唐代、五代及南宋之前,也有女性偶作词,但都是零星之作,不成气候。无论是词的内容,还是词艺,李清照的词都自成一家,已达到完善成熟、绝妙生花的地步。在词史上曾流传着一段佳话:一次,李清照把新作的《醉花阴·重阳》词寄予赵明诚,赵明诚想超过她,就闭门谢客,用了两三天工夫整理了五十几首词,连同李清照的这首词合在一起让朋友陆德夫欣赏。陆德夫玩赏再三后说,有三句是最

[①] 李时人编校,詹绪左复校,何满子审定《全唐五代小说》,中华书局,2014,第2316页。

佳的："莫道不销魂，帘卷西风，人比黄花瘦。"这正是李清照写的《醉花阴》词。从影响上看，其词高于柳永词，而不下于苏轼和辛弃疾词。不仅如此，李清照还写了一部词学理论著作《词论》，通过点评同朝词人创作的得失而提出了一个石破天惊的观点："词别是一家"。她认为，诗与词在内容和形式上都应有所区别和分工，正所谓"诗庄词媚"，风趣各异。意思是说，诗言志讽喻的功能决定其钟情于比较严肃的题材，而词需婉约纤柔。基于此，她的词始终保持着婉约的风格。主要的词作有《一剪梅》《醉花阴》《声声慢》《如梦令》《武陵春》《浣溪沙》《凤凰台上忆吹箫》《孤雁儿》等。

李清照词于平淡中见新奇，如"绿肥红瘦"显得无限凄婉，又妙于含蓄。而李清照诗则强劲挺拔，气势恢宏，突破了个人生活的狭小天地，意在社会的安定和国家的统一，表现出强烈的爱国精神。例如，《夏日绝句》："生当作人杰，死亦为鬼雄。至今思项羽，不肯过江东。"[①]这是一首咏史诗，对西楚霸王项羽生作人杰死为鬼雄的英雄壮举给予了由衷的赞美，并以此批评南宋统治者可耻的逃跑行为。在艺术上，李清照诗歌雄浑壮阔，气贯长虹，很难看出是出自女子之手。王灼在《碧鸡漫志》里评价李清照道："自少年便有诗名，才力华赡，逼近前辈。在士大夫中已不多得。若本朝妇人，当推文采第一。"[②]在《咏史》一诗中，她用王莽篡权的史实来讽喻张邦昌、刘豫之流的傀儡政权："两汉本继绍，新室如赘疣。"同时赞美了因反对司马氏篡权而被杀的嵇康，表达出对篡权行为的强烈谴责："所以嵇中散，至死薄殷周。"以致朱熹在《朱子语类》中赞叹道："本朝妇人能文，只有李易安与魏夫人。李有诗，大略云'两汉本继绍，新室如赘疣。所以嵇中散，至死薄殷周'云云。中散非汤武得国，引之以比王莽。如此等语，岂女子

[①] 李清照：《重辑李清照集·李清照评传·三》，黄墨谷辑校，中华书局，2009，第86页。

[②] 王灼：《碧鸡漫志》卷二，转引自傅璇琮、王兆鹏主编《宋才子传笺证词人卷·李清照传》，辽海出版社，2011，第349页。

所能！"①明代王世贞也说："易安此语虽涉议论，是佳境，出宋人表。用修故峻其掊击，不无矫枉之过。"②

李清照性格耿直正义，有明确的判断是非的观念，从不人云亦云。例如，《大唐中兴颂》为唐代元结所作，颜真卿书，碑在祁阳浯溪，用摩崖石刻成，主要颂扬肃宗在安史之乱中的功业，而把导致安史之乱的罪因归之于"女祸"。唐代以来，许多文人为之题咏，从无异议。然而李清照却以非常冷静和客观的态度指出，这并不是女人祸国，而是唐玄宗的荒淫误国。摩崖刻碑颂德的做法实在浅陋，不值得称颂，应该从安史之乱中吸取经验教训，警惕奸佞小人们的险恶用心，避免重蹈前人覆辙。

此外，李清照其他的诗还有《夜发严滩》《感怀》《皇帝阁》《春残》《题八咏楼》和《上枢密韩公、工部尚书胡公》等。李清照除了写诗写词外，还写了《打马图》等杂文。

李清照南渡至杭州（1132）后，居无定所，孤苦无助，不得已嫁给张汝舟。后者表面上温文尔雅，爱慕李清照的才华，其实是个势利小人。他之所以追求李清照，不是仰慕其才学，而是觊觎其《金石录》等古玩的非常价值。李清照本以为这段婚姻会给自己带来幸福，不料却与张汝舟过着同床异梦的生活，这是她那刚直不阿的个性所无法容忍的。为了摆脱张汝舟的纠缠和陷害，再婚没几个月的李清照向衙门状告张汝舟曾科举考试作弊的事实，结果后者以欺君之罪发配柳州，李清照则被关进大牢。因为按照宋律，妻告夫，不管孰是孰非，都要坐2年牢。李清照宁肯坐牢，遭受皮肉之苦，也不接受缺乏感情的婚姻，足见她的刚烈性格。正如她给友人翰林学士綦崇礼的信中所言："忍以桑榆之晚节，配兹驵侩之下材。身既怀臭之可嫌，惟求脱去；

---

① 朱熹：《朱子语类》卷一四〇，转引自傅璇琮、王兆鹏主编《宋才子传笺证词人卷·李清照传》，辽海出版社，2011，第349页。

② 王世贞：《艺苑卮言》卷四，转引自褚斌杰、孙崇恩等编《李清照资料汇编》，中华书局，1984，第42页。

彼素抱璧之将往，决欲杀之。遂肆侵凌，日加殴击，可念刘伶之肋，难胜石勒之拳。……友凶横者十旬，盖非天降；居囹圄者九日，岂是人为！"[1]后来，因为李清照诗才超凡，具有很高的声誉，友人动用人脉关系将她保出来。这样，她共坐了9天牢。这次婚变，对李清照的精神打击很大，此后晚景更加凄凉流离，终至离世。众所周知，宋代是儒家礼教思想对女性要求森严的时代，李清照的二次婚姻（改嫁）也遭到儒家理学士们的非议，使得同时代宋人众口一词，贬斥她晚节不保。例如，陈振孙在《直斋书录解题》中说："《漱玉集》一卷，易安居士李氏清照撰。元祐名士格非文叔之女，嫁东武赵明诚德甫。晚岁颇失节。"[2]朱彧《萍洲可谈》评价她说："不终晚节，流落以死。天独厚其才而啬其遇，惜哉！"[3]晁公武《郡斋读书志》亦载："然无检操，晚节流落江湖间以卒。"[4]王灼《碧鸡漫志》写道："赵死，再嫁某氏，讼而离之。晚节流荡无归。"[5]而南宋诗话家胡仔在《苕溪渔隐丛话》中更是总结道："易安再适张汝舟，未几反目，有《启事》与綦处厚云：'猥以桑榆之晚景，配兹驵侩之下材。'传者无不笑之。"[6]

综观李清照的一生，空有满腔热情和爱国情怀，却错生为一位女子，在国破家亡、生灵横遭涂炭之际，无从挥戈策马，报效祖国，施展自己的政治

---

[1] 李清照：《投翰林学士綦崇礼启》，转引自傅璇琮、王兆鹏主编《宋才子传笺证词人卷·李清照传》，辽海出版社，2011，第344页。

[2] 陈振孙：《直斋书录解题》，转引自傅璇琮、王兆鹏主编《宋才子传笺证词人卷·李清照传》，辽海出版社，2011，第344页。

[3] 朱彧：《萍州可谈》，转引自傅璇琮、王兆鹏主编《宋才子传笺证词人卷·李清照传》，辽海出版社，2011，第344页。

[4] 晁公武：《郡斋读书志》，转引自褚斌杰、孙崇恩等编《李清照资料汇编》，辽海出版社，1984，第10页。

[5] 王灼：《碧鸡漫志》卷二，第344页。

[6] 胡仔：《苕溪渔隐丛话》前集卷六〇，转引自傅璇琮、王兆鹏主编《宋才子传笺证词人卷·李清照传》，辽海出版社，2011，第344页。

理想和远大抱负。她空有满腹诗才辞章,却无从传道授业,答疑解惑,不免遗憾终生。对此,唐代著名诗人陆游在《夫人孙氏墓志铭》中写道:"夫人幼有淑质。故赵建康明诚之配李氏,以文辞名家,欲以其学传夫人。时夫人始十余岁,谢不可,曰:'才藻非女子事也。'"[①]连十几岁的女孩子都固执地认为,学诗做文章不是女孩子应做的事情,可见"女子无才便是德"的儒家说教影响之深,这令李清照震惊喟叹,社会不需要才女,女子无知无识,何谈人格平等、男女平等。

二、李清照的诗

李清照的诗虽不如其词对后世影响巨大,却洋溢着忧国忧民的爱国主义精神和诗人鞭挞丑恶现实、弘扬民族正气的爱憎情感,特别是咏史诗。除前面所谈的绝句《夏日绝句》外,长诗《浯溪中兴颂诗和张文潜》(二首)也是其借古喻今的咏史佳作:

> 五十年功如电扫,华清花柳咸阳草。五坊供奉斗鸡儿,酒肉堆中不知老。胡兵忽自天上来,逆胡亦是奸雄才。勤政楼前走胡马,珠翠踏尽香尘埃。何为出战辄披靡,传置荔枝多马死。尧功舜德本如天,安用区区纪文字。著碑铭德真陋哉,乃令神鬼磨山崖。子仪光弼不自猜,天心悔祸人心开。夏商有鉴当深戒,简策汗青今具在。君不见当时张说最多机,虽生已被姚崇卖。
>
> 君不见惊人废兴传天宝,中兴碑上今生草。不知负国有奸雄,但说成功尊国老。谁令妃子天上来,虢秦韩国皆天才。花桑羯鼓玉方响,春

[①] 陆游:《渭南文集》卷 35《夫人孙氏墓志铭》,转引自傅璇琮、王兆鹏主编《宋才子传笺证词人卷·李清照传》,辽海出版社,2011,第 346 页。

风不敢生尘埃。姓名谁复知安史,健儿猛将安眠死。去天尺五抱瓮峰,峰头凿出开元字。时移势去真可哀,奸人心丑深如崖。西蜀万里尚能反,南内一闭何时开。可怜孝德如天大,反使将军称好在。呜呼!奴辈乃不能道辅国用事张后尊,乃能念春荠长安作斤卖。[①]

这两首诗作于李清照早年时期,是和(依照他人诗词题材或体裁作诗填词)宋代著名诗人、"苏门四学士"(秦观、黄庭坚、张耒和晁补之)之一的张耒(张文潜)而作。浯溪位于湖南省祁阳县西湘江边上。唐代诗人元结爱其山水胜异,卜居此地,命其曰"浯溪"。唐代元结作《大唐中兴颂》(761),并请当时的大书法家颜真卿写成楷书镌刻于江边崖上,史称"摩崖碑"。此颂碑对后世影响极大,宋代文坛名家黄庭坚、张文潜、杨万里均有诗文记之。

北宋中期以来,王安石变法引发上层统治阶级内部激烈的党争,以司马光为代表的保守派反对王安石变法,进而导致两派纷争,互相倾轧。同一派别内部观点也不一致,内讧不断。作为最高统治者,宋神宗和宋哲宗均软弱无能,不仅解决不了派别争斗,还纵容官僚们的内讧和争夺,结果使国家政局长期动荡,民怨沸腾,导致金国乘虚而入。在这种创作背景下,李清照借古喻今,通过这两首诗总结历史教训,劝诫当朝统治者。在第一首诗中,她深刻分析了唐朝发生安史之乱和唐朝军队一败涂地的症结所在,无情地鞭挞了腐化昏聩的唐明皇和那些谄媚误国的佞臣,借此影射北宋君主的荒淫无能和臣僚们的尔虞我诈、勾心斗角,体现出诗人对国家命运的深沉忧虑。

李清照首先肯定了唐玄宗李隆基的政绩"五十年功"(其实际在位时间为44年)一度形成"开元盛世",可是转眼间仿佛雷电扫过一般灰飞烟灭,变成了断壁残垣间的花草。什么原因造成的呢?就是因为统治阶级奢侈腐化、不务正业,主要表现在:一是斗鸡,二是好色。"五坊"一词见《新唐·百

[①] 李清照:《浯溪中兴颂诗和张文潜》,转引自褚斌杰、孙崇恩等编《李清照资料汇编》,中华书局,1984,第109页。

官志》："闲厩使押五坊，以供时狩：一曰雕坊，二曰鹘坊，三曰鹞坊，四曰鹰坊，五曰狗坊。"[①]后人把不务正业之人称作"五坊小儿"。《岁时广记》卷17引《东城老父传》说唐玄宗酷爱斗鸡，玩物丧志，"明皇乐民间清明节斗鸡戏，及即位，治鸡坊，索长安雄鸡，金尾、铁距、高冠、昂尾千数，养于鸡坊，选六军小儿五百，使教饲之。民风尤甚"。[②]不仅如此，唐明皇还纵情酒色，沉迷美人，不惜劳民伤财。为了让心爱妃子杨贵妃能吃上新鲜的荔枝，他命人骑马日夜兼程急送，使许多马因递送荔枝而累死。正因为他不理朝政，最终导致安禄山、史思明乘虚率领叛军进犯，直攻入明皇赐宴设醮之处——勤政楼（"勤政务本之楼"）。统治阶级荒淫腐化，军队也疏于训练，唐军被安史叛军打得溃不成军，声名显赫的君主也成了落荒而逃的败军之首，连在平定安史之乱中立下战功的唐代名将郭子仪和李光弼也受到猜疑。诗人不禁感叹，真正贤明君主的功德哪用得着著碑铭德，即使是磨山刻石也未免浅陋，因为不朽的丰碑是树立在人心里的。因此，诗人奉劝当朝统治者，不要重复其错误，后人也不应重蹈前人之覆辙。张说、姚崇都是唐玄宗时的宰相，两人关系不和，明争暗斗。姚崇设计，让张说在他死后撰写颂扬自己的碑文，后来张说发现中计，可是为时已晚。"君不见当时张说最多机，虽生已被姚崇卖。"这两句的意思是，想要刻石树碑的人无论生前费尽心机，到头来终免不了被人嘲笑。况且包括中兴颂碑之类的碑文不见得是作者的真心话，所以刻了石碑也毫无价值。

在第二首诗中，李清照以迥异于前朝士大夫们的远见卓识，思前人所未想，发前人所未言，指出安史之乱已然过去，浯溪的中兴碑也已经杂草丛生，可是世人只称赞平定安史之乱的功臣郭子仪、李光弼等国老，却不从自身寻找原因，并且把失国原因归结于女人杨贵妃"祸国"。张文潜诗开篇就称杨

[①]欧阳修、宋祁撰《新唐书·卷四十七志第三十七百官二·殿中省》，中华书局，1975，点校本，第1218页。

[②]陈元靓撰《岁时广记卷十七》，许逸民点校，中华书局，2020，第266~267页。

103

玉环为"妖"("玉环妖血无人扫，渔阳马厌长安草")，李清照却认为杨贵妃三姊妹（分别被唐玄宗赐封为韩国夫人、虢国夫人、秦国夫人）都是人间罕见的天才歌舞表演艺术家，唐明皇为贵妃击鼓作乐时，春风也不敢吹起尘埃。安史之乱已成过去，一代帝王也已长眠于地下，尽管他宛若抱瓮峰（即瓮肚峰）高耸入云，峰顶上刻着"开元"二字，可是大势已去，令人悲哀。李辅国内心奸诈，令人难猜。唐玄宗本在安史之乱时逃到西蜀（今四川），安史之乱平息后返回长安，此时肃宗即位，任用李辅国处理国务。唐代时，长安有大内、西内、南内三宫，南内即兴庆迷路，本是唐玄宗听政之处。唐玄宗回来后成为"上皇"，被肃宗安置在西内，所以说"南内一闭何时开"，他只能待在西内。诗人在此质问唐肃宗，为什么上皇回京，迁于西内，从此不朝，你的"天大的孝德"哪里去了？回来后却让高力士做骠骑大将军。唉！我虽然是女人家，为什么不能说李辅国弄权，张后专断之事，难道只能配谈家长里短吗？最后两句意思是，人们只知道责备唐玄宗宠信高力士、引入杨玉环误国之罪，却不知道责备唐肃宗宠信李辅国、张后之弊。

　　李清照的《浯溪中兴颂诗和张文潜》（二首）诗采用严格的次韵，结构严谨，感情充沛，有理有据，气势跌宕，宛若史诗一般气势磅礴，是张耒诗比之不及的。南宋周辉在《清波杂志》卷8中评价说，"浯溪《中兴颂碑》，自唐至今，题咏实繁。零陵近虽刊行，止荟萃已入石者，曾未暇广搜而博访也。赵明诚待制妻易安李夫人尝和张文潜长篇二。以妇人而厕众作，非深有思致者能之乎？"[①]清代王士禛在《香祖笔记》卷5里说："宋闺秀李清照，号易安居士，吾郡人，词家大宗。其集名《漱玉》，而诗不概见。兄西樵昔撰《然脂集》，采摭最博，止得其诗二句，云'少陵也是可怜人，更待明年试春草。'此外了不可得。陈士业《寒夜录》乃载其《和张文潜浯溪碑》歌诗二篇，未言出于何书。予撰《浯溪考》，因录入之。……二诗未为佳作，

[①]周辉撰《清波杂志校注·卷八·1 中兴颂》，刘永翔校注，中华书局，1994，第332页。

然出妇人手,亦不易,知易安之逸篇乎?故著之。"①而现代学者王璠则在其《李清照研究丛稿·李清照的诗》中这样反驳王士禛:"诗中斥责明皇误国,招致离乱,抒发诗人怨烦,忧心如焚。托古讽今,寄意深远。简直与《离骚》的作者屈原同一胸襟。姑且撇开诗中的寄托与思想,就艺术表现方面说,这二诗与白居易的新乐府、秦中吟没有什么区别,都是尽善尽美的好诗。王士禛《香祖笔记》说'二诗未为佳作气'那是十分冤屈的。"②

三、李清照的词

李清照不仅在诗歌和散文领域成绩突出,在词的创作上更是独创性地提出"词别是一家"(《词论》)的理论,被誉为中国词宗大家。她的词以南渡为界分为前后二期:前期词描写她在少女、少妇的生活,如《如梦令》《一剪梅》《醉花阴》等;后期词因为遭遇国破、家亡、夫死之惨祸,多表现作家孤独、感伤的心境和情绪,如《菩萨蛮》《念奴娇》《声声慢》等。

薄雾浓云愁永昼,瑞脑销金兽。佳节又重阳,玉枕纱厨,半夜凉初透。东篱把酒黄昏后,有暗香盈袖。莫道不销魂,帘卷西风,人比黄花瘦。③

《醉花阴》和《声声慢》都是词牌名,都被选录人民教育出版社课程教材研究所编写出版的(人教版)高中语文课本中,二者在主题表现("愁")和意象("酒""黄花""黄昏""风"等)的使用上存在着共性。

---

① 王士禛撰《香祖笔记·卷五》,宫晓卫点校,齐鲁书社,2007,第 4567~4568 页。
② 王璠:《李清照研究丛稿·李清照的诗》,内蒙古人民出版社,1987,第 203 页。
③ 李清照:《重辑李清照集·卷二·漱玉词之二·醉花阴》,黄墨谷辑校,中华书局,2009,第 20 页。

《醉花阴》上阕写半夜枕席上吹来冷气，感到自身孤独，重阳节也在孤独冷寂中度过。开头写"愁"绪宛若香炉里缭绕的薄雾浓云般的香烟一样笼罩在词人的心头，无处消解。"薄雾""浓云"比喻香炉冒出来的香烟。香雾迷蒙，更显意境凄凉，从而借景抒发词人孤寂的愁情。"永昼"点出愁的长久。"瑞脑销金兽"，看着龙脑香在金色兽形的香炉里慢慢地烧尽。"瑞脑"即龙脑，是一种香料，龙脑香。"金兽"指兽形铜香炉。这两句既写出了时间的漫长，烘托出环境的凄寂，更写出词人那百无聊赖的愁情。次三句"佳节又重阳，玉枕纱厨，半夜凉初透"。重阳佳节，本是夫妻登高求福的好日子，偏偏丈夫游玩不归，这里以佳节团聚反衬独处之悲，更加深了凉意。而重阳秋夜，天气转冷，词人独居家中。"玉枕纱厨"指瓷枕纱帐，瓷白如玉，故美名之。"纱厨"指有纱帐的小床。通过"玉枕纱厨"这样一些具有特征性的事物，写出了女主人公特殊的感受，即玉枕纱厨，难御风寒。这凉透肌肤的秋寒，暗示出她思念丈夫，孤寂难眠的心境。同时，"玉枕纱厨"又贯穿"永昼"与"一夜"的则是"愁""凉"二字，既写季节之凉，更写内心凄凉，情景交融，为下文"人比黄花瘦"作了铺垫。

下阕采用烘云托月的手法，写赏菊饮酒，并抒发感受。但是虽然是写菊，并以菊喻人，可全篇却不见一个"菊"字。"东篱"，本来是套用陶渊明"采菊东篱下"的诗意，却隐去了"采菊"二字，实际是藏头，在此指菊圃。又如"把酒"二字也是如此，"酒"字之前，本来有"菊花"二字，因古人在九月九日有赏菊并饮菊花酒的风俗习惯。唐代诗人孟浩然《过故人庄》中就有"待到重阳日，还来就菊花"之句。宋时，此风不衰。所以重九这天，词人照样要"东篱把酒"直饮到"黄昏后"，菊花的幽香盛满了衣袖，也就省略了"菊花"二字。再如"暗香"，这里的"暗香"指的是菊花香，而非其他花蕊的香气。"有暗香盈袖"，既烘染了雅淡如菊的情怀，也化用了《古诗十九首》中的"馨香盈怀袖，路远莫致之"[1]句意，暗写她无法排遣的对

---

[1] 陈第：《毛诗古音考·卷一》，康瑞琮点校，中华书局，1988，第28页。

丈夫的思念。"黄花",也就是"菊花"。由上可见,全词虽不见一个"菊"字,但是"菊花"的色、香、形态却俱现纸上,不仅写出了菊花的形态,也传达出了秋菊的神态。

"莫道不消魂,帘卷西风,人比黄花瘦"是传诵千古的名句。在此,词人用黄花比喻人的憔悴,以瘦暗示相思之深,别有创意。"瘦"是词眼,一个"瘦"字,就形象地塑造出一位多愁善感、孤寂无聊、相思情苦、弱不禁风的思妇形象。并且很符合词的外在环境,贴切传神。消魂:形容极度愁苦。对此,胡仔《苕溪渔隐丛话》评价道:"'帘卷西风,人比黄花瘦',此语亦妇人所难到也。"①从炼字来说,李清照在另外一首词《如梦令》中有"绿肥红瘦"之语,也为人所传诵。

早年,李清照过的是美满的爱情生活与家庭生活。作为闺阁中的妇女,由于遭受封建社会的种种束缚,她们的活动范围有限,生活阅历也受到重重约束,即使像李清照这样的上层知识妇女,也毫无例外。因此,相对说来,她们对爱情的要求就比一般男子要求更高些,体验也更细腻一些。所以,当作者与丈夫分别之后,面对单调的生活,便情不自禁惜春悲秋,借此来抒发自己的离愁别恨。这首词,就是这种心情的反映。从字面上看,作者并未直接抒写独居的痛苦与相思之情,但这种感情在词里却无处而不在。

在艺术上,该词主要采用比喻和设问的手法。比喻是古诗词中常用的手法,如宋代无名氏《如梦令》中的诗句"人与绿杨俱瘦"②;宋代程垓《摊破江城子》中的"人瘦也,比梅花,瘦几分?"③;秦观《水龙吟》中的"天还知道,和天也瘦"④等。在这首词中,李清照把自己比喻为黄花(菊花),

---

① 李清照:《重辑李清照集·卷八·历代评论·宋代·胡仔〈苕溪渔隐丛话〉四则》,黄墨谷辑校,中华书局,2009,第217页。
② 朱彭寿撰《安乐康平室随笔·卷一》,何双生点校,中华书局,1982,第173页。
③ 褚斌杰、孙崇恩等编《李清照资料汇编·三明·王世贞》,中华书局,1984,第42页。
④ 同上。

非常契合词人的身份和心境。设问如"莫道不消魂","莫道"带有反诘与激问的语气。

　　寻寻觅觅,冷冷清清,凄凄惨惨戚戚。乍暖还寒时候,最难将息。三杯两盏淡酒,怎敌他,晚来风急!雁过也,正伤心,却是旧时相识。/满地黄花堆积,憔悴损,如今有谁堪摘?守着窗儿,独自怎生得黑!梧桐更兼细雨,到黄昏、点点滴滴,这次第,怎一个愁字了得!①

　　《声声慢》是李清照晚年的名作。这是一首缠绵哀婉的慢词,词人借豪放恣纵之笔写凄苦悲怆之怀,集中体现了其晚年孤苦无依、悲哀愁闷的心情和处境,间接地表现了时代的悲剧。另外,此词极具特色的艺术风格,以及它烘托渲染出来的凄苦氛围,对后世产生了很大影响。

　　《声声慢》起首就用了14个叠字:"寻寻觅觅,冷冷清清,凄凄惨惨戚戚。"给人以强烈的节奏感和音乐般的旋律美,读起来情溢胸间,真切感人,令人荡气回肠,呈现出一咏三叹之妙。就在这一咏三叹中,读者便不知不觉地融入词人所营造出来的意境之中。傅庚生在《中国文学欣赏举隅》中称赞道:此十四字之妙,妙在叠字,一也;妙在有层次,二也;妙在曲尽思妇之情,三也。思念、找寻、失望、哀伤,仅十四个叠字,便超然笔墨蹊径之外,情感由浅入深,勾画出了一个凄凉、肃杀、孤寂、悲伤而又痛苦难耐的境界,直抒胸臆。仅开端这三句一连串的叠字,就已写出了主人公一整天的愁苦心情,细细密密,感情真挚而感人。李清照写这首词时,经历了国破、家亡、夫死、遇人不淑等不幸遭遇,悲苦凄愁之感可想而知。

　　"乍暖还寒时候,最难将息。"这是此词的难点之一。此时,正值深秋时节,秋的气候应该是"乍寒还暖",但词中却写道"乍暖还寒时候,最难将息",词人如此写法,究竟用意何在?联系词人此时的遭遇,不难看出,

---

①李清照:《漱玉词注·声声慢》,陈祖美注,齐鲁书社,2009,第29页。

此处的"乍暖还寒",应为词人心头"乍暖还寒"的真实写照。词人梦中思念,醒来找寻,寻而未果,孤独、凄苦长期郁积在词人的内心深处,自然也就感觉"乍暖还寒",乃至"最难将息"。

"三杯两盏淡酒,怎敌他,晚来风急!"古人有晨起于卯时饮酒的习惯,故又称"扶头卯酒"。词人心中的寂寥,无处排解,想借酒浇愁,却发现,心中已很难承受各种事实的打击了,亡国之恨,丧夫之哀,孀居之苦,一起涌上词人的心头,借酒浇愁恐怕也只能愁更愁了。

"雁过也,正伤心,却是旧时相识"。忆往昔,雁儿来来往往,为两人传递着浓浓的相思,而此时,它们却匆匆如"过客"一般,斩断了词人心中所盼。词人触景伤情,不禁再度陷入凄苦情状。

下阕头三句"满地黄花堆积,憔悴损,如今有谁堪摘?"此时此刻的词人,正于秋日的杭州,独自一人,漫步自家庭院。园中,早已是残英满地,而非菊花盛开了。花已过盛期,正自飘零,色泽憔悴,饱经人世沧桑的词人,不禁心生慨叹:"如今有谁堪摘?"。是啊,还有谁能够怜悯、慰藉自己早已痛苦不堪的内心呢?在隐隐约约之中,词人透露出了内心深处浓得化不开的愁苦滋味,惜花更惜己。

"守着窗儿,独自怎生得黑!"词人独自一人,在本应躁动的季节里,守着无声的窗儿,焦急地盼着夜晚的降临。充满词人心间的,也许只有孤寂、凄惶,还有随之而来的那挥之不去的精神上的无尽苦恼。至此,词人也只能淡淡地叹息一声,一切的一切,终究沉淀成了一种永恒的落寞。

"梧桐更兼细雨,到黄昏、点点滴滴"。在秋日黄昏的景色中,枯黄的梧桐叶子正细细地飘落着,酷似绵绵的雨丝,沁入词人断肠的肺腑中,于不经意间,又平添了一抹剪不断、理还乱的愁苦滋味。此处妙就妙在"到黄昏"后的一点顿号,虽然这是词牌固定格式所用的标点,但在此,却仿佛是词人心间的一滴清泪,凝成愁苦百结,再化作不尽的哀愁,伴着那缕缕的细雨,"点点滴滴"滴入词人渐凄渐深的心头。

"这次第,怎一个愁字了得!"词人转而入愁,情景悲绝,在词人的多愁善感而又忧患备尝的心中，恐怕已沉哀入骨。乱世词人李清照，用她的词，写尽了自己晚年的哀愁。李清照的《声声慢》，用接近口语的清新语言精心练就，浑然天成而又妙语迭出，确实体现了词人不事雕琢的深厚词学功底。

思考与练习：

1.李清照在中国文学史上具有怎样的地位？

2.从长诗《浯溪中兴颂诗和张文潜》（二首）的主题看出李清照怎样的女性意识？

3.李清照的词论主张是什么？结合作品说明。

4.比较分析《醉花阴》和《声声慢》。

第二节　萧红及其创作

一、萧红的生平与创作

萧红（1911—1942）是中国现代文学史上著名的女作家，21世纪最有影响力的"东北女作家"之一。她出生在黑龙江省呼兰县的一户张姓地主家，乳名荣华，稍长取名秀环，后由外祖父改名乃莹。但是家庭中男尊女卑的落后思想与偏见，使萧红从小就与父母、继母和祖母的关系不融洽。萧红9岁丧母，母亲的去世并未对她造成什么影响，不久继母进门，对她仍旧冷漠。祖母是个阴毒、唠叨、抽大烟的老太太，不喜欢个性较强的乃莹，有时拿缝衣针刺她的小手，因此她从小对祖母就怀有敌意。萧红的父亲张廷举（字选三）在当地教育部门任职，不苟言笑，态度傲慢，阴沉严厉，重男轻女思想严重,从不拿正眼瞅女儿。父亲留给她的印象是"从鼻梁经过嘴角往下流着"的"高傲的眼光"。母亲姜玉兰性格懦弱。众所周知,童年时代的认知对作家性格和创作思想的形成影响巨大。童年经验直接影响着个体性格的形成,"大量的事实表明:一个人的童年经验常常为他的整个人生定下基调,并规范以后的发展方向和程度,是人类个体发展的宿因,在个体发展史上打下不可磨灭的烙印"。①而童年生活的不幸最易导致心灵的孤寂与落寞,这些不亲不爱的亲人给萧红的童年埋上了阴影,同时也养成了她孤独、敏感而倔强的性格。她在临终时对作家骆宾基说:"半生尽遭白眼冷遇……身先死,不甘,不甘。"②在她幼小的心灵中,只有后花园里那棵会"笑"的老树以及善良和宽厚的祖父(张维祯)的爱才能抚慰她那寂寞而孤苦的心灵。后花园成了她的伊甸园,她的理想王国,那里种着小黄瓜、大南瓜,有蝴蝶在飞,蚂蚱在跳。冬天一到,堆满破旧东西,黑暗而尘封的后房更是她消遣快乐的场所。她爱上了后花园,每天喜欢与花园里的花草树木交谈,常常一个人喃喃自语,久久不能自拔。但是大自然的美好掩饰不了大墙内外人世间的苦难,凭借一颗纯真的童心和机敏的眼睛,萧红从家庭的父权中看到了不平等,从房客们的苦难中认识到了现实的悲惨,更从呼兰小镇的日常生活里透视出浑浑噩噩的愚昧和赤裸裸的蛮横。现实的丑恶深深印在了她的童年记忆里,她陷入孤独和迷惘,感到一切都是如此的荒凉和悲哀。而男尊女卑的社会现实更加剧了她心灵的孤寂与反抗意识。只因是女孩,当萧红小学毕业后,就被剥夺了继续求学的权利。为此,她采用绝食、出家当尼姑等各种手段,终于在1927年8月获得了去哈尔滨"东省特别区区立第一女子中学"继续深造的机会。在学校里,萧红喜欢上了美术和文学,经常到野外作画,梦想将来成为一名画家。同时,她开始接触"五四"以来的个性解放思想和中外文学名著,尤其喜爱鲁迅、茅盾和美国作家辛克莱等中外文学大师的作品,深受其

---

① 童庆炳、程正民:《文艺心理学教程》,高等教育出版社,2001,第92页。
② 王文彬:《〈萧红墓畔口占〉的本事和隐喻》,《东方丛刊》2003年第4期。

影响。与此同时，她以"悄吟"为笔名在校刊上发表诗歌和散文，这为她后来的文学创作打下了坚实的基础。不仅如此，萧红在政治上也积极要求进步，参加反日侵略游行示威活动，这有力地促成了她反帝反封建思想的确立和人格独立、个性解放的女性意识的形成。

1928年7月，萧红中学毕业，父亲要求她与富家子弟汪恩甲完婚。出于对封建家庭和包办婚姻的不满，萧红离家出走，几经颠沛流离，饥寒交迫。因与表兄陆振舜走得太近遭人非议，无奈又与找上门来的未婚夫汪恩甲同居，住在哈尔滨东兴顺旅馆（今玛克威商厦）。然而其生活艰难，衣不蔽体，食不果腹，饱受饥饿与寒冷的困扰。因为没钱买面包，她甚至想要偷挂在别人过道门上的"列巴圈"和牛奶瓶，但是最终理智战胜了饥饿。可是难挨的饥饿感使她的精神陷入迷狂，甚至想到"桌子可以吃吗？""草褥子可以吃吗？"此后，她与萧军的同居生活也是捉襟见肘，常常靠借钱以解燃眉之急，这种情况直到萧军找到工作（给中东铁路哈尔滨铁路局庶务王科长的儿子当家庭教师，每月20元）才得以缓解。饥饿侵蚀了萧红的肉体，导致她面容惨白，体弱多病。美国萧红研究家葛浩文在《萧红评传》中这样描写她："苍白面容，灰白头发，常患头痛症，整天无精打采，严重贫血，胃病，月事不调。"[1]正因为有着这种对饥饿切肤之痛的体验，萧红才在小说中以大量的笔墨描绘出穷人受寒饿之苦痛不欲生的惨状，并揭示出社会经济压迫的真实原因。

后来，萧红怀孕了，因为无钱支付住宿费，纨绔子弟汪恩甲将萧红抛弃在旅馆里，独自离去。旅馆老板将萧红赶到杂货间，严格看管，准备把她卖到青楼。1932年夏，萧红给哈尔滨《国际协报》的《文艺》周刊写信求救，在左翼文艺团体和萧军等进步青年的帮助下，她才脱离困境。就在这次营救中，二萧邂逅，萧红钦慕萧军的才华，萧军同情并惊叹萧红虽是弱女子，又身处逆境，却保存着顽强的生命意志，居然在被困的旅馆里写诗作画，其立刻就觉得这是"一颗精明的、美丽的、可爱的、闪光的灵魂"。于是两人一

---

[1] 李彩娟：《论萧红创作心态的构成》，《兰州学刊》2000年第2期。

见钟情，成为情侣。萧红在哈尔滨市第一医院生下一女婴，当即送给他人抚养，此后这个孩子再也没有找到。1932年冬，二萧移居道里区商市街（今红霞街），过着十分贫困的生活。但是他们参加了罗烽、金剑啸等共产党员组织的"牵牛坊"进步文学活动小组，成为进步团体"星星剧团"的成员。萧红还为救济遭受水灾的难民举办募捐画展。1933年4月18日，萧红在哈尔滨发表第一篇小说《弃儿》，这是一篇纪实性散文，真实地记录了她被困东兴顺旅馆的窘境和出逃经过，与萧军在老裴家借住的遭遇以及生完孩子又将其抛弃的心碎过程。5月21日，萧红在伪满洲国《大同报》副刊《夜哨》上发表《王阿嫂的死》。至年底，萧红先后创作了《广告副手》《看风筝》《腿上的绷带》《太太与西瓜》《小黑狗》《两个青蛙》《哑老人》《夜风》《叶子》《中秋节》《清晨的马路》《渺茫中》《烦扰的一日》等十几篇短篇小说和散文。10月，二萧自费出版第一部短篇小说集《跋涉》，其中收录了萧红5篇小说，分别是《王阿嫂的死》《广告副手》《看风筝》《小黑狗》《夜风》，萧红笔名为"悄吟"。

1934年，萧红与萧军一起离开日伪统治日趋残酷的哈尔滨，经大连到青岛，住在观象路1路1号。9月9日，萧红完成中篇小说《生死场》。10月，在朋友的介绍下，二萧开始与鲁迅先生通信，给鲁迅先生寄去《生死场》和《跋涉》。10月底，为躲避日帝搜查，他们移居上海。最初住在拉都路元生泰小杂货店二楼亭子间里。11月30日，在内山书店同鲁迅先生见面。12月19日，鲁迅夫妇在上海梁园豫菜馆宴请二萧，后又介绍他们认识茅盾、叶紫、聂绀弩夫妇。这一年，萧红在《国际协报》副刊上陆续发表《夏夜》《患难中》《出嫁》《蹲在洋车上》等小说和散文。

1935年1月2日，二萧移居拉都路南段福显坊22号，不久又移居至拉都路中段351号。5月2日，鲁迅先生访问二萧，并一同在盛福饭店吃午饭。11月6日，鲁迅先生为了解东北沦陷后的情况和为《生死场》作序，邀请二萧到大陆新村做客。11月15日，鲁迅先生为《生死场》作序。12月，在鲁迅先生的帮助下，《生死场》由上海容光书局出版，署名萧红。鲁迅和胡风分别为之作序和跋，这"给上海文坛一个不小的新奇和惊动"。由此，萧红蜚声文坛。

1936年初，萧红移居到距大陆新村很近的北四川路永乐里，每天晚饭后到鲁迅先生家做客。这一时期，二萧的感情出现裂痕，原因很多，但是主要源于萧军的傲慢自负、大男子主义和用情不专，同时也与萧红敏感的心理和强烈的个性有关。7月，萧红为摆脱精神上的苦闷，只身东渡日本。在东京写下散文《孤独的生活》，小说《家族以外的人》《红的苹果》和《王四的故事》，以及长篇组诗《沙粒》等。8月出版散文集《商市街》，收入从1933年至1936年上半年创作的主要散文。11月，出版小说散文集《桥》，收入《桥》《手》等小说和《过夜》《访问》《初冬》等散文，共计13篇。

1937年，萧红惊闻鲁迅先生逝世的消息后，于1月9日乘"秩父丸"号轮船从日本回国。1月13日，抵达上海后，前往鲁迅先生的墓地拜祭。4月13日，只身离沪赴北平。5月12日，因萧军去信说自己身体不好，自北平返沪。9月28日，同萧军至武汉，住在武昌水陆前街小金龙巷21号蒋锡金家。此时，端木蕻良也来到武汉，同住在蒋家。同年，萧红发表小说散文集《牛车上》。

1938年1月27日，萧红应民族革命大学主持工作的李公朴邀请，赴山西临汾任教，担任文艺指导。2月中旬，丁玲率西北战地服务团赶来临汾与萧红相会，两人相约新中国成立后重聚，沿长征经过的路线去访问，写一部"新红楼"。2月下旬，日寇逼近临汾，民族革命大学准备撤退。萧军坚持随校转移，萧红同端木蕻良、聂绀弩随丁玲的战地服务团去西安。初夏，二萧的感情宣告破裂，萧红提出与萧军正式分手，之后萧军赴延安。4月下旬，萧红第2次去武汉。不久，同端木蕻良正式结婚，仍住在小金龙巷那所房子里。不久，为逃避轰炸，萧红渡江到汉口，暂住到法租界文协办公室，创作了《黄河》《逃难》《山下》等作品。8月，端木蕻良、梅林、罗烽先行到重庆。9月，怀孕的萧红同冯乃超夫人李声韵从汉口到武昌。李声韵中途病重住院，萧红只身赴重庆，在码头被缆绳绊倒跌伤。至重庆后，端木蕻良住在《国际公报》男子独身宿舍，把萧红送到友人范士荣家中疗养。后来，萧红住到罗烽家，因在码头跌伤而流产，由罗烽母亲照料。后她又搬到米花街，同鹿地亘夫人池田幸子为邻。这段时期她创作的作品有《汾河的圆月》《莲花池》《孩子的讲演》《朦胧的期待》等。

1939年1月30日，萧红发表小说《旷野的呼喊》。春，她离开江津，同端木蕻良同住到环境幽雅的歌乐山云顶寺旅馆。由于端木蕻良在复旦大学主编《文摘》副刊，又在新闻系任教，不久他们搬到重庆郊区北碚杨斛树的复旦大学教师宿舍。

1940年春，日寇在重庆大轰炸，萧红同端木蕻良乘飞机至香港。结识国新社社长胡愈之，通过他又结识了香港东北民主运动领袖周鲸文先生。周先生在香港创办了时代批评书社，在周先生的倡议下，他们创办了《时代文学》，端木蕻良任主编。8月3日，香港文化界在加路连山孔圣堂召开鲁迅60周年诞辰纪念大会，由萧红讲述鲁迅先生生平事迹。当晚举办晚会，演出了根据萧红剧本改编的三幕哑剧《民族魂》。同年，萧红的中篇小说《马伯乐》上卷开始在《时代批评》和《星岛日报》上刊载。12月20日，完成长篇小说《呼兰河传》的创作。茅盾先生在序言中评价道，"它是一篇叙事诗，一幅多彩的风景画，一串凄婉的歌谣"。《呼兰河传》的完成，标志着萧红文学创作已进入成熟期。

1941年春，美国进步女作家艾格尼丝·史沫特莱返美途经香港，探望萧红。当时萧红病势沉重，史沫特莱积极为萧红联系医院，她才得以住进玛丽医院。《北中国》于1941年4月13日至29日刊登在香港《星岛日报》副刊《星座》上。《小城三月》载于1941年7月《时代文学》第1卷2期上。12月8日，太平洋战争爆发。12月9日凌晨，在骆宾基、端木蕻良护理下，萧红由九龙至香港，先到周鲸文寓所，再到铜锣湾某公寓，最后住在思豪大酒店。12月中旬，思豪大酒店遭炮击，在骆宾基护理下，萧红迁往皇后道背后的民宅，不久又迁到时代书店宿舍。期间，萧红病情日益加重。

1942年1月12日，萧红在跑马地养和医院治疗，被医生误诊为喉瘤，手术后刀口不愈。1月18日,萧红由养和医院转到玛丽医院,再次手术。1月19日夜,萧红在纸上写道:"我将与蓝天碧水永处,留得那半部《红楼》给别人写了。"又写道:"半生尽遭白眼冷遇,……身先死,不甘,不甘。"①1月21日,玛丽医院被日军占领,萧红被转到临时设立的圣士提反医院。1月22日上午11时,萧红病逝于香港,年仅31岁。1月24日,萧红遗体火化。1月25日,萧红骨灰葬于丽都花园附近的浅水湾。20世纪60年代,葬在浅水湾的萧红骨灰被移至广州银河公墓。小说《红玻璃的故事》是萧红逝世一周年忌日时,骆宾基根据其病重之际的口述追忆整理而成的。

　　萧红的一生,虽然有过短暂的幸福时光,但总体上看心情是沉郁的、孤寂的。例如,1937年5月,她与萧军分手后在写给对方的信中说:"我的心就像被浸在毒汁里那么黑暗,浸得太久了,或者我的心会被淹死……这是情感,我批判不了。"②1940年春夏之际,她给作家白朗的信中又说:"不知为什么我的心情永久是如此抑郁,这里(香港——后注)的一切是那么恬静和幽美,有田,有漫山遍野的鲜花和婉转的鸟语,更有澎湃泛白的海潮,面对碧澄的海水,常会使人神醉的,这一切不都是我以往所梦想的佳境吗?然而呵,如今我却只感到寂寞!"③茅盾说:"萧红写《呼兰河传》时候,心境是寂寞的。""她是带着寂寞离开人间的。"又说:"萧红的坟墓寂寞地孤立在香港的浅水湾。在游泳的季节,年年的浅水湾该不少红男绿女吧,然而躺在那里的萧红是寂寞的。"④充分揭示了萧红后期的生活境遇以及创作《呼兰河传》时的寂寞心绪。

---

①王文彬:《〈萧红墓畔口占〉的本事和隐喻》,第4期。
②李彩娟:《论萧红创作心态的构成》,第2期。
③萧红:《致白朗》,转引自《萧红全集》(下),哈尔滨出版社,1991,第1307页。
④茅盾:《呼兰河传·序》,转引自《萧红全集》(下),哈尔滨出版社,1991,第705、699~700页。

二、《生死场》

　　《生死场》是萧红的代表作,创作于 1934 年,发表于 1935 年,是中国文学界最早反映东北人民在日本帝国主义统治下生活和斗争的作品之一。它能够顺利发表,完全得力于鲁迅先生的鼎力帮助。为避开国民党书报检察机关的查禁,鲁迅假托"容光书局"为发行单位,将《生死场》作为《奴隶丛书》之三自费出版。小说的发表"无疑给上海文坛一个不小的新奇和惊动,因为是那么雄厚和坚定,是血淋淋的现实缩影"。[1]鲁迅亲自校阅书稿并撰写序言,点明了小说结构和人物塑造上的不足:

　　　　这本稿子到了我的桌子上,已是今年的春天,我早重回闸北,周围又重复熙熙攘攘的时候了。但却看见了五年以前,以及更早的哈尔滨。这自然还不过是略图。叙事和写景,胜于人物的描写,然而北方人民的对于生的坚强,对于死的挣扎,却往往已经力透纸背;女性作者的细微观察和越轨的笔致,又增加了不少明丽和新鲜。精神是健全的,就是深恶文艺和功利有关的人,如果看起来,他不幸得很,他也难免不能毫无所得。[2]

　　鲁迅(豫才)虽然指出了萧红创作的不足,但却称赞其文笔的犀利,充分肯定了这部作品。胡风为这部小说写了跋,指出小说高度的思想意义,即"写出了愚夫愚妇的悲欢苦恼"和他们"悲壮地站上了神圣的民族战争的前

---

[1] 许广平:《追忆萧红》,转引自王观泉编《怀念萧红》,黑龙江人民出版社,1981,第 17 页。

[2] 鲁迅:《萧红作〈生死场〉序》,转引自沈阳师范学院学报编辑部《中国新文学名著提要》,《沈阳师范学院学报》编辑部,1982,第 89 页。

线",同时也指出作者缺乏对题材的组织,使读者"感觉不到向着中心的发展","每个人物的性格都不突出,不大普遍",以及"语法句法太特别了"。[1]尽管如此,鲁迅还是称赞"萧红是中国最有前途的女作家"。[2]

萧红在《生死场》中用了三分之二的篇幅写20世纪20年代初中国东北两个村庄里普通百姓赤贫的生活和生老病死的景象,展现了中国人民生存的困境,表现出最深切的人生感触。百姓们的居住环境相当恶劣,房屋不是房屋,而是"洞""鸡笼"。例如,二里半住在土屋里,"土房的窗子、门,望去那和洞一样","农家好比鸡笼,向着鸡笼投下火去,鸡们会翻腾着"。这就形象地揭示出民众生活条件的低劣。这些生活在生死场里的"愚夫愚妇"们像"蚊子似的生活着,糊糊涂涂地生殖,乱七八糟地死亡,用自己的血汗自己的生命肥沃了大地,种出粮食,勤勤恳恳地蠕动在自然的暴君和两只脚的暴君的威力下面"。[3]

赵三为了生计,编鸡笼去城里卖,卖掉鸡笼明天才有吃的。可是时节一过,鸡笼也卖不出去了,他们只能挨饿。农民们辛勤耕耘,却舍不得吃一点自己亲手栽种的果实。只有过节的时候,二里半才狠狠心摘下几个柿子给孩子吃。王婆约了五姑姑去打鱼村探望生病的月英,路上巧遇平儿偷穿爹爹的大毡靴子。王婆愤怒得一阵风扑到平儿的身上,"那样好像山间的野兽要猎食小兽一般凶暴"。她不管平儿赤着脚走在雪上,只是心疼靴子被穿破。"一双靴子要穿过三冬,踏破了哪里有钱买?你爹进城去都没穿哩!"[4]在她的潜意识里恨不得这双靴子能穿上一辈子。

物质的极度匮乏严重侵害了人的身体健康,可是生死场里的人即使生

---

[1] 胡风:《〈生死场〉后记》,人民文学出版社,1984,第396页。
[2] 张正华:《论萧红创作中的女性意识》,《郑州大学学报》2004年第4期。
[3] 胡风:《〈生死场〉后记》,第396页。
[4] 萧红:《生死场》,转引自姜德铭主编《萧红卷》(上),中国戏剧出版社,2001,第31页。

病也得忍着，因为无钱医治。月英是打鱼村最漂亮的女人，生病瘫痪在炕上，一年没倒下睡过，只是用枕头拥坐着。她的丈夫开始还替她请神、烧香，跑到土地庙前索药。可是久治不愈，他便用砖头把她围起来，然后再也不管不顾了，任凭月英一夜呼唤到天亮。月英想喝口水都没人给她倒，拉屎撒尿都在炕上。王婆和五姑姑前来探望她，掀开被子发现她的下面有一堆污浊的东西——屎尿，臭烘烘的。"她的眼睛，白眼珠完全变绿，整齐的一排前齿也完全变绿，她的头发烧焦了似的，紧贴住头皮。她像一只患病的猫儿，孤独而无望。"[1]当王婆用麦草和湿布为她擦拭下身时，竟然发现她的臀部生出了白蛆，已经腐烂了。五姑姑从隔壁借来一面镜子，月英看到镜子里的自己，不禁惨厉地嚎啕起来。她说："我是个鬼啦！快些死了吧？活埋了我吧！"[2]在这种瘫病和丈夫的虐待下，月英很快就死去了。

像月英、麻面婆、罗圈腿、小金枝之类的穷人死后都被埋在或弃在乱坟岗子上。兵荒马乱中，乱坟岗子散播出传染病，瘟疫袭击了整个村子，家家户户都被死亡的恐怖所笼罩。官府派出了穿白大褂的西医（其中也有被称为"洋鬼子"的西洋人），来给村人打预防针。可是这之前贫穷的人们有病都是烧香拜佛，哪见过打针用的针头和针管。他们惧怕打针，特别是看不下去白衣"鬼子"用水壶向小孩肚里灌水（实际上是输液），于是抱着孩子东躲西藏，远远地避开那些西医。

二里半的老婆麻面婆对赵三说："家怕是有'鬼子'来了，就连小孩子，'鬼子'也要给打针，你看我把孩子抱出来，就是孩子病死也甘心，打针可不甘心。"[3]村人因为无知和麻木拒绝了西医的救治，于是在瘟疫的折磨下一个接一个地死去。除了病死的，还有自杀的。王婆因儿子被官府捉

---

[1] 萧红：《生死场》，第32页。
[2] 同上书，第33页。
[3] 同上书，第57页。

去枪毙而服毒自尽；老寡妇因儿子被日本人打死，绝望之下与孙女一起悬梁自尽。死亡是普遍存在的，人们对此早已司空见惯，精神麻木了。《生死场》里的人们就这样处于完全不自知的生死轮回中："在乡村，人和动物一起忙着生，忙着死……"①人们就像牛马一样，"在不知觉中忙着栽培自己的痛苦"。对未来的图景，村人们茫然，也不遐思，他们只知道"人活着是为了吃饭穿衣"，而"人死了就完了"。这是一种多么麻木而可悲的生存状态啊！他们不正是几千年来勤劳务实的中国普通老百姓安于现状、保守自足的心理的真实写照吗？也正因为这样，当这一族群的生命被无端剥夺时，才刻骨铭心地让人心痛，发人深思。

萧红还通过一些人物的登场和行为、语言的表现深入探索民族的灵魂，充分地展示与批判人性的丑恶与愚昧，揭示沉积在民众灵魂深处的不屈与反抗的性格，展示了时代的最强音，深化了小说的主题。在中国新文化运动史上，第一位认知国民性弱点，并且用小说来医治病态社会、病态人们、病态心灵的人就是鲁迅。鲁迅在日本仙台医学专门学校学习期间（1904—1906），"从诸如所谓幻灯事件中体察到了救治'愚弱的国民'之紧要，并认定'第一要著'是在改变他们的精神"。②同时接受俄国批判现实主义作家费奥多尔·米哈伊洛维奇·陀思妥耶夫斯基"拷问灵魂"的人性批判的理念，在全力倾注于塑造和揭示病态灵魂的"救赎"中，在鲁迅笔下出现了华老栓、阿Q等代表国民性弱点与病态的形象。萧红继承了鲁迅通过小说创作来揭示国民病态灵魂的文学传统，在小说中极力书写乡民们因贫穷与苦难而导致的精神麻木和愚昧。但不同的是，鲁迅是从社会和文化的角度，以"哀其不幸，怒其不争"的启蒙者角度来揭示人的精神麻木的，而萧红则是以一种悲天悯人的眼光真实地书写人的生死，更注重生命的本源与永恒的苦难，揭示的是人生命意识的麻木和灵魂因物质匮乏的丧失，这也是萧红小说创作的独

---

① 萧红：《生死场》，第45页。
② 鲁迅：《呐喊》，江苏古籍出版社，2000，第1页。

特主题。她说:"在乡村,永久不晓得,永久体验不到灵魂,只有物质来充实她们。"①

鲁迅说过:"一切国家、一切宗教都有许多稀奇古怪的规条,把女人看作一种不吉利的动物,威吓她,使她奴隶般地服从。"②即使是生育,女性也得服从"肮脏""见不得人"的传统偏见。受传统愚昧思想的影响,中国民间有着将女人生产视作见不得人的肮脏之事的因袭,孕妇被禁止进入新婚者的洞房;男人若是接触了即将生育的女人则被认为是沾了晦气,会招致灾祸。就连女人自己也摆脱不了这种观念,认为生产时流的血会弄脏一切。在《生死场》中,五姑姑的姐姐即将临盆,本来就够痛苦的了,可是受传统观念的影响,她把女人生孩子当作丑陋和污秽的事情,生怕玷污了珍贵的席子,于是"她把席子卷起来,就在草上爬行"。乃至接生婆见了很不满意:"我没见过,像你们这样大户人家,把孩子还要养到草上。'压柴,压柴,不能发财。'"③而她的婆婆竟然"把席下的柴草又都卷起来,土炕上扬起着灰尘"。五姑姑的姐姐就这样光着身子蜷缩在扬起灰尘的土炕上。可见,比起草,炕席当然是稀罕和贵重的东西了。五姑姑的姐姐和她的婆婆都宁肯把孩子生在土炕上,也不愿生产时的血迹弄脏了炕席。这种描写一针见血,真实地道出了底层民众精神的愚昧和生活的赤贫状态,民众心灵的扭曲和病态由此可见一斑。

贫穷与苦难还可造成人性的缺失和扭曲,导致人的异化。例如,《生死场》里的农民们普遍地漠视孩子的存在与生死,在他们眼里,孩子一无用处,生下来也是个累赘,还不如鸡、羊、马等家畜和麦粒、柿子等农作物。大人打骂孩子是家常便饭,即使孩子死了也不会在父母心中引起多少感情波动,顶多有一丝失望和遗憾,人们的精神麻木已经到了无可复加的

---

① 萧红:《生死场》,第29页。
② 鲁迅:《南腔北调集·关于女人》,河南人民出版社,1994,第483页。
③ 萧红:《生死场》,第42页。

程度。二里半青着脸疯了似的找他那头老山羊，不惜踏碎别人家的白菜，结果与那家人大打出手。金枝摘错了青柿子，母亲便"和老虎一般捕住自己的女儿，金枝的鼻子立刻流血"。王婆身为母亲，做农活时把三岁的女儿小钟放在草堆上，而草堆下就放着铁犁，致使孩子从草堆上跌到铁犁上死去。王婆对孩子的忽略与遗忘起因于"要小孩子我会成了个废物"的潜意识心理。当王婆像祥林嫂似的不停地对乡邻妇人们讲述小钟惨死的经过时，她活像是"一个兴奋的幽灵"。而旁边的听者则毛骨悚然，倒吸一口冷气。作品描写道：

> ……啊呀！……我把她丢到草堆上，血尽是向草堆上流呀！她的小手颤颤着，血在冒着气从鼻子流出，从嘴也流出，好像喉管被切断了。我听一听她的肚子还有响；那和一条（只）小狗给车轮压死一样。我也亲眼看过小狗被车轮轧死，我什么都看过。这庄上的谁家养小孩，一遇到孩子不能养下来，我就去拿着钩子，也许用那个掘菜的刀子，把孩子从娘的肚里硬搅出来。孩子死，不算一回事，你们以为我会暴跳着哭吧？我会嚎叫吧？起先我心也觉得发颤，可是我一看见麦田在我眼前时，我一点都不后悔。我一滴眼泪都没淌下。以后麦子收成很好，麦子是我割倒的，在场上一粒一粒我把麦子拾起来，就是那年我整个秋天没有停脚，没讲闲话，像连口气也没得喘似的，冬天到来了！到冬天我和邻人比着麦粒，我的麦粒是那样大呀！①

从王婆的叙述中可以感受到，孩子的命还不如麦粒重要，"孩子死，不算一回事"，死了就死了。王婆第二年看见自家的麦粒比谁家的都大，便忘记了失去孩子的痛苦，心里也感到充实和幸福。可是为了交一亩地租，王婆被迫将老马卖给私宰场时，却像剜了她心头肉一般，"悲伤立刻掠过王婆的

---

① 萧红：《生死场》，第 7~8 页。

心孔","她颤寒起来,幻想着屠刀要像穿过自己的脊背"。当私宰场的男人们抓住还想跟她回家的老马时,"她哭着回家,两只袖子完全湿透。那好像是送葬归来一般"。可见,在"腥味的人间",由于地主敲骨吸髓般的剥削和压迫,贫穷与苦难已经使穷苦百姓的人性异化为麻木、冷漠、残忍。正如小说中所说的:"王婆因为苦痛的人生,使她易于暴怒。"[①]显而易见,当把人的生命跟动物和庄稼放在一起时,比起人的生命,庄稼更重要,人们宁肯选择庄稼也不选择孩子,孩子是无足轻重的。正是由于对生命意识的麻木与冷漠,才导致主人公残忍的行为。对此,萧红感慨道:"妈妈们摧残孩子,永久疯狂着。"只有在物质条件基本满足后,人性和人的正常感情才能够复苏。王婆在麦收过后冬天到来时,看到"邻人的孩子却长起来了!"才好像忽然想起自己凄惨死去的女儿小钟,才觉得女儿比麦粒更重要。

鲁迅赞誉萧红的《生死场》表现了"北方人民的对于生的坚强,对于死的挣扎,却往往已经力透纸背"。的确如此,萧红的《生死场》不仅表现了底层民众的苦难,揭示了其病态的灵魂,同时也表现了民众"对于生的坚强,对于死的挣扎",展示了他们精神的觉醒过程,这可从王婆等人身上体现出来。王婆年轻时性格坚毅,敢作敢为,"因为苦痛的人生,使她易于暴怒"。但她善恶分明,富于正义感。因当"红胡子"的儿子被枪毙,王婆精神受挫,一度自杀,但最后仍然坚强地挺过来。她在林子里训导女儿为哥哥报仇,当听到女儿参加抗日而牺牲的消息时,她没有退缩,而是更坚定了斗争的决心。

跛脚的二里半是个保守、落后,小农意识非常强的农民。他整天浑浑噩噩地活着,对什么都漠不关心,唯独对那头老山羊情有独钟。因为老山羊的丢失,他失去了理智,不惜践踏邻居地里的白菜,为此与邻居大打出手。村子被日本鬼子占领,李青山等人决定参加义勇军,因为没找到公鸡,就用二里半的老山羊代替以歃血盟誓。二里半嘴上虽然同意,可是"二里半可笑的悲哀的形色跟着山羊走来"。人们包括寡妇都宣了誓,"只有二里半在人们

[①] 萧红:《生死场》,第24~25页。

宣誓之后快要杀羊时他才回来。从什么地方他捉一只公鸡来！只有他没曾宣誓，对于国亡，他似乎没什么伤心，他领着山羊，就回家去"。①在二里半的意识里，国家兴亡不关他的事，可是山羊却是他的命根，不能杀，由此表现出其思想的沉沦和顽固。然而在其老婆孩子被日寇杀死和亡国灭种的现实激发下，愚顽不化的二里半也终于觉醒了。"他提起切菜刀，在墙角，在羊棚，就是院外白树下，他也搜遍。他要使自己无牵无挂，好像非立刻杀死老羊不可。"②萧红通过二里半对杀羊态度的前后变化展现了他思想的觉醒过程，尽管羊还是未杀，但是二里半将它委托给赵三，自己则跟着李青山参加人民革命军去了。

最可歌可泣的是蠕动在生死场里为生存而活着的蚊子般的愚夫愚妇们，在国破家亡的现实环境下，克服胆怯心理，"悲壮地站上了神圣的民族战争的前线，蚊子似的为死而生的他们现在是巨人似的为生而死了"。③那震天撼地的宣誓充分表明，他们已从麻木混沌中觉醒过来，并勇敢地加入抗日斗争的行列中。

首先，在艺术表现上，《生死场》尽管未像其思想内容那样赢得鲁迅、胡风、茅盾等大家的赞扬，但是在叙事结构和语言运用等方面别具特色，这也是其至今不衰的主要原因。萧红大量使用充满个性化的奇语散句。所谓奇语散句，是指萧红在遣词造句时故意偏离传统而规范的词法、句法，发挥大胆的想象，凭借细心的观察和敏锐的感觉，使用一些生动活泼并颇具直观化和情绪化的词语准确地把握事物的特征。在某些文学家和语法学家看来，有些是名词带宾语等词性错误，有些是词语间搭配不合理，有些是比喻牵强，很难让人接受，正如胡风坦言的"语法句法太特别了"。从萧红小说文本中，读者很难见到常规的漂亮形容词，她总是凭着自己的直觉力，将耳熟能详的

---

① 萧红：《生死场》，第72页。
② 同上书，第90页。
③ 胡风：《〈生死场〉后记》，第396页。

人生世事进行感性、浑然的组合,对事物和对象进行印象式的、直观的摹写,借以传达生活中的感受。例如,用"金枝被男人朦胧着了"来写其性心理的被动与无奈。由此可见,萧红是一位有着独特美学追求的作家,从不墨守成规。相反她善于学习他人长处,并在借鉴别人语言经验的同时,经过自己的"文化过滤"糅进新的意境,再造就完全属于自己的艺术语言。难怪深谙其写作风格的鲁迅评价她具有"越轨的笔致",能够"力透纸背"。毋庸置疑,这里的"越轨"显然是一种独创,是对传统小说学的背离和超越。这种反叛传统、自由创作的文学观,使萧红作品无论在叙事上,还是在语言的运用上都能够打破常规,十分注重词语的选择、配置、组合和加工,尽量用一种陌生化的词语来表达自己独特的感觉。这些陌生而新奇的词汇是对日常语言的极大变形、扭曲和"反常化",但是它却带给读者以新鲜、震撼的力量。这一特点同样体现在她笔下那些韵脚和谐、富有韵律的散句中。散句与结构相同或相似的整句相对,指的是结构不整齐、长短不一,却散而不乱,富于节奏和变化的句子。萧红小说大量使用这类散句,来表达抒情主人公欢快、忧伤或郁愤的感情,并且句末常选择那些谐音或押韵的语词。读者读之不仅朗朗上口,还容易被感染。

> 二里半熄了灯,凶壮着从屋檐出现,他提起切菜刀,在墙角,在羊棚,就是院外白树下,他也搜遍。他要使自己无牵无挂,好像非立刻杀死老羊不可。[①]

短文中既有由三、四、六字构成的短句,也有七、八字以上的长句,短句表示二里半四处翻寻老山羊的动作和生气的神情,长句喻示着他的悔恨和决心。由此,作者就真实地刻画出落后农民二里半如何克服胆小、怯懦、私心较重的心理,而通过杀老山羊的行动昭示其革命觉悟提高的过程。而且本

[①] 萧红:《生死场》,第 90 页。

段各小句的韵尾基本都是押带有"a 韵脚（如 ia；ian；iao 等韵）"的音，读之声调平仄相间，自然和谐。

其次，在美学风格上，萧红小说具有乐律美，令人感到灵魂的颤动和心与宇宙的激烈碰撞。例如：

> 寡妇们和亡家的独身汉在李青山喊过口号之后，完全用膝头曲倒在天光之下。羊的脊背流过天光，桌前的大红蜡烛在壮默的人头前面燃烧。……/回声先从寡妇们传出："是呀！千刀万剐也愿意！"/哭声刺心一般痛，哭声方锥一般落进每个人的胸膛。一阵强烈的悲酸掠过低垂的人头，苍苍然蓝天欲坠了！[①]

这是被日帝烧杀抢掠逼入绝路的鳏夫寡妇们歃血盟誓的场面，悲愤而壮烈，流溢着光色影的跃动和音响的颤动，震破苍天，深入骨髓。这震天撼地的宣誓充分表明，蠕动在生死场里为生存而活着的蚊子般的愚夫愚妇们，已从麻木混沌中觉醒过来，并悲壮地站上了神圣的民族战争的前线。流经潼关的奔腾翻卷的河水不仅书写着黄河古远而沧桑的历史，而且展示着其动荡、混乱和悲壮的现实。呈现在读者眼前的黄河，既令人战栗，仿佛要卷走一切生命，又让人震撼，河面上一片奔忙和争渡的景象，由此渲染出民族危难之际，急于追赶队伍参加战斗的士兵的崇高精神境界和阎胡子的豪爽仗义。

最后，萧红善于采用反讽和夸张的抒情语调渲染小说寂寞悲凉的意境。《生死场》呈现出一种悲凉寂寞之美，应得益于其作品中大量出现的荒原意象（如疾病、瘟疫、坟墓、棺材、花圈、自杀、鲜血、尸骨等清冷、消极和负面的词语）。这些意象充满了死亡意识和悲剧意识，对生命而言更是直接而全盘的否定，因而具有悲怆震撼的表现力，体现着浓重的现实荒漠，进而营造出一种荒诞、古远、原始、苦涩、粗野的悲凉意境。例如：

---

① 萧红：《生死场》，第 71~72 页。

太阳血一般昏红;从朝至暮蚊虫混同着蒙雾充塞天空。高粱、玉米和一切菜类被人丢弃在田圃,每个家庭是病的家庭,是将要绝灭的家庭。①

这是描写瘟疫侵袭整个村庄的惨相,令人想起谈虎色变的公元 6 世纪东罗马帝国时期黑死病首次席卷整个欧洲大陆的情景。在萧红的笔下,一片蒙雾笼罩着天空和四野,太阳不是鲜艳的,而是血红的。庄稼被弃、人烟寂灭,只有蚊虫在吸血狂食。这是一种失去色彩与活力的寂寞,是因绝灭而感到彻骨的悲凉。

三、《呼兰河传》

《呼兰河传》共分 7 章,主要描写作家的故乡呼兰河小城的自然景观、民俗和人事特点等。第 1 章概括描写呼兰河城的严寒气候、街道布局和摊主经营的生意事项(火磨、学堂、农业学校、染缸房、扎彩铺、碾磨房、豆腐房等);第 2 章描写呼兰河小城的民俗,诸如跳大神、唱秧歌、放河灯、野台子戏、四月十八娘娘庙大会等;第 3 章写"我"、祖父和后花园的乐趣;第 4 章则描写租住在"我"家破房子里的漏粉人家和赶车人家的贫穷生活;第 5 章写老胡家的小团圆媳妇进门后被折磨致死的经过;第 6 章介绍有二伯;第 7 章突出描写冯歪嘴子与王大姐偷偷同居、生子的故事。

自然景观描写得最突出的是哈尔滨地区的寒冬、扎彩铺、跳大神等场面。

严冬一封锁了大地的时候,则大地满地裂着口。从南到北,从东到

---

①萧红:《生死场》,第 56 页。

西，几尺长的，一丈长的，还有好几丈长的，它们毫无方向地，便随时随地，只要严冬一到，大地就裂开口了。

　　严寒把大地冻裂了。

……

　　人的手被冻裂了。

……

　　小狗冻得夜夜地叫唤，哽哽的，好像它的脚爪被火烧着一样。

　　天再冷下去：水缸被冻裂了；井被冻住了；

　　大风雪的夜里，竟会把人家的房子封住，睡了一夜，早晨起来，一推门，竟推不开门了。①

读完这几段文字，我们眼前不禁会现出这样几幅荒凉而凄惨的图画：寒冷的冬日、僵硬的土地、被冻死的人和牲畜，以及冯歪嘴子一家在碾磨坊里饥寒交迫的生活。

《呼兰河传》里的人们安于现状，过着平静而麻木的生活，称呼一切不幸者为"叫化（花）子"。"人们对待叫化（花）子们是很平凡的"，早已丧失了同情心，或者说是习以为常，精神麻木了。在这样一个循规蹈矩、麻木落后的小城里，那些活着的贫穷的人可以吃不上饭，穿不上衣，可是死去的人却可以享受到活着时从未有过的优待。小说描写东二道街上的扎彩铺（出售死人在阴间所用物品的商店）里的供品：

　　大至喷钱兽、聚宝盆、大金山、大银山，小至丫环（鬟）使女、厨房里的厨子、喂猪的猪倌，再小至花盆、茶壶茶杯、鸡鸭鹅犬，以至窗

---

① 萧红：《呼兰河传》，转引自姜德铭主编《萧红卷》（上），中国戏剧出版社，2001，第93页。

前的鹦鹉。①

这些在尘世享受不到的一应俱全的阴间之物"真是万分的好看"。加之,扎彩铺的房屋青红砖瓦,窗明几净,院落花盆里一年四季的"花"竞相开放,厨房里的厨子又活神活现,大车小车更是装潢精美,以至于"穷人们看了这个竟觉得活着还没有死了好"。②可见,生界不如死界,活人比不上死人,这本身就是对生命存在的漠视,是一种颠倒和错位。这种现象并非呼兰河城独有,而是中国人精神愚昧与落后的现实缩影。正如鲁迅先生在《祥林嫂》中极力批判的国人的麻木与可怜,祥林嫂穷得将去要饭,快成叫花子了,却还要把辛苦积攒的一点钱拿到庙里去捐门槛,这是何等的可怜又可悲啊!

同样,在呼兰河城等东北广大农村社会里,广泛流传着人生病是因为鬼神附体的观念,因此要治病,就得请巫人(多半是女人,谓之"巫婆")跳大神,消除病人体内的业障,只有这样,病人才会痊愈,于是跳大神就成为驱灾疗病的唯一途径。其实,跳大神源自萨满教的神舞,而萨满教是清朝满族人的信仰。据《女真史》和《三朝北盟会编》记载,早在三千年前满族的远祖肃慎人就开始信仰萨满教。萨满教主张天、地、人三界说,认为"万物有灵",而萨满具有支配神灵的力量,它借助于奇特的仪式、服装、法器和舞蹈,起到沟通人与神、鬼的作用,充当代言人。跳神时,跳神者将神鼓顶在头顶上,手执鼓槌自立头上,边跳边舞,口中念念有词。一般来说,萨满分大神、二神,大神是神附体者,是领神人;二神是神不附体者,是祝神人。神通过萨满的嘴与人间说话,大神与二神之间的对话,就是人与神的对话。③在萧红的故乡呼兰河城,跳大神是第一大精神盛举。作者在小说《呼兰河传》

---

① 萧红:《呼兰河传》,第 106 页。
② 同上书,第 107 页。
③ 宋喜坤、张丽娟:《〈呼兰河传〉中的"跳大神"民俗意象——兼论萧红对看/被看模式的继承和发展》,《齐齐哈尔大学学报(哲学社会科学版)》2006 年第 3 期。

中多次详细地描写病者家属请人跳大神的生动场面，很是形象化。

> 大神是会治病的，她穿着奇怪的衣裳，那衣裳平常的人不穿；红的，是一张裙子，那裙子一围在她的腰上，她的人就变样了。开初，她并不打鼓，只是一围起那红花裙子就哆嗦。从头到脚，无处不哆嗦，哆嗦了一阵之后，又开始打颤。她闭着眼睛，嘴里边叽咕的。每一打颤（战），就装出来要倒的样子。把四边的人都吓得一跳，可是她又坐住了。
>
> 大神坐的是凳子，她的对面摆着一块牌位，牌位上贴着红纸，写着黑字。那牌位越旧越好，好显得她一年之中跳神的次数不少，越跳多了就越好，她的信用就远近皆知。她的生意就会兴隆起来。那牌前，点着香，香烟慢慢地旋着。
>
> 有的大神，一上手就百般的下不来神。请神的人家就得赶快的杀鸡来，若一杀慢了，等一会跳到半道就要骂的，谁家请神都是为了治病，请大神骂，是非常不吉利的。所以对大神是非常尊敬的，又非常怕。[①]

事实上，跳大神果真能治病吗？答案当然是否定的，作者萧红也通过几个案例明白地回答了这个问题。请看，粉房旁边有一户姓胡的人家，靠赶车为生。那家的老太太终年生病，瘫痪在炕上。她的两个儿媳妇"对于她也很好的，总是隔长不短地张罗着给她花几个钱跳一跳大神"。以表孝敬，然而她最终还是死了。而她的二孙子媳妇小团圆媳妇，刚入门时活蹦乱跳，最后却因为跳大神被活活地折磨死，即便死了也被人当作"妖怪"。她的婆婆不仅以病态的心理虐杀了健康的生命，还因为天天"哭她那花在团圆媳妇身上的倾家荡产的五千多吊钱"而哭瞎了眼睛。民众的精神如此愚昧，让人触目惊心。对此，萧红不胜感叹道："满天星光，满屋月亮，

[①] 萧红：《呼兰河传》，第 121~122 页。

人生何如，为什么这么悲凉。""人生为了什么，才有这样凄凉的夜。"①

萧红对笔下女性在恋爱、结婚、生育上所遭受的不幸命运和悲剧，多以女性视角和女性生命体验作为创作切入点，从社会历史文化和性别压迫的角度进行反思和评说，表达了鲜明而强烈的性别意识。同时，她从生与死、心灵与肉体等多重层面写出了女性的生存本相，并从个体生存体验出发表达出一种集体生存的经验，即男人的处世方式、秉性、德行并不比女人强，这是对男性清醒认识之后来自女性生命生存与生命发展的一种欲望和冲动。②王婆看到赵三为感激东家的"出力相助"而失去反抗的勇气，还主动向地主认错，并且把自家的白菜和土豆等蔬菜送给东家，她怒火中烧，同赵三激烈地吵起。她说："我没见过这样的汉子，起初看来还像一块铁，后来越看越是一堆泥了！"③还说："狗，到底不是狼。"可见其刚毅、暴烈的性格，远远超出赵三等懦弱的男人们。

萧红不仅揭示出女性个体意识的局限和落后，而且令人触目惊心地描绘出封建社会女性群体的集体无意识。这种集体无意识就是无视父权制社会里的性别差异，不自觉地充当封建思想和封建礼教的传播者和卫道者，压制和攻击违背封建礼教规范的女性个体，小团圆媳妇的惨剧就是生动的例证。萧红真实地书写出女性群体的愚昧与迷信是杀人利刃的残酷现实。小团圆媳妇刚刚14岁，刚进门时脸圆圆的，黑而长的大辫子，很是灵气，也桀骜不驯。只因她"一点也不害羞，坐到那儿坐得笔直，走起路来，走得风快"。她的婆婆便看不顺眼，为了给她一个下马威，以便制服她，就成天打她，并且说她"是个胡仙旁边的，胡仙要她去出马……"请来大神二神天天夜里为她打鼓联唱，又是扎草人，又是扎"替身"，又是焙药吃。小团圆媳妇在婆婆的

---

①萧红：《呼兰河传》，第123页。

②平原、郭运恒：《女性之态和人生之梦——萧红小说中的男性形象探析》，《河南师范大学学报》2002年第1期。

③萧红：《生死场》，第37页。

暴力和虐待下奄奄一息，"许多人"出自善心，纷纷提出自己的经验性权威意见：扎草人烧掉；做"替身"；画花脸；吃全毛鸡；黄连猪肉焙面儿吃；等等。作者描写虐待小团圆媳妇的是以她的婆婆为首的一群村妇，如周三奶奶、杨老太太、奶奶婆婆、大孙子媳妇等，也就是说这场闹剧的主人公都是女性，是处于强势的女性虐待折磨处于弱势的女性。而用大缸当众给小团圆媳妇洗澡的场景是这场闹剧发展的极致，令读者想起鲁迅笔下的"示众"场面，不过"示众"里的中国人只是看客，萧红笔下的女性们却是台上的表演者，或者是呐喊助阵的得力帮凶、现实中残酷的杀人机器。

王大姐做姑娘时，周围的妇人们没有不夸赞她的：母亲说要有儿子就娶她；周三奶奶说她是一棵大葵花；杨老太太说她的脸跟一盆火似的。等到她爱上冯歪嘴子，并偷偷与之同居生子时，这些妇人全都来了一百八十度大转弯。掌柜太太骂她是野老婆，破了风水；杨老太太说那姑娘不是好东西；其他妇人说王大姑娘的眼睛长得不好，力气太大，辫子太长，总之一看就知道不是好东西。她们之所以对王大姐义愤填膺，原因有二：一是王大姐没有按照封建礼教的"父母之命，媒妁之言"嫁给有钱有势之人，而是与冯歪嘴子偷偷同居（谓之"野合"），这在当时社会中是绝对不被承认的；二是借此挖掘新的谈资和笑料。因为"自从团圆媳妇死了，院子里似乎寂寞了很长的一个时期，现在虽然不能说十分热闹，但大家都总要尽力地鼓吹一番。虽然不跳神打鼓，但也总应该给大家多少开一开心"。萧红采用反讽的语气讽刺了女性看客对王大姐的幸灾乐祸心理。对此，张抗抗不无感慨地说："现实生活中女人不是那么可爱和完美的。'弱肉强食'是生物进化的原则之一，'肉'与'食'不一定都表现为异类的消灭与被消灭，还有同类之间的欺凌与被欺凌，索取与被索取。"[①]在这种令人窒息的舆论谴责和挤压下，王大姐"一天比一天瘦，一天比一天苍白"，最后凄然死去。

在《呼兰河传》四月十八逛庙会一节里，作家比较了老爷庙与娘娘庙里

[①] 滕新贤：《论萧红的女性内省意识》，《呼兰师专学报》2001年第7期。

塑像的差异，表现出对神鬼世界中性别差异的尖锐讽刺。老爷庙中的神像横眉竖目，口眼喷火，龇牙咧嘴，一副"威风凛凛，气概盖世的样子"，让人不寒而栗，胆战心惊；而娘娘庙里的神像都是端庄沉静、"很好的温顺的女性"，使人感到和蔼可亲。之所以如此，是因为：

> 塑泥像的人是男人，他把女人塑得很温顺，似乎对女人很尊敬。他把男人塑得很凶猛，似乎男性很不好。其实不对的，……那么塑泥像的人为什么把他塑成那个样子呢？那就是让你一见生畏，不但磕头，而且要心服。……至于塑像的人塑起女子来为什么要那么温顺，那就告诉人，温顺的就是老实的，老实的就是好欺侮的，告诉人快来欺侮她们吧。
>
> 人若老实了，不但异类要来欺辱，就是同类也不同情。
>
> ……………
>
> 所以男人打老婆的时候便说："娘娘还得怕老爷打呢？何况你一个长舌妇！"可见男人打女人是天理应该，神鬼齐一。怪不得那娘娘庙里的娘娘特别温顺，原来是常常挨打的缘故。可见温顺也不是怎么优良的天性，而是被打的结果。甚或是招打的原（缘）由。[①]

在此，作家以强烈的性别意识一针见血地指出：为什么女人要温顺？是男人把女人塑成那样的！这震耳的设问与法国女性主义先驱西蒙娜·德·波伏娃的名言："女人不是天生的，女人是变成的。"是何等的相似啊！身为女性的抒情主人公对传统宗教、哲学等一切上层建筑中所构建的女性角色，即"永恒的女性"的神话提出了质疑，并探求这类说法的基础根源，这不能不说是一种进步。萧红推翻了"女性神话"，看到了女性的自觉对女性解放的巨大意义。

在叙事结构上，《呼兰河传》不以人物为中心，而以铺写事件和情境为

---

① 萧红：《呼兰河传》，第140页。

主，一幅幅画面宛若一个个特写镜头，共同诠释着呼兰河城的现实图景。这种散文化的抒情小说体式，不仅表现在作者那孤寂忧伤的独白上，而且还渗透在小说情境的生动描写中。它不在意小说情节的完整统一和人物性格的典型刻画，而是密切关注作者和主人公的情感抒发和情景交融。前辈学者对萧红这样随感情的变化和情绪的流动而结构小说的散文化倾向和创作方法难以理解，视作情节不完整，结构松散。例如，胡风虽然肯定了《生死场》真实彻骨的描写和生动有力的笔触，但也批评它"题材的组织力不够，全篇显得是一些散漫的素描，感不到向着中心的发展……"[1]茅盾在1946年8月为萧红的小说《呼兰河传》撰写的序中也指出："《呼兰河传》的确不太像一部小说，没有贯穿全书的线索，故事和人物都是零零碎碎的，都是片段的，不是整个的有机体。"但是"要点不在《呼兰河传》不像是一部严格意义的小说，而在于它这'不像'之外，还有些别的东西———些比'像'一部小说更为'诱人'些的东西，它是一篇叙事诗，一幅多彩的风土画，一串凄婉的歌谣"。[2]

萧红还采用反讽的艺术手法表现悲凉的气氛，渲染寂寞的情怀。例如：

年轻的女子，莫名其妙的，不知道自己为什么要有这样的命，于是往往演出悲剧来，跳井的跳井，上吊的上吊。

古语说，"女子上不了战场。"

其实不对的，这井多么深，平白地你问一个男子，问他这井敢跳不敢跳，怕他也不敢的。而一个年轻的女子竟敢了，上战场不一定死，也许回来闹个一官半职的。可是跳井就很难不死，一跳就多半跳死了。

那么节妇坊上为什么没写着赞美女子跳井跳得勇敢的赞词？那是修

---

[1] 胡风：《〈生死场〉后记》，第396页。

[2] 肖凤：《萧红研究》，转引自北京师范大学中文系现代文学教研室编《现代文学讲演集》，北京师范大学出版社，1984，第225页。

节妇坊的人故意给删去的。因为修节妇坊的，多半是男人。他家里也有一个女人。他怕是写上了，将来他打她女人的时候，他的女人也去跳井。女人也跳下井，留下来一大群孩子可怎么办？于是一律不写。只写，温文尔雅，孝顺公婆……①

初读这几段文字，读者不免会感到愚直可笑，可是仔细品味之后顿生悲凉寂寞之感。自古以来，女人被认为是上不了战场的，因为她比男人胆小怕事，成就不了大业。可是女人却敢以生命为代价跳井，这远比男人上战场要壮烈得多，因为上战场不一定会死，可能还会被封官加爵，扶摇直上，而跳井却只有一死。既然跳井如此英勇壮烈，那么为什么不刻在节妇牌上供所有女人仿效呢？原来是男人修节妇坊的缘故，而男人之所以不写不刻又是出于自私的目的。萧红在此不仅以反讽语调揭露宗法制社会对年轻女性肉体的折磨和精神的戕害，更令人悲凉和不寒而栗的是，节妇坊上泣洒着多少贞女烈妇的辛酸、苦楚和血泪啊！这是作家对造成女性这一悲屈历史和现状的父权制的批判，也是其敏感而忧郁的心灵观照东北黑土地上虫子般蠕动着的生灵时所感发的深刻而悲凉的人世沧桑。

萧红酷爱绘画，也极具绘画天赋，尤其对色彩意象有着强烈的偏好和感知。她常常以画家的慧眼观照笔下的自然风光和社会人生，描绘出一幅幅五彩缤纷、绚丽多彩的画面，给读者以新鲜感、立体感和充实感，从而使其小说获得了"绘画化"的美誉。例如：

> 晚饭一过，火烧云就上来了。照得小孩子的脸是红的，把大白狗变成红色的狗了。红公鸡就变成金的了。黑母鸡变成紫檀色的了。喂猪的老头子，往墙根上靠，他笑盈盈地看着他的两头小白猪，变成小金猪了……

---

① 萧红：《呼兰河传》，第133页。

> 这地方的火烧云变化极多,一会红堂堂(红彤彤)的了,一会金洞洞的了,一会半紫半黄的,一会半灰半百合色。葡萄灰、大黄梨、紫茄子,这些颜色天空上边都有。还有些说也说不出来,见也未曾见过的,诸多种的颜色。①

这是一幅描写晚霞(火烧云)绮丽风光景色的图画。作者大量运用了红色、金黄色、紫檀色之类色彩浓烈并带有原始意象的色彩,恣意泼洒,极度地渲染,将火烧云的鲜活美和富于变化的动态美生动地描摹了出来,给读者留下挥之不去的深刻印象。萧红很擅长设色敷彩,而且这些色彩与特定情境相映衬,如诗如画,栩栩如生。例如,她描写扎彩铺为死人扎的车子时,运用了红、紫、蓝、黑等多种色彩,将一个由人手工制作的纸人塑造得活灵活现,胜似现实中的真人。

思考与练习:

1. 萧红在中国现代文学史上具有怎样的地位?
2. 《生死场》的主题和艺术成就是什么?
3. 举例说明《呼兰河传》表达出作家怎样的性别意识。
4. 举例说明萧红小说创作的美学风格。

---

① 萧红:《呼兰河传》,第116~117页。

第四章　女性文学作品论

第三节　紫式部及其创作

　　日本女性文学产生于 10 世纪末至 11 世纪初的平安时期,随着假名文字的出现,一些在后宫(日本宫廷女官官位依次而降为女御→更衣→尚侍[侍寝]→典侍→掌侍→命妇等)担任女官的才女,竞相发表作品。因为她们非常熟悉宫廷内幕和贵族生活,因此她们的作品比较真实地反映了这一时期的宫廷生活,特别是女性的命运。物语是这一时期文学的主要成就,代表作家和作品有紫式部的《源氏物语》、和泉式部的《和泉式部日记》、菅原孝标女的《更级日记》、清少纳言的《枕草子》和藤原道纲母的《蜻蛉日记》等。这些物语文学之所以受到广大读者特别是女读者的青睐,因为它们深刻反映出那一时期日本女性的凄惨命运。正如紫姬(《源氏物语》)所说:"女人持身之难,苦患之多,世间无出其右了。"①《枕草子》是一部随笔集,主要记载了作者个人的趣味嗜好和宫廷琐事。《蜻蛉日记》是日本第一部自传体作品,作者道纲母不满丈夫纳妾,于是在日记中记下了自己的忧伤和"空停车马临门而过"的痛苦生活。

一、紫式部的生平与创作

　　紫式部(978?—1015?)是日本平安时期中期即摄政关白②时代的著名

---

①紫式部:《源氏物语》,丰子恺译,人民文学出版社,2001,第 699 页。
②摄政关白又称"摄关政治"。888 年,宇多天皇即位时对群臣说:"政事万机,概关白于太政大臣。"关白之称由此而来,以后凡幼君即位,由太政大臣摄政,都叫关白。直至幕府兴起后,权移将军,关白才失去作用。

女作家，出身于中等贵族家庭，本姓藤原，其祖父、父亲和兄长都擅长汉诗文，父兄又都曾官任式部丞，她便被称作"藤式部"。后来其代表作《源氏物语》中的女主人公紫上风靡一时，故人们便称她为"紫式部"。紫式部从小聪慧强识，受家庭浓厚的汉学气氛熏陶，对中国古典诗歌与文化造诣颇深，同时又通音律、佛经，时有才女之称。对此，其父亲曾叹息说："可惜她没生为男子，这是最大的不幸。"22岁时，她遵从父命嫁给年长她一倍的中等贵族藤原宣孝为妾。婚后仅2年，丈夫去世，她独自带着幼女贤子过着孤寂凄凉的孀居生活。这段经历使她对一夫多妻制下女性的不幸命运甚为同情。1006年，29岁的紫式部被当时掌控皇室大权的藤原道长召入宫中，做其女儿即中宫皇后彰子的侍从女官。她给彰子讲解《日本书纪》和《白氏长庆集》，她的才华博得一条天皇和彰子的赏识。这段宫中生活对紫式部创作《源氏物语》产生了重大影响，皇宫内部奢华而淫乱的生活、皇亲国戚间的勾心斗角和争权夺势、宫中妇女的悲惨遭遇等残酷现实为紫式部的创作提供了丰富的素材。

紫式部在短暂的一生中给我们留下的文学遗产是丰富的，包括日记、随笔、小说和诗歌等多种体裁的作品，如《紫式部日记》《紫式部家集》《源氏物语》等。特别是《源氏物语》，不仅对日本文学产生重大影响，还被译成多种文字远播国外。

二、《源氏物语》

《源氏物语》（1001—1010）是紫式部的代表作，也是世界文学史上第一部完整的长篇写实小说。所谓"物语"，就是故事，这种体裁形式产生于10世纪初的平安时期，《源氏物语》代表这一时期物语文学的最高成就，堪称日本平安朝中期贵族社会生活的缩影。全书54帖（"帖"相当于中国古典小说的"章"或"回"），80余万字，分前后两部分。前41帖为第一部分，

第四章　女性文学作品论

以主人公光源氏的生活经历为中心，着重叙述他在情场和官场的经历与沉浮；第42帖以后为第二部分，主要描写光源氏去世后他的儿子薰君的放荡生活以及由此造成的悲剧，因其故事主要发生在宇治，又称"宇治十帖"。作者通过主人公光源氏的生活经历和恋爱故事，描绘了平安时期贵族的腐败政治和淫逸生活。

光源氏是桐壶天皇与更衣之子，因其相貌俊美、聪明绝世而被称为光君，深得铜壶天皇的宠爱，但也受到弘徽殿女御的嫉恨。光源氏3岁时，母亲更衣因不堪忍受皇后的凌辱和虐待忧郁而死。铜壶天皇考虑他无外戚保护，将他降为臣籍，赐姓源氏。12岁时，光源氏举行了"元服"仪式（成人礼），并娶了左大臣女儿葵之上为妻。葵之上长相端丽，举止矜持，可是性情冷漠，光源氏不喜欢她。不久，铜壶天皇新娶了宫女藤壶为妃，因藤壶的容貌酷似自己死去的母亲，光源氏便借机亲近她，与她发生了乱伦关系，并生下一子，即后来的冷泉帝。在这前后，光源氏先后追求过空蝉、轩端荻、夕颜、末摘花、六条妃子、源典侍等众多女性，生活十分放荡。并且，他还从一个寺院老尼姑那里收养了一个相貌酷似藤壶的小姑娘紫上，悉心培养，葵之上死后，将紫上扶为正室。伴随着情场上的成功，光源氏在官场上也青云直上，21岁便成为近卫大将。不久，铜壶天皇退位，朱雀帝（右大臣的女儿弘徽殿之子）登基，右大臣得势。弘徽殿借光源氏与妹妹胧月夜的私情排挤光源氏，光源氏被迫到远离京城的海边须磨过着隐居生活，也由此结识了明石国守的女儿明石姬。28岁时，光源氏被赦免回京。冷泉帝随后即位，光源氏被封为内政大臣，重新得势。为了尽享荣华富贵，光源氏建造了一座辉煌夺目的六条院，把过去与他有过情爱关系的女性均召集于此，共享锦衣玉食的生活。可是逐渐地，他发现身边的贵族青年都效仿他过着荒淫放荡的生活，这使他的良心深为不安。恰巧新纳的夫人三宫与葵之上的侄儿柏木私通，生下一子薰君，光源氏觉得这是对自己当年"乱伦"的报应。此后，三宫削发为尼，藤壶、紫上也先后死去，光源氏深感人生无常，不免孤寂绝望，最后52岁时抑郁而终。

薰君虽不是光源氏所生，但和当年的光源氏一样年轻貌美，光彩照人，

139

可是因为其私生子的身份，他一直生活在哀伤与痛苦之中。他爱上皇族八宫的女儿大君，却遭到拒绝，大君不久抑郁而死。八宫的私生女、大君同父异母的妹妹浮舟长相酷似大君，引起薰君的爱意。薰君把浮舟接到宇治山庄加以宠爱，谁知明石女御的儿子假扮成薰君，深夜潜入浮舟的闺房占有了她。浮舟得知真相后跳水自杀，后被僧人救起，随后出家为尼。薰君自此更觉孤寂、悲凉。

《源氏物语》通过光源氏和薰君情场和官场上的角逐与沉浮表达了"物哀"的主题。"物哀"是日本文学特有的一种审美情感，特指人物内心深处的哀伤与幽情，该术语是由江户时代学者本居宣长在《玉小栉》中提出的。而现代学者西乡信纲在其《日本文学史》中认为，所谓"物哀"应是小说中气氛和基调的具体表现，本篇的主题则是"从人的精神史的角度来描写贵族社会的矛盾及其没落的历史"。①

光源氏是作者笔下理想化的典型贵族，在一定程度上寄托着作者的人生理想。紫式部首先从人物的外貌着手，描写他相貌出众、才艺超群。他刚一出世，便带着"人间少有，清秀如玉"的容貌，此后在《须磨》等帖中多次美化他："源氏公子走到望海的回廊上，伫立栏前，闲眺四周景色，其神情异常风流潇洒。由于环境岑寂之故，令人几疑此景非人间所有。"光源氏不仅相貌俊美，而且风流倜傥、多才多艺、吟诗作赋、无所不精，堪称奇才。光源氏能歌善舞，歌声之悠扬宛如佛国之妙音，"舞态与表情异常优美"。在情场上，光源氏也是一位心地善良，精神世界丰富，具有高尚道德情操的君子。尽管他用情不专，喜新厌旧，但他对女性温柔多情，"即使对那些不是他深爱的女子也决（绝）不轻易放弃，而总要给予照顾"。特别是当他荣华绝顶之时，仍不忘旧情，把自己一生爱恋过的女子都接到六条院里共享荣华富贵，可见，光源氏是重感情的人。在官场上，他虽然几次升降浮沉，但都是被时代和社会左右的，他本人则不太看重权势与地位，在宫廷斗争中表

---

① 郑克鲁主编：《外国文学史》（下），高等教育出版社，2008，第284页。

现得善于容忍和退让，同时也能体谅下情，关心民众疾苦。

然而，作家在美化光源氏形象的同时，不可避免地要正视贵族的现实样态，正如紫式部在第25帖《萤》中借光源氏之口向养女玉鬘阐述小说的创作功能时所说的："原来故事小说，虽然并非如实记载某一人的事迹，但不论善恶，都是世间真人真事。观之不足，听之不足，但觉此种情节不能笼闭在一人心中，必须传告后世之人，于是执笔写作。因此欲写一善人时，则专选其人之善事，而突出善的一方；在写恶的一方时，则又专选稀世少见的恶事，使两者互相对比。这些都是真情实事，并非世外之谈。"[①]而在摄关时代，贵族阶级日益腐化堕落，不仅迷恋女色，灵魂空虚，而且醉心于争权夺势，这种现实情境与作者塑造理想化的贵族形象相冲突，于是作者不得不违背自己的主观意愿和偏爱，对笔下的主人公进行嘲讽和批判。光源氏既是重情薄利之人，又是一位花花公子，酒色之徒，在政治上随波逐流，见风使舵；在感情上喜新厌旧，用情不专；在生活上放荡不羁，奢侈淫乱。总之，作为贵族阶级进步阶层的典型代表，光源氏形象是平安时期先进社会思想的表达者，他的沉浮与精神崩溃真实地体现了贵族阶级的兴衰。

除光源氏形象外，不同个性与命运的女性形象是《源氏物语》人物塑造的最大成功。紫式部以女性特有的细致观察和对女性心理的准确把握刻画出一个又一个丰姿绰约、鲜活多彩而又命运多舛的女性形象，如高傲冷漠的葵之上，温柔抑郁的藤壶，贤淑忍从的紫上，刚烈自省的空蝉，天真烂漫的夕颜，轻佻随和的胧月夜，娇艳妩媚的轩端荻，古板滑稽的末摘花等。藤壶原是先帝的女儿，因"容貌姣好"，且长得酷似死去的更衣而受到铜壶天皇的宠爱，并被其纳为妃子。她比光源氏大5岁，后者因其长相酷似死去的母亲而主动亲近她，日久生情，两人发生了不伦之情，生下冷泉帝。此后，藤壶一直生活在"乱伦"的渊薮之中而不能解脱，最后出家为尼，抑郁而死。

紫上是光源氏按照贵族阶级的道德标准培养起来的理想女性，不但才貌

---

① 紫式部：《源氏物语》（中），丰子恺译，人民文学出版社，1982，第526~527页。

出众，而且忍让顺从。作为光源氏的正妻，她既要容忍丈夫的朝三暮四，眠花宿柳，还要强扮欢笑，为光源氏操办婚事。在外人眼里，她真正做到了贤淑豁达的为妻职责，可是她内心却非常失望和痛苦，时刻担心自己年老色衰时会被丈夫遗弃，因而郁郁寡欢。紫上等女性的遭遇揭示了一夫多妻制下女性普遍的悲剧命运，即无法改变其"他者"和玩偶的身份和地位。因为"在父系文化的歧视下，女性被隔绝于社会，所有的个人社会出路几乎都被堵死，只剩下依附一个有权有势的男人这一条'捷径'了"。[①]

空蝉是一位颇有姿色，自尊自重，有着独立思想和反抗意识的女性形象。光源氏之所以钟情于她，是因为空蝉情趣高雅，脱俗，有品位，身为社会地位不高的小官吏之妻，她清醒地认识到与光源氏的交往不会给自己带来任何荣耀，因而面对后者的求爱，她表现得坚贞不屈。然而越是这样，越是勾起后者的占有欲，于是光源氏趁其丈夫去外地上任不在家之机，占有了她。对光源氏粗暴而非礼的行为，她异常愤怒，多次拒绝光源氏渴求相见的要求，更是对光源氏的情书不屑一顾。从空蝉身上，我们读到了一位"父权制"下有着独立性格而又敢于反抗的女性形象。

《源氏物语》在艺术上也取得了重大的成就。首先，其场面宏阔、结构严谨、情节生动。小说从开端到结局经历了4个朝代，跨越70余年，可谓场面宏阔。各帖既相对独立，又与全书的统一完整性相契合，由统一的人物形象和思想主题相统领，形成严谨而独特的结构。

其次，人物性格刻画的成功。在小说所描写的440多个人物中，无论是光源氏的执着与矛盾、薰君的悲观与消沉，还是三宫的单纯幼稚、夕颜的温顺柔弱和源典侍的老来风骚等，作者都以细腻的笔触精心雕刻出人物的性格特征和爱欲心理。在人物塑造上，作者还善于运用心理描写来表现人物的内心世界与个性特征，使读者能够透视人物心灵深处的躁动、不安与彷徨等复杂心曲。例如，紫上去世后，光源氏仿佛失落了魂魄一般：

[①] 周力、丁月玲、张荣：《女性与文学艺术》，辽宁画报出版社，2000，第101页。

第四章 女性文学作品论

　　源氏晓起夜眠，泪无干时，两眼模糊，昏沉度日。他从头细想一生行事："我对镜顾影，自知相貌不凡，此外一切，无不远胜常人。而自髫年以来，屡遭人生无常之痛，常思佛法指引，度我出家。只因难下决心，终于因循度日，遂致身受过去未来无有其例的苦患。如今以后，对此世间已无可留恋。从此专心修行，应无一切障碍。岂知心中如此悲伤恼乱，深恐难入菩提之道。"他心中不安，便向佛祈祷："但愿佛力加庇，勿使我心过分悲恸！"各方都来吊慰，自皇上以下，无不异常诚恳周至，殊非一般世间应酬可比。但源氏心事重重，对此人世虚荣，如同不闻不见，全不加以注意。然而又不肯叫人看出痴迷之状。深恐后人讥评，说他到此晚年，还要为了丧失爱妻而心灰意懒，遁入空门。为了身不由主，更添一番痛苦。①

而藤壶皇后在与光源氏发生乱伦关系后内心更是异常痛苦，这种痛苦伴随她一生，直至生命的最后仍然不能释怀：

　　藤壶母后非常痛苦，说话也很困难，只是心中寻思："此身因有宿世深缘，故在这世间享尽尊荣富贵，人莫能及。然而我心中无限痛苦，亦复世无其匹！冷泉帝做梦也不曾想到此种秘密，实在对他不起。唯有此恨，使我死不瞑目。海枯石烂，永无消解之一日了！"②

再次，在描写自然景物时，作者善于采用以环境烘托气氛的方法深化小说的情节，如描写光源氏之母更衣死后，桐壶皇帝派女官韧负命妇前往更衣母亲家探问小皇子光源氏的境况，映入女官眼帘的景象是"庭草荒芜，花木

---

① 紫式部：《源氏物语》（下），丰子恺译，人民文学出版社，1983，第868页。
② 紫式部：《源氏物语》（上），丰子恺译，人民文学出版社，1980，第405页。

凋零",此情此景,让人心酸。这时,作者采用以环境烘托情节气氛的方法展现佳人故去,百物皆衰的现实,"其时凉月西沉,夜天如水;寒风掠面,顿感凄凉;草虫乱鸣,催人堕泪"。①

最后,小说通过宫廷的行幸、游猎、饮宴、画展、赛诗会、舞乐会、讲经会以及各种庆典等活动,真实地描绘了平安时期贵族社会生活的人情世故、风尚习俗与自然景物,可谓细致入微、有声有色,读后有身临其境之感。其甚至还生动地记录了中国古代的各种文物、思想、诗歌和典章制度等在当时日本社会流传的情况,是一部了解特定时期日本接受中国文化影响的百科全书式的作品。据不完全统计,全书引用的和歌800余首,汉诗108处,其中以白居易的诗句为多,如小说第1帖即以白居易的《长恨歌》为引线。此外,小说还大量引用了《论语》《老子》《韩非子》《庄子》《史记》《战国策》《文选》和《汉书》等中国经典文献中的成语和典故,足见作者紫式部汉诗文造诣之深。

《源氏物语》的价值在于它使物语故事从传奇志怪走向现实主义,确立了假名小说文学主宰的地位。迄今为止,《源氏物语》被译成多种文字广为传播,为后世散文文学的发展开辟了道路。

思考与练习:

1.紫式部的生活经历对其创作《源氏物语》有何影响?
2.《源氏物语》在艺术上取得了哪些成就?
3.如何理解光源氏的形象。
4.分析《源氏物语》中的女性形象。

---

①紫式部:《源氏物语》(上),第8~9页。

第四节　姜敬爱及其创作

朝鲜—韩国女性文学大规模兴起于 20 世纪初，但是其源头可追溯到古代。较早的一部作品是《箜篌引》，一名《公无渡河》，据说是朝鲜津卒霍里子高的妻子丽玉所作。中国古代学者崔豹在《古今注·音乐》中记载："《箜篌引》，朝鲜津卒霍里子高妻丽玉所作也。子高晨起刺船而棹，有一白首狂夫，被发提壶，乱流而渡。其妻随呼止之不及，遂堕河水死，于是援箜篌而鼓之，作公无渡河之歌，声甚凄怆。曲终自投河而死。霍里子高还，以其声语其妻丽玉。玉伤之，乃引箜篌而写其声，闻者莫不堕泪饮泣焉。丽玉以其声传邻女丽容，名曰《箜篌引》焉。"[①]此后古代朝鲜有薛瑶、李淑媛（自号玉峰主人，《采莲曲》）、成氏（《竹枝词》）、俞汝舟妻（《杨柳词》）、许景樊等女作家都被记载于中国古代文献中。古代朝鲜社会受中国儒家思想影响，弥漫着浓厚的男尊女卑思想，能够接受教育的女作家凤毛麟角，不是大家闺秀，就是流落红尘之女，如开城名妓黄真伊（约 1506—1544，留有《朴渊瀑布诗》等汉诗 4 首和《青山里碧溪水》等时调 6 首）。受时代思想的羁绊，这些女作家书写的是闺阁抒情，如东明国诗人薛瑶原为左武卫将军承冲之女，15 岁时出家为尼，6 年后返俗，嫁与郭元振为妾。她留有一首诗云："化云心兮思淑贞，洞寂灭兮不见人。瑶草芳兮思芬蒀，将奈何兮青春。"[②]

古代影响较大的朝鲜女诗人是许景樊，字兰雪，8 岁作《广寒殿白玉楼上梁文》，后嫁给进士金成立，而金成立殉难后，她出家成为女道士。她的诗秉承唐音，诗句奇伟宏丽。中国明代万历年间状元朱之蕃（字元介）出使朝鲜时，得到她的诗集，于是带回国，在中国盛传一时。清代学者谢无量所

[①] 崔豹：《古今注》，古诗文网，https://so.gushiwen.cn/shiwenv_856d489f3b7d.aspx。
[②] 彭定求等编《全唐诗·卷七百九十九·薛瑶·谣》，中华书局，1960，第 8993 页。

编的《中国妇女文学史》之所以收录她的词，是因为"盖朝鲜本中国藩属，且其吟咏之工，有非中土士女所及者，固不可得而没也。"[1]其诗主要有《湘弦曲》《洞仙谣》《效崔国辅》《贫女吟》《游仙词》等，词有《塞下曲》《竹枝词》等。

20世纪初，朝鲜沦为日本殖民地，受时代启蒙思想的影响，反帝爱国思想高涨，产生了进步女性的政治团体，反对包办婚姻、纳妾、早婚和对女性精神压抑等封建思想的知识女性（新女性）大量出现，这就为女作家群的崛起提供了成熟的社会和思想条件，当时著名的女作家有朴花城、白申爱、林纯得、姜敬爱、张德祖、鲁千明、池河莲、崔贞熙、金沫凤、何正淑等。

一、姜敬爱的生平与创作

有关姜敬爱的生平与创作情况，资料并不多，主要原因在于作家并没有为读者留下详细的传记资料，只能通过其小说、随笔和同时代人对她的回忆与记述大略勾勒而成。

姜敬爱（1906—1944）于1906年4月20日出生在黄海道松花郡松花村一个贫苦的农民家庭。父亲在地主家做长工，淳朴正直、话语不多，却勤劳能干，年龄很大时才娶妻并生下女儿。可惜在1909年姜敬爱4岁时，父亲不幸病逝。1910年，柔顺而体弱的母亲不堪饥饿困扰，带着姜敬爱改嫁给邻郡长渊郡的崔都监做续弦。崔都监已过花甲之年，身有残疾，膝下有儿女，都比姜敬爱大，家务劳动都落到姜敬爱母亲身上。在姜敬爱幼年记忆里，母亲整天忙碌着，继父常常责骂幼小的敬爱，而他的亲生子女则常常打骂姜敬爱。这段不幸的童年经历给姜敬爱造成了极大的精神创伤，同时也被她写入创作

---

[1] 谢无量：《谢无量文集·第五卷，中国妇女文学史》，中国人民大学出版社，2011，第359页。

中。我们在其《自叙小传》《我的童年时光》等随笔作品中都能看到父亲缺席的家庭,女主人公贫穷凄惨的生活境遇和对母亲的爱恋之情。

1913年,8岁的姜敬爱从继父或其子女看过扔掉的《春香传》中开始学习国语,先后读过《三国志》《玉楼梦》等旧小说,并常被村里的爷爷奶奶们叫去给他们读小说,由此获得了"橡子小说家"(即小小说家)的称谓。1915年,在她的极力恳求和争取下,10岁的姜敬爱进入长渊小学学习,可是因为穷,她无法缴纳学费,也无钱购买学习用品,无奈偷了旁边同学的钱和物品,为此挨罚,受到同学们的嘲笑。在这种情况下,她艰难地完成了学业,同时也深切感受到学校教育制度的缺陷和无人性的现实,她将这一生活体验融入小说《月谢金》《二百元稿费》中。

1921年,继父去世,16岁的姜敬爱在姐夫的资助下进入平壤崇义女校学习,并参加了进步学生组织的读书会等活动,积累了自己的学养。1923年10月,3年级的她因"同盟休学"事件[①]被学校勒令退学。所谓"同盟休学"是指1923年10月15日爆发的一场学生运动,目的是反对校方过分干涉学生行动自由和宿舍舍监对学生的苛刻限制。这年中秋节,一位学生倡议为死去的同学扫墓,几名寄宿生便向舍监老师罗真经请假,被其拒绝。激愤的学生们恳请校长美国人宣佑理准许她们外出,也未得到同意。学生们平时常受舍监

---

① 根据学校规定,学生特别是新生必须住集体宿舍,由舍监负责管理,学生出入都必须得到舍监的批准,这种严格的住宿制度严重束缚了学生行动的自由,以致该校在当时被称为"平壤第二监狱"。1923年中秋,一名叫李东玉的学生想要去故世的朋友韩淑媛墓地所在的圣庙祭拜,12名寄宿生向罗真经舍监请求同行,遭到拒绝。校长认为拜祭孔庙违背基督教教理,不合学校的教旨,于是拒绝她们外出。学生们早就不满舍监像对待犯人一样看管她们,更不满校方过分干涉其私生活,于是在1923年10月15日学校建立纪念日那天举行罢课活动,即"同盟休学运动"。她们提出如下要求:第一,重新修订宿舍规则;第二,辞退舍监。学校为平息众怒,不仅对罗真经舍监予以停职处理,新任命了舍监,也开除了带头闹事的学生,姜敬爱就是其中之一。参见〔韩〕李相琼:《姜敬爱的时代与文学》,昭明出版社,2002,第823~824页。

老师的虐待，感到就像监狱里的囚犯一样被控制，失去了人身自由，不平之气愈积愈烈，适逢学校创立纪念日即将到来，于是一致举行同盟休学运动，而姜敬爱是主要发起者之一。

此前，即 1923 年 3 月，姜敬爱在长渊遇到同乡梁柱东，梁柱东是日本东京早稻田大学预科生，因悔婚而受到家乡人的非议，被迫退出留学生会。退会那天，他作了一场告别演说，姜敬爱被其文学才华深深吸引，当晚去拜会他，向他请教文学写作事宜，两人谈得很是投机，后坠入爱河。"同盟休学"事件后，姜敬爱跟随梁柱东来到汉城（首尔），与之同居在清津洞 72 号。当时梁柱东在《金星》杂志社工作，担任主编，姜敬爱也插班到东德女校 3 年级继续学习。这一时期，她广泛涉猎了《近代文学十讲》《近代思想十六讲》《资本论》《孟子》等书籍，并于 1923 年 5 月，以"姜珂玛"①的笔名在《金星》上发表了短诗《一本书》。9 月初，她与梁柱东分手，关于分手原因，姜敬爱只字未提，梁柱东解释为"志趣不同"。但是 1931 年，姜敬爱在评论《梁柱东的新春评论——为反驳的反驳》（《朝鲜日报》，1931.2.11）中批评梁柱东的折中主义文学论时说道："君站在超然文坛左右派之高位，仿佛以一种优越的态度，能够用两手任意摆布两派似的。"②可见，姜敬爱非常反感对方的自我炫耀和无所不能的作风。回到长渊的姜敬爱寄居在姐姐经营的书仙旅馆。对与梁柱东恋爱、私奔到汉城（首尔）而又回来的姜敬爱，亲友和邻里投以嘲讽和斥责，姐夫也深感失望、丢脸和愤怒，于是狠命地抽打其脸腮，结果造成耳病，导致听力下降，从此困扰其一生。

20 世纪 20 年代中期，姜敬爱在家乡长渊一边为穷苦家庭子弟开设"兴风夜校"，亲自教授学生，一边坚强地进行写作练习。作为受到启蒙思想洗礼的新女性，姜敬爱努力摆脱封建思想的束缚，不断抗争，走自己的路，可

---

① "珂玛"是姜敬爱儿时的称呼，因她头上有两个旋儿而得名。
② 李相琼：《姜敬爱全集》，刘艳萍译，昭明出版社，1999，第 714 页。另注：除《人间问题》外，以下涉及姜敬爱小说、诗歌和随笔的汉译文均为刘艳萍翻译，不再注明。

是因认识的局限,这种反抗更多地带有自发性、狂热性。她曾这样写道:"我在平壤崇义女校为反对舍监而参加了同盟罢课,因此被退学,此后进入汉城(首尔)东德女校,中途又退学去了故乡长渊。我家后面是树林茂密的大山,上山可以听到知了的叫声。草木和禽兽各有特色,声音各异,我也发展了自己独特的个性。我一再下着决心,一定使我的存在更有意义。所以我要通过小说创作……我就是这样想的。"[1]同时,从她此时期创作的几首习作诗歌如《秋天》《熨斗里的炭火》中,也可以看出作家意在表达个人心境的思想与情绪。直到1929年她参加"槿友会",成为该会分支长渊分会的成员,才逐渐接受了"卡普"文学思想的影响,思想认识得到进一步提高。

1929年10月,姜敬爱加入"槿友会"长渊分会。"槿友会"是由左翼女性运动家发动的全国性的女性民间组织,成立于1927年5月27日。它以"反帝反封建"作为宗旨,主张废除对女性的社会、法律、教育、政治和经济等方面的性别差异,团结朝鲜广大女性,争取女性的各项合法权益。它特别提出,私有制是女性受压迫的根本原因,只有解决资本主义经济矛盾,才能消除性别差异,而只有无产阶级才是消灭旧秩序,进行社会主义革命和建设事业的唯一阶级,显然这是马克思主义思想的体现。遗憾的是,1931年"槿友会"解散。姜敬爱参加"槿友会"时正值其活动处于高潮时期,有关姜敬爱在该会的活动资料记载非常有限,仅1929年6月17日的《东亚日报》上有一篇与"槿友会"相关的报道《长渊槿友支会野游》。

> 在槿友会长渊支会礼堂,……十日上午9点左右,20余名会员和其他数十名家庭主妇集会到本镇学校大圣殿后面的东山上举办盛大的野游会,按顺序,本会庶务部长姜敬爱君发表了意味深长的开幕辞(词),后录音,……下午5点左右,聚会结束。[2]

---

[1] 李相琼:《姜敬爱全集》,第817页。
[2] 崔鹤松:《在中朝鲜人文学研究》(韩文版),昭明出版社,2013,第30页。

可见，姜敬爱当时在"槿友会"长渊支会担任干部，起过重要作用。此外，她在《朝鲜日报》上以"读者投稿"的方式发表的《读廉想涉君的评论〈明日之路〉》[1]，不久后发表的《朝鲜女性的必由之路》[2]和《梁柱东君的新春评论——为了反驳的反驳》[3]等评论，批判了廉想涉和梁柱东的折中主义思想，表明了自己的马克思主义立场和对女性命运与前途的深切关注。这一时期，她在《朝鲜日报》"妇女文艺栏"中发表第一篇短篇小说《破琴》[4]。小说讲述年轻的知识分子亨哲在国破家亡之际产生的精神危机，最后他与家人一起移居中国东北，并参加了该地区的反满抗日民族解放运动而壮烈牺牲的故事。

1931年，姜敬爱与毕业于水源高等农业学校并担任长渊郡厅书记的张河一[5]结婚，因为张河一抛弃了早婚妻子，与母亲寄居在姜敬爱家里，为躲避前妻闹事，他带着姜敬爱离开长渊，在仁川靠打短工生活，这段生活体验被姜敬爱写入代表作《人间问题》中。6月，他们移居到中国延边龙井，经在韩文人及朋友金璟载[6]介绍，张河一得以进入龙井东兴中学担任教师，同时

---

[1] 姜敬爱：《读廉想涉君的评论〈明日之路〉》，《朝鲜日报》1929年10月3日第7版。
[2] 姜敬爱：《朝鲜女性的必由之路》，转引自〔韩〕李相琼《姜敬爱全集》，昭明出版社，1999，第710页。
[3] 姜敬爱：《朝鲜女性的必由之路》，第713页。
[4] 姜敬爱：《破琴》，《朝鲜日报》1931年1月27日第2.3版。
[5] 张河一，朝鲜社会主义思想家和活动家，出生于黄海道黄州，先后在黄州公立高等普通学校和水源高等农业学校读书。解放前，他在中国延边龙井县东兴中学长期担任教师。解放后，担任朝鲜黄海道人民委员会委员长。1946年8月28日，在朝鲜劳动党成立大会上，他作为黄海道代表出席大会并发言。1949年，担任朝鲜劳动新闻社副主编，该社出版的姜敬爱的《人间问题》单行本就是经其审阅后发行的。参见崔鹤松：《在中朝鲜人文学研究》（韩文版），昭明出版社，2013，第30页。
[6] 金璟载（1899—？），朝鲜社会活动家、火曜派著名批评家，笔名苍君。出生于黄海道黄海洲中产阶级家庭，读过黄州公立高等普通学校和水源高等农业学校，与张河一是

第四章　女性文学作品论

负责《朝鲜日报》龙井支局的工作。姜敬爱则一边做家庭主妇，一边进行文学创作。他们在龙井的生活很清贫，特别是开始因姜敬爱不擅长做家务，夫妻间也由于意见不合时有争吵，但是基本上保持着伴侣和志趣相投的同志关系。作为第一位阅读姜敬爱文稿的读者，张河一是一位以忠言相告的好读者，这在随笔《初次朗读文稿》中能够表现出来。

从1931年8月至1932年12月，姜敬爱在《彗星》杂志上连载长篇小说《母与女》，这是姜敬爱发表的第一部长篇小说，也是张河一委托金璟载帮忙而发表的。

《母与女》从女性视角描写了母女两代人的生活与命运，展现了父权制社会女性所受到的阶级和性的压迫。以美丽、珊瑚珠等为代表的母亲一代备受经济贫穷和性的奴役，尽管美丽懦弱无知、沉沦堕落，珊瑚珠自强不息、个性独立，但是两人最终都以悲剧告终。相反，代表女儿一代的玉（美丽之女）却能从母亲和婆母的悲惨处境中以及在自觉为革命而牺牲的英实哥哥的精神启迪下幡然觉醒，决定不再遵照婆母珊瑚珠的遗言做丈夫贤惠顺从的妻子，而是毅然答应奉俊的离婚请求，离开家庭，走上独立自主的人生之路。小说塑造了敢于冲破封建压迫和家庭羁绊的女性玉的形象，通过她表达了力图摆脱宗法制社会的压迫和精神束缚的思想。

同年底，她还创作了一首诗《答复哥哥的信》（《新女性》，1931.12）。它以妹妹给哥哥写信的方式，描写在参加革命运动的哥哥被捕入狱后，柔弱的"我"经历了种种磨难，克服怯懦心理，终于成长为一名劳动者（制鞋女工）。并且，"我"决心追随哥哥的志向，坚定地与厂主进行斗争。

同乡好友。他是花友会北风会会员，1926年因第二届朝鲜共产党事件被捕，1929年8月出狱。出狱后，他担任《独立新闻》《新韩公论》主笔。在《三千里》《彗星》《别世界》《新女性》等刊物上发表过大量评论文章，主要有《铮铮的当代论客的风貌》，登载在《三千里》，1932年8月。参见姜万吉等编《韩国社会主义运动人名词典》，创作与批评社，1996，第42页。

1932年1月，姜敬爱在《新女性》上发表随笔《一个大问题》，以敏锐的眼光预见到国际战争的爆发，提出"我们要防止这场战争，以便从死亡的威胁中将人们拯救出来。"[①]6月初，因日军入侵龙井地区和其中耳炎病发，姜敬爱离开龙井到汉城（首尔）治疗，9月左右又回到龙井。此后，她虽然中间偶尔往来于汉城（首尔）或者长渊，但是基本上都住在龙井。为了学做家务，姜敬爱亲自顶水洗衣服、做饭、操持家务，这在后来的随笔《漂母之心》（《新家庭》，1934.6）中可以表现出来。9月，姜敬爱在《三千里》杂志上发表了第一部短篇小说《那个女子》。小说描写了年轻貌美的女作家玛丽娅从汉城（首尔）来到龙井正华女校做教师，受校长委托，前往二头沟基督教堂为农民演讲，结果她的话语和优越的举止激怒了参会的农民。农民们联想到自己背井离乡来到这里种地和自己的姐妹受苦受难的情景，于是群情激奋，推倒教堂的立柱，造成人压人、玛丽娅被挤倒在地、衣服也被刮破的混乱局面。小说通过玛丽娅的形象，批判了小资产阶级知识分子的虚荣和炫耀心理。同年12月，姜敬爱在《新东亚》和《新女性》上分别发表了随笔《初雪如花朵》和诗歌《愿您成为真正的母亲》。《初雪如花朵》表达自己身在家乡百无聊赖的心情：

  松软的雪花下着，我的心里好像也在下着雪。我似嗅非嗅地嗅着雪的清香，觉得鼻尖一阵清爽。[②]

《愿您成为真正的母亲》以书信体形式，表达女主人公听到做女佣的母亲从地主家被赶出来的消息后，义愤填膺，向母亲讲述自己参加"××会"的

[①] 姜敬爱：《一个大问题》，转引自〔韩〕李相琼《姜敬爱全集》，昭明出版社，1999，第729页。

[②] 姜敬爱：《初雪如花朵》，转引自〔韩〕李相琼《姜敬爱全集》，昭明出版社，1999，第727页。

喜悦心情，也希望母亲参加，成为真正的母亲。与《一本书》《秋天》等初期习作诗相比，《答复哥哥的信》和《愿您成为真正的母亲》体现了姜敬爱对女性解放认识的深化，即女性只有克服自身弱性，勇敢地参加有组织的斗争，才能在实践中得到锻炼，成为坚强的女性。

  1933年3月，姜敬爱以故乡附近的梦金浦渔村为背景，在《第一线》发表了短篇小说《父子》。小说通过被渔场主全重解雇的父亲金壮士和被农场监督解雇的儿子巴威两代人的遭遇，揭示了渔场主对渔民的剥削与压迫，表达了有组织地反抗与斗争的重要性。6月，她在《新东亚》上发表诗歌《树丛里的农夫》，表现了锄草的农夫的精神成长，他不单纯是个农民，而是怀揣着秘密使命的同志。同年9月和12月，她还在《新家庭》上分别发表了以龙井地区为背景的短篇小说《菜田》和《足球赛》。《菜田》以秀芳在家庭中受奴役被虐待、老孟和老秋等雇工反抗地主的阶级对立两条线展开情节。秀芳虽是地主之女，但是与同父异母的妹妹友芳相比，宛如使唤丫头一般，不仅上不了学，而且穿着破衣烂衫，做饭、洗衣什么家务活都由她做。这种地位与家里的长工老孟、老秋和老李没有差别，因此她从父母和家庭中得不到任何温暖，反倒从老孟等善良的长工那里得到同情和帮助。一次，她在睡梦中隐约听到菜田主父母打算等种完白菜，趁冬季来临前解雇雇工的毒计，经过激烈的思想矛盾，她最终将这一秘密告知给老孟等人，结果使老孟等长工由被动接受被撵出去的命运变为积极主动的斗争，与菜田主谈判，争得了自己的利益，而秀芳却在几天后悄然死去。小说通过可怜的秀芳的悲惨命运，揭示了残酷的阶级压迫。

  《足球赛》以青年学生承浩和姬淑为主人公，叙述许多同志在日帝大缉捕时被抓进领事馆，被这种白色恐怖所笼罩的D学校一派死寂，为了提升进步学生的士气，振奋其反抗日帝的信心，他们决定以参加Y市举办的足球赛为契机，让人们知道反抗力量的存在，进而鼓舞人们的斗争热情。为了筹集参赛的经费，承浩带领男同学去吉会线铁路工程做苦力，姬淑则与女同学一起在位于赛场旁边的赛马场卖票、做女招待。由于饮食跟不上和训练不到位等主客观原因,比赛未能取得胜利,然而学生们有组织地反抗日帝的斗争精神却得到了检验。小说结尾描写比赛结束后,走在唱着行进曲前进的D校学生们行列前头的、高举校旗的是承浩,而跟在他们后面的是潮涌般的群众。

此外,1933年,姜敬爱几乎以每月1篇的数量完成了《我的童年时光》(《新东亚》,1933.5)、《初次朗读原稿》(《新家庭》,1933.6)、《夏夜农村风景素描》(《新家庭》,1933.7)、《异域月夜》(《新东亚》,1933.12)、《送年辞》(《新家庭》,1933.12)等大量随笔。这些随笔有的描写表面平静实则飞机不间断地在空中盘旋的龙井现实,有的是对童年时光的追忆、母亲的辛劳、与继父儿女的冲突,有的是对农民特别是农妇们整日操劳不得休息的同情与喟叹,都发自作家内心,是其细致观察的生动写照。

1934年,姜敬爱先后发表《有无》(《新家庭》,1934.2)、《盐》(《新家庭》,1934.5)、《人间问题》(《东亚日报》1934.8)和《同情》(《青年朝鲜》,1934.10)等小说以及诗歌《今天突然》(《新家庭》,1934.12)。《今天突然》抒写"我"秋日思乡的心绪。《有无》采用第一人称"我"讲故事的方式,描写一天晚上,很久未见的福纯爸突然来到"我"家,向"我"讲述他的噩梦。只要他一闭上眼,就会被一个长相凶恶丑怪的人(B)强行拉到黑暗的魔窟中,映入他眼帘的是血腥的屠杀场面:孩子被B们当着妈妈的面挑死在刺刀尖上;脖子上套着铁链的同志被奔驰的汽车活活拖死;福纯爸的心脏也被B们"刺中",吓得他惊叫着醒来,原来是一场噩梦。事实上,这不是噩梦,而是残酷现实的写照。"B们"影射的是强占朝鲜和中国土地、杀人不眨眼的日帝及其走狗。福纯爸是一位反对日帝的斗士。他因此被日帝逮捕又被放出来,而这期间他的妻儿不知所向。

《盐》是一部描写移居到中国东北龙井地区的朝鲜人的悲惨生活和参与抗日武装斗争故事的中篇小说,着重塑造了坚强面对悲惨生活和残酷命运的朝鲜移民女性的形象。女主人公奉艳妈一家因日帝强占朝鲜被迫离乡背井来到龙井地区,租用了中国地主房东家的土地,尽管辛勤耕种,可仍然摆脱不了窘迫的生活，连盐也买不起。不仅如此，龙井地区局势动荡，各种势力纷争较量，去房东家的奉艳爸无缘无故被"共产党"枪杀，儿子奉植安葬完父亲后也杳无踪迹，走投无路的奉艳妈带着年幼的奉艳来到房东家做了老妈子，却遭到房东的蹂躏而怀孕。房东夫妇以奉植参加共产党为借口，将奉艳母女赶出家门。奉艳妈在冰冷的夜晚在借来过夜的中国人的仓房里生下了女儿奉姬。为了养活女儿，她被迫到人家当奶妈，而奉艳姐妹因得不到母亲的照顾先后患病死去。现实的苦难并没有摧垮奉艳妈，她要活着，于是跟人一起去私贩食盐。贩盐路上的艰辛与苦楚难以言表，却遇到了真正的共产党抗日游击队。为首之人"钢铁般雄壮的声音"和亲切的问候感动了奉艳妈，她重新审视共产党的形象，认为地主房东说共产党是匪贼的话是错误的，丈夫也不是被共产党杀害的，儿子奉植肯定参加了共产党。这样，她的思想认识急剧转变。最后，回到家的奉艳妈正憧憬着美好的未来时，被闯进家门进行搜捕的巡警以私自贩盐的罪名抓走。

《同情》通过底层女性山月的悲剧，批判了人性的自私和人情的冷漠。小说采用第一人称手法，写"我"为治病听从医生的建议，每天清晨都去龙井海兰江边喝井里的泉水，结识了也来这里的山月，并揭开了她的不幸身世。山月出生在黄海道丰川，12岁被父母卖掉还债，几经转卖，沦为妓女，经常挨打受骂。"我"非常同情山月的悲惨遭遇，鼓动她逃离虎口，并许诺一定会帮助她。可是当山月真跑出来，寻求"我"资助路费时，我却退缩了，以种种借口回绝了她。第二天清晨，传来山月跳井自杀的消息，"我"悲伤得哭泣起来，并自我谴责道："导致山月这么快地死去，不就是因为我空口说白话表示同情吗？否则，她能死吗？"

此外，姜敬爱在1934年还创作了随笔《漂母之心》（《新家庭》，1934.6）、《作家的话》（《东亚日报》，1934.7）和1篇评论《图们江礼赞》（《新东亚》，1934.7）。《漂母之心》描写"我"因为不会做家务常与丈夫吵架，动辄回娘家的尴尬以及跟周围妇女学做顶水罐、洗衣服的过程，赞美了劳动妇女的勤劳、淳朴和对家庭的热爱。

离去的妇女，刚来的妇女，我的眼睛迎着日光的照射，注视着走过去的妇人的衣筐。我的眼睛顿时一亮，洗得多白的衣服啊！简直令人眩（炫）目。霎（刹）那间，我感觉那些白衣服猛烈地撞击着我的心。那是在阳光下更显得熠熠发光的衣服啊！它似乎凝聚了那位洗衣服的妇人真诚而纯洁的心。想到挚爱着的丈夫和可爱的孩子们，洗得那么漂亮的衣服，不正代表了母亲和妻子的心吗？否则又是什么呢？春光仿佛透露出了她们多情而温暖的心。[①]

　　《作家的话》提出人类社会的根本问题是什么？谁又是解决这一根本问题的人？这段短小的文字也成为作家代表作《人间问题》的卷首语。在《图们江礼赞》这篇评论中，作者基于朝鲜官方话语视角叙述了图们江的历史传说、发源、名称由来以及龙井地域等自然、历史与现实概貌，阅读时应注意明辨。

　　1935年，姜敬爱发表《母子》（《开辟》，1935.1）、《二百元稿费》（《新家庭》，1935.2）、《解雇》（《新东亚》，1935.3）、《烦恼》（《新家庭》，1935.6）等短篇小说，随笔《故乡的星空》（《新家庭》，1935.5）、《渔村素描》（《朝鲜中央日报》，1935.9），评论《致张赫宙先生》（《新东亚》，1935.7）等。同年秋，姜敬爱还以顾问的身份参加了"北乡会"活动。"北乡会"是由移居龙井地区的朝鲜文人金俞勋、李周福、千青松、安寿吉和朴英俊等人创办的文学团体。"北乡"意为朝鲜人的第二故乡，于1935年10月成立，《北乡》杂志的发刊（1935.12）标志着中国朝鲜人文坛的正式形成。姜敬爱积极参加"北乡会"的活动，不仅在文艺演讲会上发表演讲，而且悉心指导求教者，并且还在《北乡》第1号上发表了诗歌《这片土地的

---

① 姜敬爱：《漂母之心》，转引自〔韩〕李相琼《姜敬爱全集》，昭明出版社，1999，第750~751页。

春天》(《北乡》,1935.12)。但是后来因事情繁杂和身体因素,她很少参加"北乡会"的活动,她的小说也从未发表在《北乡》杂志上。[①]

《母子》以龙井地区抗日游击队活动因日帝围剿而由高潮转入低潮为背景,描写游击队员的家属承浩妈和承浩母子俩的艰难困境,批判了人心的转变和冷漠。"九一八事变"发生前,承浩大伯时亨非常照顾承浩一家,可是"九一八事变"一爆发,龙井社会时局突变,承浩爸参加了抗日游击队并英勇牺牲后,时亨的态度大变。他置患百日咳的承浩于不顾,还断绝了与弟媳侄儿的往来。大雪纷飞的日子,穿着单薄的承浩妈背着咳嗽不止的小承浩,艰难地跋涉在半腰深的雪地里,无处安身。承浩妈决定去丈夫活动的山里,因为她相信丈夫所做的事情是对的,"父亲未就的事业将由儿子来完成"。小说通过承浩妈的悲惨遭遇,揭示了抗日武装斗争退潮时期龙井地区民心的转变、人情的冷漠和烈士家属陷入绝望的境况。

《二百元稿费》采用"我"给弟弟"K"写信的书信体形式,带有自传性。"我"因为在某杂志发表1部长篇小说而获得200元稿费,围绕这笔钱应如何使用的问题,"我"与丈夫发生了激烈的冲突。从小到大,"我"始终处在贫穷中,没钱交学费、买学习用品,更没钱买奢侈的穿戴,因此意外得到这笔钱后,"我"决定给自己买毛外套、围脖、皮鞋、金戒指、手表,并给丈夫买一套西装。结果"我"的提议遭到丈夫的反对,他要用这笔钱帮助患心脏病而久治不愈的英豪同志和探望身在囹圄的洪植的家属。在冲突中,丈夫打了"我"一巴掌,并将"我"推出门外。徘徊在冷风里的"我"经过仔细地反思,明白了自己的想法是错误的,是虚荣心在作怪,应该听从丈夫的意见,把这笔钱用在更需要它的同志身上。于是"我"真诚地向丈夫承认了自己的错误,得到了丈夫的谅解。

《解雇》通过主人公老金被地主赶出家门的凄惨遭遇,揭示了严峻的阶级矛盾。老金从小失去父母,无依无靠,被地主朴初时带回家成为长工。多

[①] 崔鹤松:《在中朝鲜人文学研究》(韩文版),第47页。

年来，淳朴而勤劳的老金为主人家流血流汗地开垦荒地、扩大家业，毫无怨言，耗尽了体力，可是在其年老体衰、疾病缠身时却被朴初时的儿子、新任面长解雇，用5元钱打发了他。至此，老金才明白自己受了骗，老地主朴初时曾经许诺要给他娶妻生子的话是假的，认识到"自己被老主人的话麻痹了近50年，好像白活了一场"。小说表现了老金最终的精神觉醒。

《烦恼》以对话体方式，描写男主人公"R"向"我"讲述自己暗恋同志之妻，由此产生烦恼的故事。"R"入狱7年，出狱后龙井的政治形势已发生变化，他无处投身，意外来到还未出狱家在明东的同志家里，受到同志母亲和其妻子的热情接待，此后寄居在这里，并做了当地学校的一名教员。为了感谢她们的收留，他自愿担当起"丈夫"的职责，每天早早起床，扫地、锄草、担水，把挣得的工资全部交给同志的母亲。渐渐地，他暗恋上了同志之妻继淳，为此理智与感情产生了激烈的搏斗，最终感情未能战胜理智，他决定采取行动。然而，他的这种恋情却遭到了外柔内刚的继淳的坚决拒绝，他也从情感中拔出来，离开了同志家。小说借此表现了革命退潮后，龙井地区人心变化的现实和抗日革命家所感到的幻灭感与复杂的情感矛盾。

诗歌《这片土地的春天》采用象征手法，抒发了姜敬爱对日寇践踏他国土地、导致民不聊生现实的愤懑情绪，同时用"只有一棵谷苗在雨中生长"暗示革命力量的成长。随笔《故乡的星空》是对故乡生活的回忆，描写"我"不谙女红，唯有对文艺情有独钟，抒发了姜敬爱的乡愁和对母亲的怀念和依恋。《渔村素描》描写"我"借归乡探亲之机游览旅游胜地梦金浦的观感。梦金浦美丽的大自然与生活在岛上的四五户渔民的贫苦生活形成了鲜明对比，再也引不起"我"的兴趣，从而表达了姜敬爱对穷苦渔民的深切同情。

1936年1月，姜敬爱在《北乡》第2号上发表了诗歌《断想》，抒发女主人公在革命形势恶化的条件下仍然坚守自己立场时的艰难与痛苦的心情。在寒冷的冬日，鹅毛大雪悄无声息地下着，"我"披散着头发，徘徊在空荡荡的院子里，回忆起"先生"踏上这条不归路的情景。3月12日至4月3日，作家在《朝鲜日报》发表了《地下村》，这是一部具有自然主义倾向的现实性很强的中篇小说。主要描写身有残疾的七星一家与邻居盲女大丫一家等生活在地下村里的人们的穷苦、黑暗与渺茫的生活。七星在爸爸死后，与妈妈、弟弟和妹妹相依为命，因为他手脚使不上力，干不了地里活，只能沿村乞讨，饱受他人嘲弄和欺辱。妈妈每天累死累活地劳动，操持家务，可全家还是挨饿，住漏雨屋，吃橡子面。更让七星不解的是，村里的儿童大部分都是残疾儿，可是人们为什么还要生孩子呢？在这种环境中长大的七星暗恋着邻居美丽的盲女大丫，他想靠自己乞讨来的钱买一块布料送给大丫作聘礼，可是等他费尽辛苦和屈辱拿回布料时，大丫已被家里卖到镇上大户人家做妾去了。他因乞讨被有钱人家的恶狗咬伤腿，又遭暴雨淋袭，幸得一位瘸腿男子的帮助才摆脱困境。在对方的思想启迪下，七星终于明白了自己和地下村里的人们为什么如此贫穷，为什么残疾，他对社会发出了诅咒。

6月，姜敬爱用日语创作出小说《长山串》，发表在《大阪每日新闻》。小说以黄海道梦金浦贫穷的小渔村为背景，通过朝鲜渔业工人亨三与日本渔业工人志村间的友谊和生活，反映了在日帝垄断下的渔业组合中工作的朝鲜劳动者与日本劳动者的悲惨处境，表现了底层人民所面临的被压迫、被剥削的共同命运，提出国际工人阶级应团结起来的思想。同时，揭露了日帝独占资本宛若章鱼的触须无处不在以及殖民掠夺政策的罪恶。1937年2月，这部小说被收录到日本文艺刊物《文学案内》中，1989年12月，在《韩国文学》上被翻译发表。

1936年8月，姜敬爱在《新东亚》发表了短篇小说《山男》。小说同样以第一人称"我"写成，表达了无奈的悔恨之情，谴责了违背约言的人们背信弃义的行为。"我"在回乡探母途中，路遇暴雨，所乘汽车陷入悬崖绝壁之上，非常危险。情急之下，副手找来住在此山里的力大无比的山男帮忙，条件是送他生病的母亲去医院诊治。山男冒着摔下山崖的危险，用九牛二虎之力终于拉出了汽车，然而司机、副手和乘客们却违背约定，抛弃山男扬长而去，留下绝望而郁愤的山男。

这一时期，姜敬爱只创作了1篇随笔《致佛陀山C君——怀念故乡》(《东亚日报》，1936.6）。正如随笔标题所示，他以给C君回信的方式，先是回忆他们一年前登杜鹃山，眺望佛陀山，并谈论文艺的情景。

  我们并肩伫立，然后向杜鹃山登去。长长的青草扫着我们的衣边发出沙沙的声音，随之飘来伴有浓郁草香味的熟透了的泥土的芳香。我们的脚尖柔柔地没入矮草里，仿佛步入了溪流中。草里边响起了虫鸣声，宛若唑唑地抽着绸丝的声音，蚂蚱扑棱棱地飞着。①

然后转入对故乡的思念，仿佛看到了正收工回家的农夫们白衣随风飘动的样子。随后又如梦初醒，回到真正的龙井现实中来。

1937年，姜敬爱在《女性》11月上发表小说《鸦片》（《麻药》），同时发表《作家作品年代表》（《三千里》，1937.1）和《留在记忆里的梦金浦》（《女性》，1937.8）。《作家作品年代表》是对有关作家创作情况问卷调查的回答，包括作品名称、发表刊物、发表时间和作品篇幅4项内容。从中可知作家如下信息：姜敬爱喜爱的作家和作品是俄罗斯作家陀思妥耶夫斯基的《罪与罚》；她比较亲密的文人朋友有朴花城、崔贞熙和金子惠等3位；她爱好音乐、散步、运动和家庭生活；她出生在黄海道长渊，时年31岁，现居住在中国龙井地区。《留在记忆里的梦金浦》与《渔村素描》都是描写故乡旁边的旅游胜地梦金浦的。作家回忆2年前回故乡时游览梦金浦的情景，思绪不觉飞到了那里，蓝蓝的天空，茂密的松林，结着花骨朵的道拉吉花，松脂的香气，梦一般的西海，渔船的白帆，出海的渔女，岸边开得正艳的海棠花，这一切都牵动着作家的情思，引起她的遐想。但是另一方面，作家也敏锐地观察到，与优美的大自然形成鲜明对比的是生活在梦金浦渔村里的穷苦渔夫的悲惨生活。由此，她联想到自己身为作家应该做的事情：

---

①姜敬爱：《致佛陀山C君——怀念故乡》，转引自〔韩〕李相琼《姜敬爱全集》，昭明出版社，1999，第778页。

是啊！作家的使命是什么呢？不是比谁都更清楚地看到这一现实，并由此取材，通过作品向普通民众表现所见到的现实吗？艺术若是脱离民众的生活，又有什么价值呢？[1]

《鸦片》以保得妈的视角描写丈夫为吸食鸦片，而将妻子卖给中国布商做妾，导致妻子惨死的悲剧。小说气氛沉郁，批判的矛头直指日帝统治下的黑暗现实，正是日帝所推行的鸦片明禁暗销政策才导致底层人民的贫穷与悲剧。

1938年5月，姜敬爱在《三千里》杂志同时发表了小说《黑蛋》和随笔《迎春的我家窗户》，但是《黑蛋》未完结。《黑蛋》描写了淳朴正直的社会主义者K老师因不想迎合日帝统治秩序而产生的矛盾思想与困惑。因为追求反抗日帝侵略的社会主义思想，K老师被日帝逮捕，7年前从西大门监狱出来，经朋友介绍来到中国龙井×中学做教师。在日帝不断到学校缉捕进步学生，正常教学秩序被打乱，许多师生相继离开学校的情况下，K老师不仅坚守岗位，还带领剩下的学生亲自动手维修破败的教室，铺设坑洼的操场，修建围墙和校门，恢复了校貌。因此，K老师受到学生的拥护与爱戴，有望升任校长。可是，时局稳定后，由K老师介绍来校并且思想转向的崔老师却暗中活动，坐上了校长的位置。他向K老师施压，使其放弃与日帝斗争，安于教学。面临抉择又受到日帝监视的K老师由此陷入了矛盾中。小说呈现了一个开放的结尾，即K老师该如何选择呢？这令读者思考。《迎春的我家窗户》描写了白雪纷飞的冬日，我坐在窗边一边做着针线活，一边细细观察着对门人家院子里的白杨树和在树上飞来飞去的麻雀们。对可爱的麻雀的观察被小乞丐讨钱的声音所打断，映入"我"眼帘的是"令人生厌而疲惫的脑袋、脏兮兮的面孔、褴褛的衣衫。我下意识地皱起了眉，为了快点让他走，我便

---

[1] 姜敬爱：《渔村素描》，转引自李相琼《姜敬爱全集》，昭明出版社，1999，第773页。

从钱包里掏出一分钱扔给了他"。"我"之所以生厌，是因为小乞丐惊扰了"我"观看麻雀觅食的快乐心情，然而他的乞讨与麻雀的觅食不都是为了生存吗？

1939年，姜敬爱担任《朝鲜日报》延边支局局长。然而，从3年前开始，她的身体每况愈下，被迫回到故乡长渊，丈夫张河一稍后也回国。1940年2月，姜敬爱入汉城（首尔）帝大医院接受治疗，也去过三防药用矿泉水之地疗养，但是病情未见好转。诚如作家所言："近3年来，因为身体有病，我不得不同病魔斗争，因此自然明白笔和墨被冷落了，想法也有些迟钝了，可这是没有办法的事儿。"[①]这一时期，她没有创作小说或诗歌，只写了随笔《自叙小传》《女流短篇杰作集》《矿泉水》（《人文评论》，1940.7）和《我爱松树》。

姜敬爱并未给读者留下自己生平与创作的详细记述，但是通过《自叙小传》，我们还是隐约捕捉到作家青少年时代生活的掠影。这篇文章讲述了她小时候在继父家挨打受骂的痛苦生活、学习并阅读《春香传》等小说的过程以及接受姐夫资助攻读学业的寄宿生活，表达了寄人篱下的内心痛苦。

《矿泉水》是应《人文评论》约稿而作，是对黎明时分静美大自然的赞歌。叙述者"我"为了强身健体，一大清早便来到掩映在树丛里的天真洞矿泉水地，一杯清冽甘甜的泉水下肚，心身顿觉轻盈起来。"我"放眼望去，争相媲美的各种树木、墨绿丝滑的岩石、青翠欲滴的露水、奔流欢笑的溪水，这纯美的大自然令"我"深深感叹："真希望我的被世俗侵染的身体和心灵能被这泉水洗涤干净啊！"这蕴含着双重含义，一方面希望矿泉水真能治愈自己的病，另一方面也希冀人世间也能如这矿泉水一样纯净和谐。

《我爱松树》发表时间和刊物都不详，后被收录于《韩国现代文学全集》12（三星出版社，1978年）。"松树"是姜敬爱创作中常常出现的一个意象，象征着"精神家园"之意。姜敬爱喜爱松树，源于小时候的情结："在故乡

[①] 姜敬爱，《矿泉水》，《人文评论》1940年第7期。

时，松林遍布在前后山上，我虽然常常爬到松树上，可是却不懂得松树的真正价值。""我"只知道，躲避继父子女的追打时，"我"会爬到松树枝上；等待去洗衣或打柴的母亲归来时，"我"会去树上瞭望。在这篇随笔里，作家为我们描写了3个地域的松树，即家乡的松树、异国龙井的松树和帝大医院内的松树。家乡充满松脂香气的松树让她回忆起童年时与母亲在松树下打松楸子的日子，异国土地上的松树因为动乱的现实常常被作家忽略，而帝大医院里那棵斑驳、孤独的老松树令她心生怜悯，仿佛被疾病缠身的自身的写照。无论哪个地域的松树，都是寂寞的，尽管不开花，却散发着浓郁的松香，而且不怕风吹雨打，保持着冰清玉洁的品格。

  经受了漫长风雨的锤打与磨折，松树逐渐长成粗壮的树身，宛若画家用神秘的笔触点缀而成的。它害羞地低着头，摆弄着衣襟儿，色彩甚是庄严肃穆。针叶相互缠连着，尽管好像有点乱，可是却显得亲密无间，秩序井然。哪怕在凛冽而强劲的寒雪里，它也是冰清玉洁，气概凛然，丝毫不变。[①]

1944年4月27日，姜敬爱病情恶化，失聪，几近失明状态，最后呼唤着先她一个月去世的母亲而病逝，享年38岁。她的遗体被安葬在距离黄海道长渊郡长渊镇约7里地（3.5千米）的杜鹃山的山岗上，左边山脚下就是姜敬爱曾生活过的小山村。

  [①]姜敬爱：《我爱松树》，转引自李相敬《姜敬爱全集》，昭明出版社，1999，第795页。

二、《人间问题》

长篇小说《人间问题》是姜敬爱的代表作,于 1934 年 8 月 1 日—12 月 22 日在《东亚日报》连载了 120 回,被誉为"殖民地时期最优秀的现实主义小说之一",与李箕永的《故乡》、韩雪野的《黄昏》一起成为朝鲜普罗文学的重要代表作。

小说以男女主人公阿大与善妃的贫穷生活和不幸遭遇为主线,以龙渊村和仁川大同纺织厂两个场域为主人公活动的舞台,真实地揭露了地主、资本家对农民和工人的巧取豪夺和剥削压迫,提出了解决人间问题的人只能是无产阶级的问题,表现了进步思想的传播和革命力量的成长。

首先,小说真实再现了 20 世纪 30 年代初朝鲜所处的殖民地的社会现实,揭露了地主、资本家对底层人民的残酷剥削与压迫,反映了地主与佃农、厂主和监工与劳动者之间尖锐的阶级矛盾和民族矛盾。龙渊村的故事表现了地主郑德浩对农民们的横征暴敛、残酷剥削。在郑德浩家做长工的善妃爸爸金民洙因未能收回欠债被郑德浩用算盘打伤,不治身亡;丰宪老头辛辛苦苦种的熟稻被郑德浩以抵债名义悉数抢走,被迫四处流浪。郑德浩为巩固自己的权势,还与日帝相互勾结,沆瀣一气,利用升任面长的身份,不仅指使执达吏和巡察帮他压制农民的反抗情绪,将带头抗交稻谷的阿大等人拘禁在驻在所,还借用新上任的日本郡守的权力为自己撑腰打气,是一位典型的亲日地主的形象。郡守向农民演说道:"面事务所是一个想方设法让农民过好日子的机关。"可是为什么地主越来越富,农民越来越穷呢?郑德浩是比当地其他地主掌握更大权力的地主,连地主韩治洙也得看他的眼色。另外,郡守在演说辞中还谈到,"我们大日本帝国占领了满洲,国运昌盛,举世无敌",这就暴露出殖民统治者的侵略野心和荒谬说教,即朝鲜农民只有老老实实地种庄稼,缴纳各种税赋,安心守"法",才能有好日子过,这显然是压制殖民地国家反抗的暴力行为。并且,郡守还要求朝鲜农民穿有颜色的衣服,穿草鞋，认为朝鲜农民之所以受穷，就是因为懒和喜欢穿白色衣服，"白衣服容易脏，要经常洗，既浪费时间，又容易坏"。这明显是贬辱朝鲜民族文化，以达到其长久统治殖民地的目的。

此外，小说通过仁川码头工人和大同纺织厂女工的超强度劳动，揭示了日帝资本家对工人的剥削和对剩余劳动的榨取。阿大等码头工人为修建大同纺织厂的烟囱背着沉重的砖块登上脚手架的场面令人触目惊心：

> 当时身背三十块砖走在脚手架上，晃晃悠悠的，脚下的木板好像立刻会断似的；往下看去，离地几十丈高，地面像一片深不可测的湖水，便禁不住两腿发抖，全身毛发都竖了起来。有时眼睛一黑，需要定一定神才能继续向上爬；后来觉得连烟囱也摇晃起来，仿佛眼看要倒，自己也会被摔得粉身碎骨。①

然而，一天如此危险而沉重的劳动所挣得的工资不过五六毛钱。同样，大同纺织厂采用大规模先进的机器和设备，把生产女工视作机器的奴隶和劳动的工具，30多名日本监工严格监管着千余名女工工作，只要换班的汽笛不拉响，女工们便不能停歇，也不能断丝，否则就扣罚金。有时，不熟练工人的罚金超过了一天的工资，等于白干。不仅如此，资本家还打着为女工谋福利的名义，把全体女工"囚禁"在宿舍里，不许外出，强制储蓄，连生活必需品也都由厂方统一购买。工厂的厂房和宿舍被高高的围墙封闭起来，连个小洞也找不到，"插翅也飞不出去"，这真是人间地狱啊！

其次，小说描写了底层民众赤贫的生存与工作环境，鲜明地反映出作家人道主义的同情心。正是由于地主、资本家对农民和工人敲骨吸髓般的剥削与压迫，才导致底层民众陷入赤贫的生活境遇。小说开头便从不同身份的人所居住的房屋式样揭示龙渊村贫富悬殊的阶级差别：

---

① 姜敬爱：《人间问题》，江森译，人民文学出版社，1982，第214页。

登上山梁，龙渊村便清晰地呈现在眼前。那座高高矗立的瓦房，是农庄主郑德浩的家；紧靠这面的洋铁皮房子，是防疫站；还有一座同样的洋铁皮房子，是驻在所。驻在所的周围，黑糊糊（黑乎乎）的一片，尽都是农家。[①]

瓦房、洋铁皮代表的是地主家及统治机构，草屋、土墙则是农家的居住之所，贫富阶级的界线壁垒分明。郑德浩从农民们那剥削来的农作物堆满了生铁皮仓库，他仍不满足，对欠他债的农户步步紧逼。替地主郑德浩去大堤沟收债的善妃爸深一脚浅一脚地冒着大雪走了一天一夜才来到那户农家，可是映入眼帘的是一幅凄惨的画面：一间"黑糊糊（黑乎乎）的屋子"，"门上有个拳头大的洞，用破布塞着"。"乌黑的破棉絮"抵挡不了严寒的侵袭，孩子们连用干菜叶子煮的烂米粥也吃不上，饿得哇哇直叫。这让金民洙目不忍睹，于是他背着地主给了那家1块钱，由此遭来横祸。孤儿寡母的阿大妈为了养活儿子，靠出卖肉体为生，每天在周围人的侮辱和嘲笑中委曲求全地苟延残喘。阿大家的土地被郑德浩抽走后，家里彻底断了顿，几顿饭未吃的阿大饿得有气无力，眼冒金星，被迫去偷米。在大同纺织厂寄宿并做工的难儿、善妃等女工，干着繁重的活儿，却吃着没有一点筋道、散发着一股汽油味的安南米，就着腥气扑鼻、难以下咽的腌制咸虾。机器仿佛是永远不会停止转动的怪物，女工们那被水泡白、泡肿了的手指头随着飞旋着的绕轴上下舞动，所谓的机器文明正吞噬着女工们鲜活的生命，难道这不是20世纪30年代朝鲜苦难民众悲惨生活的缩影吗？

再次，小说还展现了性别压迫的现实，描写了女性意识的觉醒，而姜敬爱对女性意识的表达实质是从属于阶级意识和民族意识的。作为龙渊村有钱有势的地主，郑德浩对贫穷、弱势的女性实施性别剥削和压迫。为了生儿子

[①] 姜敬爱：《人间问题》，第1页。

第四章　女性文学作品论

传宗接代,他喜新厌旧,不断地纳妾:信川女人、难儿。善妃妈刚刚病逝,他又将魔爪伸向孤苦无依的善妃,假借替善妃安葬母亲,实则把善妃诱骗进家门,这样既免费使用了女佣,又满足了自己的兽欲。软弱的善妃不知自己所遭受的性别压迫,还期盼着能为郑德浩老爷怀孕生子。直到因为生不出儿子而遭到郑德浩的厌恶被赶出地主家门,她才被迫断了这个念头。而大同纺织厂的一些女工为了讨好监工,多拿奖金,夜里跑到监工房间与之私会。因为善妃长得漂亮,监工开始眼不离她,在她身边转来转去,还对她动手动脚。如果没有先她觉醒的难儿的思想启迪,善妃恐怕也难逃像龙女等女工被侮辱被践踏的命运。此时已形成女性意识的善妃时刻提防着监工:

　　监工把自己调到这个房间里来住,准是不怀好心,也妄想像对待龙女那样对待她。但是,自己不是龙女,也不是从前的善妃!监工要是胆敢闯进来侮辱她,就跟他斗,把他的丑行当众揭露出来![1]

这段心理描写充分表明善妃性别意识的觉醒,她再也不是在龙渊村被郑德浩任意蹂躏的那个懦弱胆小的善妃了。

然而,善妃的这种性别意识最终被阶级意识和民族意识所遮蔽。在难儿身份暴露被迫离开工厂后,善妃毅然接过她的工作,在宿舍内秘密散发外面递送进来的传单。此时的善妃弄懂了这样的道理:"世界上还有许许多多德浩这样的坏人,要反抗他们,就必须团结起来。"一想到要与阿大汇合在一起同郑德浩之类的坏蛋进行斗争,她身上顿时增添了力量。这样,姜敬爱就把以善妃为代表的朝鲜下层女性所受到的性压迫转化为下层阶级所遭受的普遍苦难来认识,通过"女性问题"来揭示"人间问题",再进一步通过阶级解放来探索女性解放之路。这既说明当时社会的主流意识是阶级意识和阶级斗争,而不是性别意识,也是作家"仍然以家长制世界观认识现实的结果"。

---

[1] 姜敬爱:《人间问题》,第222页。

这就是说，受过进步思想启蒙的知识女性姜敬爱尽管力图冲破封建宗法制传统思想的藩篱，在行为上表现出不喜欢做家务、与已婚男性恋爱等离经叛道之举，但是骨子里仍推崇温柔善良、勤劳隐忍、任劳任怨、真善美完美统一的女性和母性，这在其笔下的珊瑚珠、玉、善妃、奉艳妈等女性形象身上可以体现出来。这样，姜敬爱因为看不到家务劳动所具有的性别压迫的性质，就限制了其女性意识的进一步拓展与深化，从而陷入"菲勒斯中心"秩序中。从这个意义上说，《人间问题》所表现的性别意识是分裂的、矛盾的、复杂的。[1]

最后，小说提出只有工人阶级才能担当起解决人类根本问题的重任，强调了工人阶级紧密团结同资本家斗争的重要性，这主要通过阿大等形象表现出来。小说的题目"人间问题"昭示出作家借助作品所要表达的中心思想。姜敬爱曾在1934年7月《东亚日报》连载《人间问题》的预告中发表"作者的话"：

> 人类社会总是经常不断地出现新的问题，人类正是在解决这些问题的奋斗中向前发展的。所谓人间问题，大致可分为根本性问题和枝节问题两种。在这部作品中，我想努力把握住时代的根本性问题，指出解决这种问题的要素、什么人具备这样的力量以及他们的前途。[2]

这段话成为小说发表时的卷首语，它通过对各阶层各种人物的生活与命运的描写，说明这个时代的人间的根本问题是与剥削阶级和被剥削阶级不可调和的矛盾与对立有关的问题，是与被剥削被压迫的劳动人民大众的贫穷与无权、不幸和痛苦有关的问题，这是几千年来都未能解决的问题。而如今能够具备这种力量解决这种问题的人是谁呢？是小资产阶级知识分子信哲吗？

---

[1] 许英仁：《姜敬爱文学的女性性》，转引自姜敬爱《时代与文学》，兰登书屋，2006，第100页。

[2] 姜敬爱：《人间问题》，卷首语《作者的话》。

第四章 女性文学作品论

不是。信哲虽然较早接受了社会主义思想，并用这种思想启迪难儿和阿大的觉悟，也力图摆脱家庭的束缚自食其力，但是其所属阶级固有的软弱性、妥协性使他面临艰苦劳动和严刑拷打时选择了退缩，最终转向。这令在其思想启发下逐渐走上斗争道路的阿大认识到：

是呀！信哲有那样的后路，所以他转向了！自己呢？是一点后路也没有的人，过去没有，现在也没有！①

小说还表现了有组织斗争的必要性和重要性。阿大在龙渊村虽然带头反抗地主郑德浩私自抬高地租变相掠夺农民辛苦打下的粮食，可那是自发性的反抗，不仅以失败告终，就连农民也不理解他。他们粗鲁地埋怨阿大："昨天都是因为你，我们被打得死去活来！"阿大不在乎挨郑德浩的骂，"可是大家的埋怨使他感到委屈，难过得想哭，感到像独自一人走在夜路上那样孤独"。阿大的孤独感和不被理解表明自发反抗的局限与无力。在仁川码头的劳动过程中，开始阿大还为了抢货物多挣点钱与其他苦力厮打，后来在信哲的教育和启发下，他逐渐认识到了团结的重要性。为了响应碾米厂女工的罢工斗争，码头工人在黎明时分举行了大罢工，要求厂主答应他们所提出的条件，如果不答应就绝不复工。小说生动地描写了聚集在码头上参加罢工斗争的数百名工人的坚定神色和冲天的气势：

太阳升起来了，满天红光。工人们抬头望着太阳，深深感到了团结起来的力量的伟大！今天，太阳也仿佛想看看他们团结的气势，喷喷薄薄，向高空升起。工人们顿时感到心胸开阔，仿佛能把阳光下的闪闪发光的大海都拥抱在怀里。他们眼睛里看到的一切，好像都变得新鲜起来，都在纷纷向他们致意。

---

① 姜敬爱：《人间问题》，第253页。

他们，这些默默无闻、无权无势的人，似乎顷刻之间竟有了能够支配整个宇宙的力量！一向横行霸道的银丝眼镜和那些船员，甚至汽船上的起重机，在他们的面前都失去了活动能力，动弹不得。[①]

阿大是小说中塑造得极为成功的、阶级意识觉醒了的并勇于斗争的工人阶级的典型形象，其性格和精神的发展与成长有一个过程，从小失去父亲，靠母亲在家"接客"和老李头讨饭供养长大。身处这种屈辱、受人耻笑的环境，阿大非常不满母亲的行为，也恨透了那些欺辱母亲的男人，又无力改变这种现实，于是喝酒、打人，成了村里有名的坏小子。龙渊村村民都不把阿大母子当人看待。他爱着善妃，幻想着"把地种好，把卖余粮的钱积攒起来，盖房子，买地，把善妃娶过来，生儿育女，过上快乐的日子"。他听说善妃母亲病重，很焦急，就连夜去山上挖苦楝根送过来，结果被善妃看作是不怀好意扔到了房角里。秋天，稻谷成熟之际，在狗屎蛋家刚打完场，郑德浩就带人以还债等为借口，将农民们辛苦打下的粮食全部抢走。义愤填膺的阿大带领同伴们将装到牛车上的稻子又卸了下来，为此他们被巡察以触犯法律的名义抓进驻在所，连仅有的租地也被抽走了。阿大想不明白，自己并没做错什么，可是巡察部长为什么说自己触犯了法律呢？他开始直面"法"的问题，思考"法"是什么：

"法律……也许还有杀头的法律吧？"长期以来他模模糊糊地知道法律是神圣不可侵犯的，现在也这样认为，可是仔细想想昨天的事儿，就犯起糊涂来，脑子像团乱麻，说不出那法律究竟是个什么东西。[②]

阿大对"法"的苦闷是其精神成长的必然阶段，虽然此时的他还不具备

[①] 姜敬爱：《人间问题》，第229页。
[②] 同上书，第102页。

阶级意识，但是已经能够从朴素的农民立场出发质疑殖民地法律的公正性。

> 哼，说我砸了牛车，犯了法……法，法……想到这里，阿大一下子明白过来：德浩当了面长，自己这样的人是没有活路的！从今天起他没有田种了，还造肥干什么？那法律……。他痛苦地发现，尽管自己不想去碰那个神圣不可侵犯的法律，但法律却来找他，把他紧紧地攫住不放。[①]

至此，他明白了所谓的"法"是为了郑德浩之流的买办特权阶层而存在的，是用来压制民众的法律。阿大对殖民地法律的质疑与否定，为其后来投身仁川码头劳动现场，并成为具有阶级意识的成熟工人提供了很好的铺垫，是自然的叙事。

在仁川码头的劳动和斗争是阿大精神成长的第二阶段，也是其阶级意识由自发阶段走向有组织斗争的关键阶段。在此，他结识了知识分子信哲，接触到进步的劳动者铁洙、难儿等，其阶级意识逐渐成长起来。他认识到，人应当清楚自己所属的阶级，只有为推动人类社会的发展而斗争的人，才是真正的人。他就要做这样的人，以致信哲从他的表情中看出来，"一种不可动摇的信念，已经在阿大的身上扎根了"。此后，他便全身心投入到有组织的斗争中，按照上级指示，冒着生命危险给大同纺织厂的难儿传送文件和传单，又成为组织仁川码头工人罢工斗争的核心人物。在斗争的锻炼中，阿大思想更加成熟，意志更加坚定，期盼着一次又一次的行动。听到曾启迪自己的觉悟并无比信赖的信哲转向的消息，他最终明白信哲与自己不是一路人，信哲有后路可走，而自己除了斗争没有别的出路。面对善妃冰冷的尸体，想起这个深爱着的，曾经想娶她做妻子，生儿育女，共同创造美好生活的女人，阿大终于认清了现实，这就是人间之所以发生如此惨祸的问题，这个人间问题，已经到了非解决不可的时候了！

[①] 姜敬爱：《人间问题》，第105页。

同阿大形象一样，善妃也是精神成长型形象，因此这部小说可视作成长小说的类型。成长小说，又称教育小说，是以描写主人公思想和性格的发展为主题的小说。它通过细致描写主人公青少年时代的生活历程，展示其内心生活和精神危机，叙述其成长的方式和原因，以普通人物的成长过程表现具有普遍意义的人生之路。[①]德国作家歌德的"威廉·迈斯特"系列小说、俄国作家陀思妥耶夫斯基的《少年》和美国作家杰罗姆·大卫·塞林格的《麦田里的守望者》都属于成长小说。然而，与成功的阿大形象塑造相比，对善妃精神成长的刻画则略显逊色，特别是她从龙渊村到仁川大同纺织厂两个活动空间的位移显得被动而突兀，直接影响了其性格的塑造和形象的饱满性，这也是今天的评论者诟病之处。客观地说，作家对善妃在龙渊村生活和活动的描写是比较真实的，这也是其最为熟悉的底层女性不幸生活与命运的题材领域。善妃从小就生得模样清秀，父亲被郑德浩害死后，她与母亲相依为命。为了达到霸占善妃的目的，郑德浩假意为善妃妈治病，硬塞给善妃5元钱。母女俩不知道郑德浩就是杀死她们亲人的仇人，反倒被郑德浩的虚情假意所蒙蔽，误解了真心为她们着想的阿大。当善妃妈死去，郑德浩帮助善妃处理完母亲的后事后，就顺理成章地将善妃诱骗到家中，成为其不花分文蓄养在家里的妾。善妃在他家洗衣、做饭、缝纫、擦廊台、喂鸡、种菜……什么都做，成为地主家里被使唤来使唤去的美丽的女奴。善妃非常单纯，任劳任怨，而且不善言谈，容易轻信。这既是其性格的弱点，也说明阶级压迫之深，已经使底层民众等弱势群体变得愚昧、麻木。在郑德浩眼里，她就是物，是能够为他传宗接代的生产工具。而善妃在郑德浩家里基本处于失语状态，如郑德浩用上学为诱饵设置陷阱诱骗她时，她的反应是"低下头去""沉默不语""被深深地感动了，脸一直红到了耳根""坐也不好，走也不好，站在那里发愣"。乃至遭到郑德浩的性蹂躏，善妃也只是"手足无措，吓得全身发抖"，

[①] 曾思艺：《独具特色的成长小说——试论陀思妥耶夫斯基的〈少年〉》，《俄罗斯文艺》2011年第3期。

下意识地自言自语和嘤嘤啜泣地哀求:"爸爸,爸爸,我错了,我错了!"面对阶级压迫和性别压迫,善妃完全无所适从,连本能的反抗也丧失了。这种懦弱的性格在她被玉簪母女俩辱骂和毒打时再一次表现出来。玉簪母女俩一直嫉恨善妃,不仅嫉妒她的美丽,还主观地认为善妃"抢"了她们心爱的男人。最终,这种矛盾冲突因为善妃失神把米瓢掉在地上"砸碎了一个瓦盆,米和水流了一地,瓢也破了"而爆发。小说描写道:

> 接着,响起了脚步声。
>
> "臭丫头!你要造反啦!"玉簪妈披头散发地从廊台上跑下来,一把揪住善妃的头发吼道:"你不想在我们家,就滚出去,不许糟蹋我家的东西!该死的,马上给我滚!"
>
> 玉簪妈正愁捉不住善妃的错处,这下可是个机会,揪住她的辫子,狠命地乱扯。善妃憋得满脸通红,一点也不想反抗,默不作声地任她打骂。
>
> ....
>
> ……玉簪妈把嘤嘤啜泣得像绵羊一样毫无反抗的善妃任意折磨,打得她满地乱滚。开始,善妃还觉得疼痛,难过,后来神志渐渐有点模糊,什么感觉也没有了。如果被一顿打死,倒可以免除羞辱和痛苦,再不然,能离开这可怕的家庭也好……想到这点,善妃觉得心里的痛苦减轻了许多。
>
> ....
>
> 玉簪一直不忘情于信哲,可是又狠恨他,对他起过种种疑心。玉簪终于按捺不住,冲过去朝善妃流着血的脸上狠狠打了一巴掌。[1]

遭受玉簪母女俩的毒打和侮辱后,善妃还幻想着郑德浩能理解她,为她主持公道。殊不知因为自己的肚子迟迟不见动静,郑德浩早已对她生厌,当

---

[1] 姜敬爱:《人间问题》,第162~164页。

然也就认为她没有存在的必要了。善妃看到"连她曾经相信的德浩也红口白舌地当面说谎，显然是存心抛弃她，想把她赶走"。善妃彻底失望，于是当天晚上挟着一个包袱离开了郑德浩的家。

善妃来到仁川找到了难儿，与难儿一起进入大同纺织厂做了女工。与难儿的接触、做女工时的体验与感受使其产生了阶级意识，认识到阶级压迫的无处不在。难儿告诉她，"世界上还有许许多多德浩这样的坏人，要反抗他们，就必须团结起来"。[①]她逐渐觉醒，真正明白了父亲一定是郑德浩害死的，决定再也不做从前（龙渊村时）那个美丽而温顺的女性了。此时的善妃仍旧腼腆脸红、话语不多、默默做事，但是柔里含刚，意志坚强。在帮助难儿离开工厂后，她自觉地肩负起向女工秘密散发传单的任务，巧妙地与监工周旋，坚持斗争。这充分表明善妃的阶级觉醒和精神成长，可是正当她继续斗争的时候，肺病夺去了她的生命。作家对女主人公善妃这一悲剧结局的处置，表面上看截断了其进一步的精神成长，显得突然，实际上正烘托了主题，揭示了殖民统治阶级对殖民地劳动人民的残酷压榨与剥削。

我们说，《人间问题》主要揭露阶级矛盾，但是民族矛盾和性别矛盾是与阶级矛盾纠结在一起的。郑德浩是与日帝狼狈为奸的买办地主，这使他的权力远远高于其他地主，凭借这一权力他压迫农民，赶走阿大、丰宪老头、善妃和难儿等人。仁川大同纺织厂是日本会社在殖民地朝鲜投入资本建立的企业，其生活原型是1934年仁川东洋纺织厂。[②]其生产运作和管理方式完全是日本式的，包括安排女工参拜神社等，因此工厂工人反抗监工和资本家的斗争就不单单是阶级斗争，而是具有反抗殖民主义侵略的民族解放运动的性质了。[③]

信哲（西服青年）也是《人间问题》中不可或缺的人物之一，对阿大和

[①] 姜敬爱：《人间问题》，第221页。

[②] 申泰法：《仁川世纪》，兴盛社，1983，第211~214页。

[③] 河定一：《姜敬爱文学的脱殖民性与普罗文学》，兰登书屋，2006，第24页。

善妃的形象起到影响和衬托的作用。他是具有社会主义倾向最后转向的小资产阶级知识分子的典型形象。信哲从小生活在衣食无忧的家庭环境里,父亲是教师,因此得以接受系统的学校教育。作为民族危难时期有良心的社会分子,信哲有知识、有理想,同情人民群众的疾苦,追求真理,积极参加革命活动,并亲自深入工人中间,发动阿大等贫苦工人与厂主进行斗争,充分显示了知识分子在革命进程中的指导和教育作用,这是其思想进步的一面。然而,若考察朝鲜知识分子的特点,就不能脱离殖民地的现实。在日帝侵略与统治下接受教育的知识分子大多具有两重性:一方面,他们想通过反抗与斗争的方式传播知识,实现自己的理想和抱负;另一方面,又贪图享受与安逸的生活,因而吃不了苦,经受不住严刑拷打的考验。其主观意念与实际行动在关乎生与死的抉择面前常常发生激烈的冲突,促使他们放弃所追求的理想和目标,这是由其性格的两面性和在政治斗争中的摇摆性决定的。这在中国、朝鲜、日本和苏联同一时期描写知识分子题材的作品中都能看到的特点。

  如果以1934年为界来透视姜敬爱的小说创作,那么可以看到,在1934年以前的早期创作中,作家能够以革命观点表现知识分子的斗争意志,对这一新生力量充满信心,满怀希望。可是从1934年以后的后期创作中,她就着力表现知识分子革命性的衰退与消失,批判其转向和变节。从信哲对待爱情和革命事业的态度上,知识分子的矛盾性和妥协性暴露无遗。在爱情上,他摇摆不定:一方面,他接受地主之女玉簪的邀请,吃住在郑德浩家长达两个月;另一方面,他讨厌玉簪的傲气和庸俗。

  这个女人太傲气,尤其是她的眼神,叫人很不喜欢,流露着从美国电影明星的眼睛里通常可以看见的那种低级庸俗的酸劲儿。她独特的表情,能一下子迷住那些过路的俗男人,可是却只能使他感到厌恶。[①]

[①] 姜敬爱:《人间问题》,第82页。

小说多次描写信哲复杂的心理活动。他不爱玉簪，除上述因素外，还因为他对善妃怀着单相思。然而，他却一点也不了解善妃，只喜欢看她那总是低垂的、仿佛罩上迷雾一般的眼睛和秀丽的面庞。信哲虽然在玉簪家住了两个月，可是善妃没有与他说过一句话，可越是这样，他就越对善妃产生好感。他爱善妃，喜欢她的美丽和朴实，觉得她洗的衣服是那么干净、雪白，然而偶然目睹到善妃那骨节粗大的粗糙的手又令他深感失望，他厌恶劳动的手。

在信仰上，他追求社会主义思想，力图与劳动人民打成一片。为了抗婚，他毅然与家庭决裂，跑到汉城市街上，来到三越百货商店，却因自己寒酸的服装、不入时的呢帽、破旧的皮鞋而羞于见人。他挨过饿，鄙视日甫和基浩那样整天无所事事、好吃懒做的知识分子。他想通过劳动自食其力，可是又胜任不了艰苦的体力劳动，没干两天就自动放弃了。当他在码头上累得腰酸腿疼，一回家便瘫倒在炕上时，他想到的不是善妃，而是玉簪。小说这样描写其爱情发生变化时的心理：

> 玉簪，玉簪……不知怎的，信哲忽然想起了玉簪的那双手和眼睛。自从见了善妃，不管在到了哪里都没有忘记过她，特别前天早晨在汉城（首尔）大街上见了她以后，理应很自然地更加思念她，可是现在却只对她充满着朦朦胧胧的疑问，过去对她的那种好奇心也不知什么时候消失了，此刻所想的竟是玉簪的那双明亮、灵活的眼睛和嫩白的双手！她整个面孔，也都浮现在眼前了。
>
> 玉簪，她结婚了吗？她是那样忘不了我……我对她实在太绝情了！想到这里，他的眼睛里莫名其妙地汪满了泪水。……[1]

这其实是信哲潜意识心理的自然流露，可是自尊心却使他暗骂自己卑鄙。这种矛盾心理和双重性格为其被捕后的转向埋下了伏笔。入狱后，他忍受不

---

[1] 姜敬爱：《人间问题》，第181~182页。

了严刑拷打,特别是来探监的父亲那憔悴的面容和哀求的目光,即将沦落为挨饿并沿街乞讨的家境和平时自己最藐视的同学朴炳植的辉煌发达,这些都深深刺痛了他的神经,他的信念动摇了,最终向当局妥协、转向了,随后被免予起诉并出狱。小说最后,铁洙告诉阿大说:"他一出狱就在M局就职了,还娶了个有钱的女人……"可想而知,他娶的是玉簪,过起了舒适安逸的资产阶级生活。

无疑,《人间问题》在深刻而广泛地反映现实、塑造鲜明生动的艺术形象等方面都是比较成功的。此外,姜敬爱还采用了隐喻的手法,这就是小说开头引入的"怨沼"的传说。

> 在很早以前,在怨沼还没出现的时候,这里住着一个长者佥知,他有数不尽的奴仆、田地和肥壮的牲畜。他非常吝啬,宁肯让吃不完的粮食烂在仓库里,也不肯接济一下邻近的穷人;来了讨饭的,就关紧大门,一口饭也不舍施。后来发生了灾荒,人们都快饿死了,一天几次地跑去求他,他不但不接济,还恶言恶语地骂人,不许走进他的家门。穷人们走投无路,暗中拉帮结伙,半夜里袭击了他的家,抢走了粮食和成群的牲畜。事情发生几天以后,长者佥知向衙门里递了一张状纸,把这一带的农民全抓了去,有的遭到严刑拷打,有的被杀了头,其余的都被流放到远方去了。
>
> 失去父母的孩子,死了儿女的老人,都齐聚到佥知家的院子里,哭爹叫娘,呼儿唤女,嗓子哭破了也不肯离开。
>
> 他们哭了又哭眼泪越聚越多,一夜之间淹没了佥知家的高房大屋,把这个地方变成了一个大水池,就是眼前这个叫做(作)怨沼的绿水池塘。①

从空间方位看,怨沼是坐落于龙渊村旁的一片绿水池塘,"不论是过去

---

① 姜敬爱:《人间问题》,第1~2页。

还是现在,怨沼的水总是湛蓝湛蓝的,蓝得仿佛一照见白衣服立刻就能把它也染蓝了似的"。从存在价值看,怨沼是龙渊村村民们的生命线,是他们唯一值得骄傲的。因为它孕育了村庄,灌溉了农田,满足了人畜饮水的需要。从精神价值看,怨沼成为村民们解闷消灾除病的心灵慰藉。村民们相信,不管遇到什么灾难,或者是什么难言之隐,抑或是患了什么不治之症,怨沼都能够医治,而且很灵验。所以每当有新搬来的人,或者是孩子会讲话时,村民们就给他们讲这怨沼的传说。可见,怨沼传说的设置绝不是多余之笔,而是展示地主与农民之间深刻的阶级矛盾的象征性图示,是小说基本情节的隐喻,它对作者表达底层民众反抗阶级压迫的主题起到牵引和诠释的作用。基于此,怨沼传说具有如下几层隐喻的含义:一是苦难与眼泪。充满苦难的怨沼仿佛绵绵流淌着乡民的泪水,既抚慰了郁结在乡民心中的苦闷与悲愁,又化作溺死残暴统治者的洪流。二是生命与希望。无论多少悲伤都扼杀不了乡民顽强的生命力,无论如何压迫也摧毁不了乡民的反抗意志。作者将怨沼传说设置在小说的开头,并且用了较长篇幅来叙述这一传说,就是为后来以男女主人公为代表的底层群众的觉醒与反抗作铺垫和蓄势。因此,怨沼传说是赋予作品中人物行为的决定性力量,由此揭示出小说反映地主(压迫)与农民(反抗)对立与矛盾的主题。

思考与练习:

1.姜敬爱的生活经历对其创作有何影响?

2.举例说明姜敬爱小说创作的题材分类有哪些?

3.举例说明姜敬爱创作中的常见意象有哪些?("松树""梦金浦""佛陀山""海兰江"等)

4.结合作品分析《人间问题》的主题内容。

5.结合作品分析阿大、善妃和信哲的形象。

6."怨沼"传说的隐喻特征是什么?

第五节　夏洛蒂·勃朗特及其创作

英国女性文学开始于18世纪，繁荣于19世纪，走过了一条模仿——反抗——成熟的道路。18世纪，英国女性还没有摆脱妻子兼母亲的传统家庭角色，经济上和精神上都依赖男性。少数受过教育的女性开始尝试着创作，但这种创作多半是模仿，模仿传统文学，没有形成鲜明的女性自我意识，因而被评论界称为"模仿文学"。受社会传统偏见的影响，女作家一般以男性化的笔名从事写作，在作品形式和语言风格上也尽量模仿男性文学。作品的女主人公也基本上是符合社会理想要求的"淑女"形象，即"家庭的天使"，如当时的畅销书塞缪尔·理查逊的《帕美拉》中的帕美拉就是这样的典型人物。可惜，因为当时女作家并没有在作品上留下自己的名字，因而那一时期的女作家及其作品也就无从查考，但她们的文学功绩是不可抹杀的。正像伊恩·瓦特在《小说的兴起》中所说的："绝大多数18世纪的小说，都是出自女性之手。"[1]

19世纪，英国女作家仍面临着来自性别、社会伦理道德和文化等各方面的矛盾和冲突。英国消极浪漫主义诗人罗伯特·骚塞公开认为文学不是夏洛蒂·勃朗特等妇女生活的职业，她们应该去履行自己的义务。他说："对于创作，一个妇女是无暇顾及它的，即使她是一个有造诣的，或是一个发明家。"[2]

尽管如此，19世纪英国文坛最灿烂的星群是女性作家的创作，她们作品的女主人公不再是淑女，即"家庭的天使"，而是充满自省精神的女性，不断地叩问着："为什么我是一个女人？"她们不再把创作当作茶余饭后的消遣，而是带着一种使命感，写着"她们自己的文学"，着重表现女性的被异

---

[1] 李小江：《英国女性文学的觉醒》，第2期。
[2] 刘晓文：《建立女性的"神话"——论维多利亚时代的女性文学》，《外国文学评论》1989年第1期。

化,呼吁女性解放,以配合风起云涌的女权运动。这样,英国女性文学最终摆脱了"模仿文学"的尴尬局面,女性意识真正复苏。这段时期英国具有代表性的女作家有简•奥斯汀、苏珊•弗里娅、玛丽娅•爱德华、玛丽•雪莱、哈丽特•玛蒂诺、黛娜•米勒克、勃朗特三姐妹、盖斯凯尔夫人、夏洛蒂•杨格、亨利•伍德夫人、乔治•艾略特和玛格丽特•奥丽芬特等。其中,简•奥斯汀、盖斯凯尔夫人、勃朗特三姐妹和乔治•艾略特都是享有世界盛誉的作家。勃朗特三姐妹被评论家称作"勃朗特峭壁","是一个家庭中演出的一曲奇异的三重奏",代表了19世纪英国文学和英国女性文学的最高成就;盖斯凯尔夫人被马克思称为"现代英国的一批杰出的小说家"之一;乔治•艾略特因为充分展示了19世纪英国社会的精神风貌,而被英国著名评论家李维士列入英国文学"伟大传统四大家"之中。英国文学在短短的时间内就诞生了这么多伟大的女作家,不能不说是个奇迹。

一、夏洛蒂•勃朗特的生平与创作

夏洛蒂•勃朗特(1816—1855)是英国著名的小说家,也是19世纪灿若星辰的女性作家群中最耀眼的明星。她出生于英国北部约克郡豪渥斯贫苦的乡村牧师家庭,父亲是当地圣公会的牧师,毕业于剑桥圣约翰学院。母亲是家庭主妇,在夏洛蒂5岁时患病去世。夏洛蒂姐妹众多,穷苦的父亲虽然满足不了孩子们更多的物质需求,却在精神上给予他们很多给养。他给女儿们讲故事,教她们读书看报,培养了她们对文学的浓厚兴趣。夏洛蒂和两个姐姐上过教规严厉、生活条件恶劣的寄宿学校,两个姐姐不幸染上伤寒病死了。父亲把她和弟弟接回家,夏洛蒂又享受到家庭的温暖。她和弟弟妹妹们弹琴、画画和唱歌,同时开始练习写作。15岁时,夏洛蒂进入伍勒小姐在罗海德开办的学校读书,毕业后在该校当教师,继续写作。1836年,她把自己创作的几首诗寄给当时英国文坛的桂冠诗人骚塞,结果遭到诗人的训斥:"文学——不是妇女的事业,也不应该是妇女的事业。"可见,当时妇女地位的低下,甚至连创作的权利都没有,更别提发表作品了。贫寒的生活造就了夏洛蒂坚强的个性,她并未放弃写作。1839年,她去有钱人家做家庭教师,饱受辛苦与人格歧视。她在写给妹妹艾米莉·夏洛蒂的信中说:"私人教师……是没有存在意义的,根本不被当做活的、有理性的人看待。"做家庭教师的时间虽然很短暂,但是却使她认识到了女性在社会中不平等的地位。

后来,夏洛蒂和妹妹们得到姨母的资助,去布鲁塞尔一所学校学习法语和法国文学,此行打下了深厚的文学基础。回来后,她们意欲创办学校,结果失败了。此后,她们把全部精力和热情都投入创作中。可是,当时女人写作是不被承认的,作品很难发表,于是她们分别化名"柯勒·贝尔""埃利斯·贝尔"和"阿克顿·贝尔",自费出版了一部诗集,但是只卖出了2本。尽管如此,她们矢志不渝,继续写作,把个人的婚姻问题抛到一边。

1847年,夏洛蒂·勃朗特和两个妹妹艾米莉·勃朗特、安妮·勃朗特分别创作并发表了《简·爱》《呼啸山庄》和《艾格尼斯·格雷》,轰动一时,被誉为"勃朗特三姐妹"。"勃朗特三姐妹"又被评论家称作"勃朗特峭壁","是一个家庭中演出的一曲奇异的三重奏",代表了19世纪英国文学和英国女性文学的最高成就。然而,也许是生活过于清寒,也许是时代环境的逼迫,弟弟妹妹们不久就因病先后离开了人世。这对夏洛蒂的打击很大,1849年,夏洛蒂·勃朗特完成小说《谢利》后,就去了伦敦。在伦敦,她结识了英国著名小说家威廉·梅克比斯·萨克雷和盖斯凯尔夫人,并与后者结为挚友。

1853年,夏洛蒂创作了《维莱特》。1854年,夏洛蒂与阿贝尼科尔斯牧师结婚,婚后的生活充满温馨和快乐。可是,这一幸福竟是那么短暂。半年后,怀孕的夏洛蒂与丈夫一起到离家数英里的荒原深处观赏山涧瀑布,归途中遇雨受寒,此后便一病不起。1855年3月31日,夏洛蒂不幸去世,年仅39岁。

二、《简·爱》

《简·爱》是夏洛蒂·勃朗特的成名作和代表作,具有自传性。它采用第一人称,依照时间顺序,透过家庭女教师简·爱的眼睛和感受写成。前4章描写简·爱的幼年和在舅妈家的生活。简·爱出身贫寒,是个孤女,寄养在舅妈里德太太家。在这里,她被当作女仆一样对待,动辄被打骂,表哥也常常欺侮她。她稍有过失和不从,就会被舅妈关进可怕的红屋子。可以说,她的童年生活是伴随着眼泪度过的。简·爱个性倔强,不甘屈辱的命运,小小年纪就表现出桀骜不驯的性格。她对里德太太说:"你以为我没有一点爱,没有一点仁慈也能行,可是我不能过这样的日子。"于是,她毅然离开了舅妈家,去了劳渥德寄宿学校。

第5—10章叙述简·爱在劳渥德寄宿学校的生活。这里物质条件极其恶劣,仿佛人间地狱。简·爱在这里照样挨打受骂,忍饥挨饿。但苦难的生活并没有泯灭简·爱对友谊的渴望,她对善良的海伦说:"为了博得你或者谭波儿小姐,或者任何一个我真正爱的人的真正的爱,我会心甘情愿地让我的胳臂被折断,或者让一只牛用角把我挑起来,或者站在尥蹶子的马后面,让马蹄子踢着我的胸膛……"可见,为了纯真的友谊,她宁可失掉宝贵的生命。她的纯洁最终赢得了谭波儿小姐和海伦的友爱,谭波儿小姐尽自己的力量关爱并保护她,海伦也在她受苦时给予她力量。例如,简·爱被布洛克尔赫斯特诬陷遭受惩罚时,海伦给予她精神安慰。在海伦对苦难的默默忍受里,简·爱油然生出一种殉道者般的神圣感。但是,简·爱比海伦更具有反抗意识,她说:"要是大伙儿对残暴的人都一味和气,一味顺从,那坏人可要由着性儿胡作非为了;他们就永远不会有什么顾忌,他们也就永远不会改好,反而会变得越来越坏。""当人们无缘无故挨打的时候,我们应该狠狠地回击……教训教训打我们的那个人,叫他永远不敢再这样打人。"海伦最后被折磨致死,谭波儿小姐的友谊陪伴她度过在劳渥德寄宿学校的余下时光。毕业后,简·爱来到桑菲尔德庄园任教,开始了新的生活。

第11—28章叙述简·爱在桑菲尔德的生活与爱情。简·爱应聘到桑菲尔德做家庭教师,并见到了庄园主人罗切斯特。通过桑菲尔德和罗切斯特,她接触到社会,开始以人的身份正式登上社会人生这一大舞台。罗切斯特有钱有地位,结交的都是社会名流,也有很多女性追求者。可是,出身低微、举目无亲的简·爱在他面前表现得不卑不亢,落落大方,从不谄媚,决不奉承。这种独立的个性引发罗切斯特的好奇和喜爱,他开始追求简·爱。在与罗切斯特的交往中,简·爱不断抗拒他口述的痛苦经历所唤起的同情心和正义感,力求与罗切斯特做到人格上的平等。她这样说:"因为我穷,我微贱、难看、矮小,我就没有灵魂,没有心吗?你错了!我和你一样,有饱满的灵魂。和你一样,有丰富的情感。"她并且说:"我们站在上帝脚跟前,是平等的。"正是这种坦诚直率的性格和自尊、自重、自强不妥协的精神气质使简·爱的精神品格远远高于那些来桑菲尔德庄园做客的庸俗女性,从而博得了庄园主人罗切斯特对她的爱。两人在平等的条件下,感情迅速发展,相爱并结婚。不料,在教堂举行婚礼时却发生婚变,罗切斯特的妻子——那个被关在阁楼上的"疯女人"伯莎突然出现,破坏了婚礼的气氛。简·爱由此得知罗切斯特已有妻子的事实,她不想被欺骗,也不想夺人之美,于是愤然出走。她的出走是其性格使然,表明她有独立的意志。她不愿仰人鼻息地生活,她追求的是人格和精神上的平等。她认为,婚姻的基础是爱情,而真正的爱情不应该取决于任何外在条件的考虑,而只能建立在相互了解相互尊重的基础之上。她的出走不是逃避现实,而是对世俗观念的大胆挑战,也是更高层次上的选择,是在争取一个女性应有的社会地位。

第29—38章描写简·爱与圣约翰一家的交往。从桑菲尔德庄园出走后,简·爱在流浪中被圣约翰·里弗斯兄妹收留,并与戴安娜姐妹结下了深厚的友情。简·爱钦佩她们,自愿把自己继承到的遗产分给她们。这一举动在当时那个金钱统治一切的拜金社会里无疑是超凡脱俗的,足见简·爱精神品格的高尚。简·爱在这里也受到圣约翰一家完美精神境界的熏陶和感染,身负一种崇高的道德感。她在此获得学习和教书的机会,生活很平静,曾一度信仰宗教。圣约翰牧师爱上了简·爱,希望简·爱能嫁给他。经历了情感的巨变,简·爱变得平静而成熟。她深知,圣约翰生活纯洁,为人耿直,待人热情,虔诚宗教,但感觉他要寻找的那种"上帝的安宁"是虚无缥缈的,因此拒绝了他的求爱。正在这时,她隐隐感到罗切斯特的声音在桑菲尔德呼唤着她,于是毅然离开圣约翰,重新回到了罗切斯特的身边。此时的桑菲尔德已被伯莎的一把大火烧得面目全非,罗切斯特也成了一无所有的衰老的双目失明者。两人至此达到了精神和地位、财富上的真正的平等,简·爱毅然地与罗切斯特结了婚。

小说通过简·爱的个人反抗和个人奋斗的经历,揭露了英国资本主义慈善事业的伪善和贵族阶级的腐败,反映小资产阶级妇女要求独立、平等和自由的思想。简·爱是一个敢于反抗,勇于争取自由和平等地位的小资产阶级女性形象,出身低微,却个性倔强,有着强烈的女性意识,对爱情也有着独自的思考。她外貌虽然不美丽,但是心地高尚,聪明坚强,善于思考,在同贵族罗切斯特的恋爱上,她始终强调与之在精神和地位上的平等,以保持自己的人格和尊严,否则宁可颠沛流离地活着。简·爱的个人反抗对当时英国社会歧视女性的不平等现实无疑是重重的一击,在当时为那些仍然生活困苦、受侮辱、受压迫的女性指出了反抗和斗争的正确道路,也为后代女性作出了光辉的榜样。直到今天,这个形象仍然是世界文学史上最生动、影响最大的形象之一。

近年来,随着女性主义文学思潮的兴起,学界对过去一直被忽略的伯莎·梅森形象也进行了深入研究,为拓宽这部作品的研究方向作出了贡献。作为一位疯女人,伯莎是失语的。她常年被关在阁楼上,与世隔绝,只有在深夜里,才看到她在庄园里游荡,显得神秘而恐怖。对此,当代美国女性主义文学批评家桑德拉·吉尔伯特和苏珊·古芭在《阁楼上的疯女人——女性作家与19世纪文学想象》一书中指出,疯女人实际上是简·爱的另一半,代表着其最隐秘的内心世界,是简·爱心灵中隐蔽、愤怒和疯狂的一面。无论是简·爱还是伯莎，她们都是受男性压迫的姐妹。热恋中的简·爱没法把情人的罗切斯特和庄园主的罗切斯特剥离开来，疯女人的一把无情之火却做到了。"疯女人"的形象实际上是隐藏在作品中的一个密码，它贮存的信息是由多层次含义构成的。也许是人生中过分的自我压抑和对自我规范的约束，所以在创作中，夏洛特以女性叙事者身份虚构了疯女人形象，可以说它既是来自简·爱内心世界的呐喊，也是来自作者的呐喊。作者没有勇气在现实中冲破男权世界的女性观，于是试图通过虚构的"疯女人"打破"灰姑娘故事"模式，然而它只不过是文学中的神话。[①]另外，从疯女人伤害罗切斯特和自己弟弟却不伤害简·爱的细节描写中，也能证明她们是一个整体的两半。

伯莎的故事和形象是由对她实施禁闭的丈夫罗切斯特的口述完成的，从而把她描写成一个由遗传性的疾病、纵欲和凶残复合而成的"野兽"，只会发出"啊""啊"声，成为假、恶、丑的化身，毫无人性和良知，更谈不上女性了。实际上，这是一种错位，是对伯莎形象的抹杀，也是为完全服务于简·爱这一中心形象而塑造的。伯莎完全被剥夺了话语权和交际权，仿佛一位神出鬼没的幽灵，这就完全陷入了好坏分明、善恶对举的传统小说构造套子里。

罗切斯特对妻子伯莎采取关、瞒和骗的手段。伯莎的生活空间就是上着锁的阁楼，罗切斯特始终把自己有妻子的事实瞒着简·爱，当然也把对简·爱的追求瞒着伯莎。直到与简·爱在教堂的婚礼被伯莎打断后，罗切斯特才在第二天向她说出自己的婚姻史，而且在描述时，处处把自己打扮成受害者的身份，说自己是因为无法忍受伯莎的折磨和戕害，才把妻子关在阁楼上。实际上这恰恰是为自己对妻子的野蛮行为开脱。

在小说中，罗切斯特、伯莎和简·爱的关系构成了"丈夫——妻子——情妇"的三角关系。作为遭受感情挫折的纯洁少女，简·爱在这个三角关系中始终处于中心地位，而伯莎只是简·爱的陪衬，一个道具，三角关系的多

[①] 褚蓓娟：《简·爱·名家导读》，长江文艺出版社，2013，第5页。

余者和障碍物，如何克服这个多余者和障碍物就构成情节的悬念所在和引人入胜的关键。从这个意义上说，疯女人伯莎角色的加入很好地推动了情节的发展，深化了主题。尽管如此，读者仍能从罗切斯特不自觉的透露中窥见一个为3万英镑而被出卖的少女的影子。她在桑菲尔德庄园的5次出场（夜袭罗切斯特；夜袭兄弟梅森；夜里偷看简的结婚礼服并撕毁婚纱；罗切斯特与简·爱的婚礼上；火烧桑菲尔德庄园）绝不是为小说提供恐怖气氛，而是宣泄受害者和失语者的愤懑和报复。

象征手法的运用是小说突出的艺术特色。例如，"火"是小说中突出的意象，有"炉火""烛火"和"地狱之火"等，它们在不同时间和地点出现，具有不同的象征意义。"我看见面前有一片可怕的红光"，象征简·爱努力争取一个舒适的家庭生活；"巨大的炉火又红又明亮"，象征男女主人公爱之激情；简·爱来到谭波儿小姐的房间里看到的"房间里生着熊熊的火"，象征着两人之间的仁爱和友谊；描写简·爱"生气时像个火神"，象征她的叛逆；伯莎纵火焚烧桑菲尔德庄园，并喊叫着跳入大火中，象征她的反抗和解放。"火"的意象有力地突出了小说的主题，深化了人物形象的塑造。

思考与练习：

1.从"勃朗特三姐妹"的创作历程看19世纪英国女性的社会地位。

2.分析简·爱的形象及其典型意义。

3.如何认识伯莎的形象？

第六节 托妮·莫里森及其创作

托妮·莫里森（1931—2019）是 20 世纪中后期至 21 世纪初美国当代最重要的小说家之一，也是美国第一位获得诺贝尔文学奖（1993）的非裔女作家。她一生创作过 11 部小说，5 部儿童读物，2 部戏剧以及大量歌词等，主要作品有《最蓝的眼睛》（1970）、《秀拉》（1973）、《所罗门之歌》（1977，获全国图书评论奖）、《宠儿》（1987，获普利策奖）、《爵士乐》（1992）、《天堂》（1999）、《柏油孩子》（1981）、《家》（2013）等。她多次获得国家图书奖、国家图书评论奖、普利策奖和诺贝尔文学奖等多项文学大奖。2012 年，莫里森获得奥巴马亲自颁发的总统自由勋章。

一、托妮·莫里森的生平与创作

1931 年 2 月 18 日，莫里森出生于美国俄亥俄州富有"钢城"之称的洛雷恩，父亲在一家造船厂做焊接工，母亲照管家庭及四个孩子，有时去白人家帮佣。莫里森排行第二，从小受到美国南方黑人民族传统文化的熏陶与影响，最爱听祖母等长辈讲鬼故事以及非裔美国人带有神秘色彩的民间传说，这培养了她强烈的民族感情。中小学读书时期，她便开始阅读简·奥斯汀、理查德·赖特、马克·吐温等作家的作品。

1949 年，她以优异的成绩考入首都华盛顿一所历史悠久的黑人学校霍华德大学，攻读英语和古典文学，师从哈莱姆文艺复兴运动的代表人物艾伦·洛克。大学期间，她参加了学校的戏剧社团，曾利用暑期去南方巡回旅行的机会，目睹了美国南方种族隔离制度下的黑暗现实，增加了对社会的认识。

大学毕业后，她进入康奈尔大学英文专业攻读硕士学位，并撰写有关威廉·福克纳和弗吉尼亚·伍尔夫小说创作的学位论文。研究生毕业后，她先去了得克萨斯州南方大学任教，不久又回到霍华德大学任教，教授过后来成为美国黑人民权运动家的斯托克利·卡迈克尔（1941—1998）。1958年，她与同在大学任教的建筑师哈罗德·莫里森结婚，婚后育有两个孩子，但是他们于1964年离婚。

1966年，莫里森在纽约兰登书屋担任资深编辑，致力于黑人青年作家作品的出版工作，如拳王穆罕默德·阿里自传的出版。同时，她主编《黑人之书》，真实书写美国黑人的历史，被誉为美国黑人史的百科全书。与此同时，莫里森怀着要做"良心的预言家，真相的书写者"的宗旨开始了小说创作。1969年完成处女作《最蓝的眼睛》。1970年起，莫里森先后在纽约州立大学、耶鲁大学和巴尔德学院讲授美国黑人文学，同时为《纽约时报·书评·周报》撰写书评，反响较大。1987年起，她担任普林斯顿大学教授，讲授文学写作。

莫里森是一位学者型的长篇小说家，不仅深谙黑人民间传说、希腊神话和基督教《圣经》故事以及西方古典文学，还自觉继承拉尔夫·埃利森、詹姆斯·鲍德温等黑人文学家的创作传统，同时熟练运用威廉·福克纳、弗吉尼亚·伍尔夫的现代小说理论以及魔幻现实主义文学的创作技巧，以丰富的想象和细腻的手法描写美国黑人的生活与命运。那么，莫里森缘何进行小说创作呢？

莫里森曾经说过："促使我走上写作之路的是沉默——这世上有那么多未经讲述和未经验证的故事。"[①]她要用文学之笔和亲历体验讲述那些被"歪曲"的黑人故事，摒弃以往白人惯用的那种描述黑人的语言，并且

[①] 2003年，托妮·莫里森接受《纽约客》采访时如是说，转引自《美国诺贝尔文学奖得主托妮·莫里森：她是美国文学的良心》，澎湃新闻网，https://baijiahao.baidu.com/s?id=1641165135714122726&wfr=spider&for=pc。

在写作中努力摆脱"白人凝视"①，指出黑人未来的方向。这正是她的探索和创新，她说："写作使我免于痛苦。"可见，对逐渐被白人主流文化同化、正在丧失的本民族传统文化的深深忧虑是其文学创作的动因。处女作《最蓝的眼睛》讲述一个痴迷于白人审美标准的黑人女孩向上帝祈求拥有一双蓝眼睛的故事。作者曾于 2015 年告诉《卫报》记者："我想阅读这样的一个故事，但没人写过，所以我想，或许我可以自己写写看。"

1993 年，莫里森荣获诺贝尔文学奖，瑞典学院给予她的颁奖词是："在小说中以丰富的想象力和富有诗意的表达方式使美国现实的一个极其重要方面充满活力。"美联社评论说，莫里森的作品促使美国文化的多元性走上了世界舞台，并且揭开了美国历史不可忽视的一面，挖掘出了那些"无名者"和"多余者"的人生，她称他们为"处于这场民主实验中心的不自由的部分"。她的小说将黑人的历史描绘为一个充满诗意、悲剧、爱、冒险和古老美好传说的宝藏。她将种族认定为一种社会构造，并且用文字建构了一个她笔下的人物竭力去实现的更好的世界。莫里森将非裔文学、奴隶的民间传说中的一切与圣经、加西亚·马尔克斯的世界编织在一起，为文学世界增添了一份复杂和美丽。《泰晤士报》评价莫里森是美国文学的良心，拓宽了美国的文学传统，并且是她笔下那些边缘故事的守护者。鉴于她在语言上的独创性、对美国非裔方言的优雅运用、充满神韵的人物刻画、对历史的犀利观察与充满悲剧和不幸的情节书写，她当之无愧是美国文学史上最成功和最有力的作家。

---

①2019 年，托妮·莫里森在上映的纪录片《托妮·莫里森：我的作品》中如是说，转引自《美国诺贝尔文学奖得主托妮·莫里森：她是美国文学的良心》，澎湃新闻网，https://baijiahao.baidu.com/s?id=1641165135714122726&wfr=spider&for=pc。

二、托妮·莫里森小说创作的情节内容

托妮·莫里森曾在《最蓝的眼睛》的序言中谈到，创作这部小说的动机源于童年时代与一位朋友的谈话，对方说她想拥有一双蓝色的眼睛，当时自己只是"震惊"和"愤怒"于她亵渎自我的想法以及对"我"心目中有关黑人美丽信念的动摇。等到作家成人后才认识到，"她的这个愿望隐含着种族性自我厌恶的暗示"，因而"这部小说就是要逐渐移除这种谴责的目光"。

《最蓝的眼睛》着重描写小主人公佩克拉·布里德洛瓦在富有"天堂"之称的美国所遭受的虐待和悲惨命运。故事背景设置在1940年美国北方俄亥俄州小城洛林市的黑人社区。佩克拉是非裔美国女孩，家庭困顿。佩克拉的父亲曾遭受白人羞辱，工作一再受挫，因而性格越来越暴戾，酗酒成性。佩克拉的母亲波林为生计到白人家庭做女仆。佩克拉的哥哥不堪忍受家庭的贫穷和父亲的暴虐，离家出走。这样，家里只剩下父亲和佩克拉两人。在一个春天的下午，父亲又醉酒归来，泯灭人性地强暴了幼小的佩克拉，致使其怀孕。身心遭受伤害的佩克拉渴望逃避现实，她认为，自己的不幸都是因为长得不美造成的，如果像白人一样拥有一双美丽的蓝眼睛，就会成为白人，也就能够摆脱现实的困境。于是，她去拜访有名的索阿菲德教堂牧师迈卡·伊莱休·惠特科姆，请求迈卡给她一双蓝色的眼睛。不料，迈卡是一位利欲熏心、内心狠毒的伪君子，他假装答应会帮助佩克拉实现自己的理想，即拥有一对美丽的蓝眼睛，却诱骗她毒死生病的老狗。目睹老狗临死前的惨状，佩克拉受惊吓而发疯。此时的佩克拉完全丧失了现实感，认为已经拥有了蓝色的眼睛和亲密的朋友。

《秀拉》是莫里森的成名作，通过对秀拉祖孙三代女性形象及其周围黑人生活与命运的描写，真实地反映了第一次世界大战后的1919年至20世纪70年代美国黑人在人生价值、人际关系和道德伦理等方面发生的变化与冲突。

故事发生在山谷小镇梅德林市郊曾经名为"底层"的黑人居民点，它坐

落在山坡上，面临一条河，有一座横穿小河的人行桥，"一条林荫大道把'底层'与山谷连接起来，路两旁栽种着山毛榉、橡树、枫树和栗树"。[①]还有一个"消磨时光"的弹子房。秀拉家由外祖母夏娃、母亲汉娜两代女性单亲家庭构成。夏娃左腿残疾，但性格刚烈直爽、独立坚强，且交际甚广，乐观地面对现实苦难。她不仅养育了子孙，还收留弃童，经常在家里招待宾客，颇受人尊重。大女儿汉娜漂亮温柔，身材苗条，丈夫死后带着女儿秀拉住在母亲家里。为排遣寂寞和空虚，她不断与镇上的男人厮混，仿佛"没有男人的关注就过不了日子"。最后，汉娜被意外烧死。从外祖母身上，秀拉学到了独立、坚强和勇敢的个性，这体现在她与从小的闺蜜奈尔的关系中。当她们被四个黑孩子欺侮时，奈尔吓得不知所措，可是秀拉却用刀刺破自己的手指，用滴血的指尖、严厉的词语吓退了对方。从母亲身上，秀拉悟到了男人的不可靠，这影响其日后性别观念的树立。长大后的秀拉表现出独立、另类和矛盾的性格，她嘲笑好友奈尔顺应传统观念选择结婚的命运，却"勾引"她的丈夫裘德上床，致使后者无颜面对妻子离家出走。后来，秀拉外出求学，10年后回到小镇，过着更加反传统反世俗的另类生活。夏娃看不惯秀拉的生活方式，尤其忌恨小时候的她眼看着母亲汉娜被烧成火球却不施救的举动。而秀拉认定夏娃是个杀人犯和骗子：一是因为她那伤残的腿是故意让火车轧断的，借以骗取保险金；二是夏娃残忍地烧死了儿子"李子"。为此，祖孙俩经常吵得不可开交。最后，秀拉干脆带人将夏娃抬起来强行送到养老院去生活。此后，秀拉独自住在夏娃的大房子里，过着我行我素、自由自在的生活。30岁时，秀拉患病死去，奈尔埋葬了她。

《所罗门之歌》是托妮·莫里森最重要的代表作，也是一部成长小说或寻根小说。作品分2部，共15章，以"黑人会飞"这一古老的非洲民间传说为情节主线，描写了美国北方某城市中一个富裕的黑人家庭麦肯·戴德父子两代人的不同生活境遇和思想矛盾，特别是通过奶娃的成长经历及其去美国

[①] 托妮·莫瑞森：《秀拉》，胡允桓译，中国社会科学出版社，1988，第4页。

南方寻金（实则是寻根）的过程，揭示出黑人群体中存在着的新老代沟、阶级分化、性别矛盾等严峻的社会问题。

成功的房地产商麦肯·戴德二世精明强干、家境富裕，与妻子育有两女一子，但他信奉金钱至上的原则，性格傲慢，偏见极深，优越感强。他始终怀疑岳父生前与妻子有不伦关系，也认为妹妹派拉特私吞了父亲的遗产——一袋金子，因此无视妹妹的爱和帮助，残酷切断了两家的来往。在家庭中，麦肯·戴德二世也独断专行，重男轻女，不断打击妻子和两个女儿，给儿子灌输金钱观和经商之道。在他的引导和教育下，儿子奶娃仿佛长不大的"巨婴"，性格变得自私而冷漠，玩世不恭，漠视母亲和姐姐的痛苦，经常用言语嘲讽她们。为证明自己的能力，奶娃不顾父亲的禁令，主动接近姑母派拉特，意图从她口中打探出金子的下落。根据姑母讲述的故事，他决定去南方即祖辈们生活过的地方寻找金子。当他来到弗吉尼亚偏僻的乡村沙里玛尔时，偶然从做游戏的孩子们吟唱的童谣《所罗门之歌》中顿悟出，这首歌传唱的内容正是曾祖父的故事。后来又通过寻访并倾听老辈亲历者的讲述，奶娃终于弄明白了麦肯·戴德家族的来历和历史演变过程。南方寻金之旅成为寻根之旅，同时也象征地表达出奶娃的自我身份认同和黑人群体的文化认同，以及表明奶娃的精神成长和自我意识的形成。回来后的奶娃将经过详细告诉了父亲，从而使父母间、父亲与姑母间均解除误会，冰释前嫌，其乐融融。

《宠儿》是莫里森创作的第5部小说，分3部，每部与各节均无标题。它通过描写女主人公塞丝杀婴的故事反映黑人妇女在奴隶制度下饱受身体、精神和情感的摧残和劫掠的事实。同时，借被杀死的婴儿化身宠儿还魂，与塞丝和丹芙同居一室相处过程的描写，表达了基督教爱和宽恕的思想。

《宠儿》的生活素材源自托妮·莫里森所编《黑人之书》中一张剪报上的故事，讲述的是黑人妇女玛格丽特·加纳的悲惨经历。玛格丽特是一个逃脱奴隶制的年轻母亲，宁可杀害自己的孩子，也不愿让他们回到主人的庄园去，因而遭到逮捕。由此，她成为反抗《逃亡奴隶法》斗争中的一个著名讼案，该法律规定可以强行将逃亡的奴隶归还主人。玛格丽特神志清醒，至死也不"悔改",甘冒任何危险也要争取自由。莫里森被这位女性所震撼,产生了要描写她的创作冲动,可是真正动笔时,却感觉到了难度。她说:

"历史中的玛格丽特·加纳令人着迷,却令一个小说家受限。给我的发挥留下了太少的想象空间。所以我得发明她的想法,探索在历史语境中真实的潜台词,但又不是严格意义上的史实,这样才能将她的历史与关于自由、责任以及妇女'地位'等当前问题联系起来。女主人公将表现对耻辱和恐惧不加辩解的坦然接受;承担选择杀婴的后果;声明自己对自由的认识。奴隶制强大无比,黑人在其中无路可走。邀请读者(和我自己一起)进入这排斥的情境(被隐藏,又未完全隐藏;被故意掩埋,但又没有被遗忘),就是在高声说话的鬼魂盘踞的墓地里搭一顶帐篷。"[1]

《宠儿》的故事背景发生在美国南北战争前后俄亥俄州辛辛那提(当时是生猪屠宰与河运之都)附近的农庄。"124号"曾是一座黑人灵魂的栖息地,黑人大家庭幸福的港湾,充满勃勃生机,因为圣贝比·萨格斯是苦难的黑奴心中宗教牧师般的精神导师。她常在"林间空地""做法",卸掉或去除黑奴们肉体和精神的重负和枷锁。可是塞丝及女儿的到来打破了这种宁静,也冲掉萨格斯身上圣洁的光环。特别是在她死后,"124号"就被充斥着怨毒的小鬼缠绕,被当地人称为凶宅,闹鬼,因为那里"充斥着一个婴儿的怨毒"[2]。人们疏远了塞丝,塞丝"也以受虐者强烈的骄傲回敬大家的不满",[3]她不愿意回忆,也不想被人(包括保罗·D)破坏这种自在。尽管她因为杀婴被警察带走,后被释放,回来后不愿回忆那不堪回首的往事,但时不时地陷入受虐

---

[1] 《宠儿:被爱的、悲哀的》,大益文学,腾讯网,https://xw.qq.com/cmsid/20200526A0PCZB00。

[2] 托妮·莫里森:《宠儿》,潘岳、雷格译,南海出版公司,2006,第3页。

[3] 同上书,第114页。

的痛苦的幻觉与崩溃中，感觉被人扼杀：由帮她清洗身体污垢的贝比·萨格斯那双熟悉的手变换成用她制作的墨水观赏并记录侄子们玩弄女黑奴的"学校老师"的手，再到18年来一直触摸"124号"的另一个世界（鬼魂）的手、在"林间空地"按住她后竟想置她于死地的拇指（指塞丝差点被宠儿掐死，丹芙看见了这一幕）。从"林中空地"回来的塞丝找回了信任和重新记忆，尽管她时不时地陷入对死去婴儿的负疚心理之中，但宠儿的回归令她欣喜，觉得有了赎罪的对象。她把全部心思和精力都花在宠儿的身上，不仅辞掉了在白人家做帮佣的工作，还疏远了与周围邻居们的交际。她给宠儿吃好的、穿好的、不惜给她倒尿壶，俨然是她的"奴隶"，相反却忽略了丹芙和家庭生计。对此，宠儿非常享受，其完全控制了塞丝。眼见姐姐宠儿日趋白皙肥硕，母亲却神情恍惚、日渐瘦弱，丹芙主动出门寻求周围黑人的帮助。在斯坦普·沛德和鲍德温兄妹等众多黑人的帮助下，最终赶走了宠儿，拯救了塞丝一家。

《爵士乐》是莫里森的第6部小说，讲述了一段爱情故事。它通过描写黑人乔与妻子维奥莉特、情人多卡斯之间的爱恨情仇及其人物的心路历程，展现了南北战争半个世纪以来美国黑人的历史变迁和精神命运，表现了女主人公维奥莉特在种族和性别双重压迫下的道德完善和精神成长过程。小说被《纽约时报》称为"抒情的冥想"，莫里森也因这部长篇小说被《世界》杂志赞誉为"吟唱布鲁斯的莎士比亚"，标志着莫里森创作的新的里程碑。

小说的素材来自《哈莱姆死者之书》（1978）记载的故事，即一位年轻的黑人姑娘被情人射杀的真实案件。作者将小说背景设置在20世纪20年代美国纽约的哈莱姆地区，讲述了为摆脱贫穷和逃避暴力，黑人乔带着妻子维奥莉特从南方乡下来到大都市生活。他们满怀着美好的梦想，不料梦想一再被残酷的现实打破，他们的爱情面临着危机。已步入中年的乔从多卡斯身上重历了自己的童年，遂爱上了这个18岁的女孩。然而这种爱是自私的，当乔发现多卡斯与别的男孩幽会时，感到自己被欺骗，就开枪打死了多卡斯。维奥莉特得知丈夫与多卡斯的恋情后，感到自己被抛弃，不禁妒火中烧，跑到多卡斯的葬礼上，意欲"拿刀子去划死者的脸"，后被人赶出来。多卡斯死后，乔终日消沉，精神颓废。为了挽回丈夫的心，维奥莉特试着去了解多卡斯，随着了解的深入，她甚至产生多卡斯就是自己曾经流产的孩子的念头。她回忆起与乔患难与共的生活经历，最终疯狂的嫉妒被谅解和爱心所取代，她原谅了丈夫，并与之和好如初。

《天堂》故事发生于美国南方偏僻的、有如世外桃源的鲁比小镇和与之相距17英里（约27千米）的女修道院。鲁比镇主要由被称为"八层石头"（即煤矿最深层"8-石"处又黑又亮的煤块）的九个家族构成。他们的远祖是1755年被贩运至美国南方的黑奴，尽管受尽屈辱，但是历史的岁月丝毫没有磨蚀掉他们的族群特征和个性：肤色蓝黑，身材高大而优雅，不与其他种族或浅肤色黑人通婚，始终保持着纯净的血统。美国南北战争后，"八层石头"的祖辈们曾在政府部门任职，展现出干练而突出的工作能力。然而1875年大清洗时，他们被赶出政府，处处受排挤，生活无着落，陷入绝境。于是在1879年，他们抬着被白人枪击打穿脚的"老爷爷"撒迦利亚，走上了"出逃"的道路。

为寻找"自己的土地"，他们赤脚徒步，从密西西比和路易斯安那走到俄克拉荷马，沿途备遭世人冷拒，乃至来到菲尔立，即"他们仔细地叠在鞋里或塞进帽檐里的广告上所描述的地方，结果却是被轰走"。[1]在漂泊和迁徙的过程中，尽管人口逐渐减少，但是他们能够齐心协力，互帮互助，共渡难关。定居黑文后，居民彼此间总是有求必应，只要有需要或短缺，一定随叫随到。他们用这样的方式维护着自己的尊严和骄傲，延续着族群生活的传统习俗。1950年，他们集体迁徙至鲁比，重新建镇后，并且建起了"大炉灶"，更加巩固了传统认知。同时，这也造成他们精神和思想的狭隘、排外和故步自封。

在"八层石头"黑人居民中居于领袖地位的是摩根家，除"老爷爷"撒

---

[1] 托妮·莫瑞森：《天堂》，胡允桓译，上海译文出版社，2007，第189~190页。

迦利亚外，第三代掌握领导权的是双胞胎兄弟第肯和斯图亚特。小镇名称"鲁比"就是以摩根家族的女孩，双胞胎兄弟的小妹，故去的鲁比命名的。他们以九大家族集股的方式开设银行，保障小镇生活的借贷需要。仅有的几家商店，也是相互补充，经营着现代社会最低限度所需的外界产品。显而易见，这是一种自给自足的自然经济方式。鲁比镇没有公共交通，与外界处于隔绝状态，就连白人的法律也对此鞭长莫及。同时，这种以血统纯正和民风保持为宗旨的生活方式，使"八层石头"居民概不接受外界的一切，包括外来种族和其他肤色的人。因为频繁的近亲通婚，导致鲁比镇新生儿残疾和死亡率极高，加之男丁参战死亡等因素，鲁比镇人口逐渐减少，导致本来人丁兴旺的摩根家族已经到达绝嗣的边缘。

除了顽固地要求血统纯正、排斥外界新生事物外，鲁比镇"八层石头"居民还因袭了根深蒂固的族群集团的宗法思想意识，即"大男子主义"。如果说鲁比镇代表着思想固化、排外心理和性别压迫的现实场域，那么女修道院则象征着包容、理解、自由与开放的女性的理想境界——幸福的"天堂"。

女修道院是由一个贪官斥巨资建造的豪华庄园改造而成的，因贪官被捕，教会将这座宅邸当作"教化"当地印第安女子皈依天主教的学校，嬷嬷负责教授土著女子英语和耶稣信仰，目的是改变甚至消灭印第安民族的语言和传统。可是不久，女修道院就因学生走散，资金缺乏而无法维持，只剩下玛丽·玛格纳嬷嬷。她领养了九岁的孤女康瑟蕾塔（昵称康妮），悉心照顾她，教会她种植玉米、黑辣椒等农作物，除自食外，还出售给邻近村镇或路过此地的人们。随着情节的展开，有着不同生活背景却无一例外饱受屈辱而生活不幸的女性相继来到女修道院，并住了下来。玛维斯因将一对双胞胎遗忘在车里，导致孩子们窒息而死而饱受家暴和社会的谴责，她难以忍受，逃离了家庭；吉姬（格蕾丝）玩世不恭，蔑视传统，不融于家庭和社会而浪迹各地；西尼卡孤儿出身，无依无靠；有着良好教养的帕拉斯因母亲横刀夺爱而遭遇婚变，痛不欲生。她们将女修道院当作生活的避风港，在康妮的引导和带动下，自力更生，平静而快乐地生活着。她们的生活状态和样式也吸引了鲁比镇一些黑人女性的兴趣和向往，她们把女修道院视为规避、倾诉和解脱痛苦与悲伤之地。阿涅特因未婚先育来女修道院临产；斯维蒂被生病的孩子折磨得心力交瘁，却在此得到救助；比莉·狄利亚小时候因为光屁股骑马被母亲认为是耻辱的行为，给家族蒙羞，不仅失去玩伴，还动辄被母亲打得嘴唇开裂，鼻青脸肿。而在女修道院里，比莉·狄利亚获得了活下去的勇气。更重要的是，索恩也因康妮拯救了儿子的生命而摒弃前嫌，不仅原谅了康妮与丈夫第肯曾经的私情，而且还与之成为密友。从这个意义上来说，女修道院不仅是女性苦难的避难所，更象征着女性追求个性解放和性别平等的"天堂"。

然而，女修道院的独特存在以及对鲁比镇妇女们的影响给"八层石头"新生代领导者双胞胎兄弟第肯和斯图亚特以极大的威胁感。他们自己到处拈花惹草，却将神秘的女修道院视为淫荡的"妓院"、通往地狱之口，担心自己老实懦弱、唯命是从的妻子或女人"变坏"，产生个性独立和解放的思想，不再"劈剁、装罐、修补、打杂"，因此千方百计地阻挠她们与女修道院的女性们接触。这种性别矛盾和冲突的导火索是女修道院的女人们参加"八层石头"摩根和弗利特伍德两大敌对家庭子弟的婚礼。索恩·摩根原本邀请康妮参加外甥K.D.和阿涅特的婚礼，没想到康妮没有来，女修道院的其他女性玛维斯、吉姬、西尼卡和帕拉斯来了。令"八层石头"人无法理解的是她们的衣着打扮和行为举止，简直颠覆了他们的传统认知和接受限度。不仅如此，她们目中无人，高声喧哗，随意吃喝。更让他们无法容忍的是，她们竟然同"八层石头"的一些浮浪子弟在"圣地"大炉灶前放乐起舞，把胳臂举在头上甩着，摇摆着自己的身躯，又笑又叫，旁若无人地沉浸在随乐而舞的享受中。迪斯科音乐和女修道院的女性们肆无忌惮地跳舞严重搅乱了婚礼庄严肃穆的气氛，因此她们也自然被顽固保守的"八层石头"人所驱逐、非议和咒骂。最后，女修道院被双胞胎兄弟第肯和斯图亚特带领的"八层石头"人捣毁，康妮被枪杀，其他姑娘四处逃散。这一结局的安排寓意着女修道院只是现实中虚拟的天堂，美国黑人真正的天堂应该是与白人同样享有自由、平等的权利和美好的生活，而这需要全体黑人的共同努力和斗争。

《柏油孩子》的背景设置在与世隔绝的"孤岛"。吉丁是个孤儿，叔婶将他养大成人，可是被白人主人送到巴黎读书并接受现代教育后，性格改变，不仅丧失了黑人传统秉性，而且与白人沆瀣一气，为虎作伥。"柏油孩子"书名源自儿童故事，讲述农夫被野兔所扰，便用柏油制成的孩子粘住野兔，后被野兔花言巧语所骗，导致野兔逃脱。莫里森在此将野兔寓指黑人小伙子，柏油孩子则寓指黑人姑娘。

三、托妮·莫里森小说创作的主题思想

莫里森曾经说过："如果我的小说中有什么连贯的主题的话，我想就是，我们为什么和怎样学着认真并美好地生活。"[1]作为美国黑人女小说家，莫里森谙熟民族的历史和传说，对黑人受屈辱的命运充满同情，不仅通过小说创作揭示黑人受奴役受欺凌的悲惨遭遇，同时满怀希望地寻找消除不幸与隔阂的方式，憧憬黑人未来的美好生活。

首先，莫里森的作品真实地揭露了美国社会种族歧视和种族压迫的黑暗现实，以人道主义同情心书写黑人的苦难史。

莫里森特别关注种族问题，痛恨奴隶制和种族灭绝，批判"白人优越论"。在白人看来，黑人懒散、邋遢、迷信，不相信医学，对任何不良势力慷慨大度，听之任之。实际上，他们乐天安命，友善达观，敬畏自然，有着顽强的生命力。他们像对待春天一样自然地看待旱灾、洪水等一切自然灾害，不懂得绝望和自寻短见，也不会反抗。

《最蓝的眼睛》通过黑人小女孩佩克拉日夜渴求获得一对大而美的蓝眼睛的悲剧故事，揭露社会上种族歧视现象。佩克拉这种天真的想法来自其耳

---

[1] 胡允桓：《黑色的宝石——黑人女作家托妮·莫瑞森》，转引自钱满素编《美国当代小说家论》，中国社会科学出版社，1987，第226页。

闻目睹的种族歧视与压迫的现实，因此执念于获得一对美丽的蓝眼睛就可以过上好日子的想法。而她的父亲乔14岁那年，因为与女孩幽会被两位白人撞见，后者便逼迫乔和这个女孩在他们面前"表演"，借此取乐。可见，乔后来性格暴戾、失去人性，也是源于白人逼迫受到刺激以及在现实中不断受挫后的变态行为。在此，作者借佩克拉的虚幻理想批判白人主流社会的价值观和审美观，以文学形式回答了20世纪60年代美国社会爆发的"黑人民权运动"中流行的"黑人是美的"口号。她指出，"黑人是美的"这一口号同样陷入了"白人优越论"的泥淖，因为它回避了问题的实质和我们的境遇，这是重视白人衡量价值的方式，并不能真正实现黑人为争取与白人平等权利的目的，因而具有狭隘性和局限性，"是理智上无可救药的奴隶制"。[①]

《秀拉》中的种族歧视无处不在：黑人有专用车厢和通道，奈尔的母亲因误入白人车厢受到白人车警的反复盘问；火车上的厕所不允许黑人使用，他们只能借火车靠站时的停留时间争分夺秒地溜进铁道旁长满高草的野地里方便；埋葬黑人的公共墓地位于郊外的毕奇那特公墓，得走一大段路才能到达；黑人找不到工作。奈尔的丈夫裘德英俊有力，是"锡安山"男声四重唱里的男高音。他梦想成为筑路工人却不被雇用，以致认为这个世界是白人掌管一切，"一个黑种男人在这个世界上真难谋生"。[②]

《宠儿》借老黑人斯坦普·沛德的观察描写废奴运动后，种族歧视在社会上仍很普遍："到了1874年，白人依然无法无天。整城整城地消除黑人；仅在肯塔基，一年里就有87人被私刑处死；4所黑人学校被焚毁；成人像孩子一样挨打；孩子像成人一样挨打；黑人妇女被轮奸；财物被掠走，脖子被折断。他闻得见人皮味，人皮和热血的气味。人皮是一回事，可人血在私刑

[①] Toni Morrison, "Behind the Making of The Black Book"，转引自胡允桓《黑色的宝石——黑人女作家托妮·莫瑞森》，载钱满素编《美国当代小说家论》，中国社会科学出版社，1987，第226页。
[②] 托妮·莫瑞森：《秀拉》，第97页。

的火焰里煎熬完全是另一回事。恶臭弥漫着。"[1] "甜蜜之家"换成加纳太太的妹夫"学校老师"掌控后,黑人们的命运便急转直下,黑尔与保罗·A 失踪;保罗·F 被卖掉;西克索被烧死;保罗·D 被抓走又被卖掉。塞丝为使儿女免受被卖被杀的厄运,情急之下用锯拉断大女儿宠儿的脖子。这些触目惊心的事实都是奴隶制的必然产物。

《天堂》描写黑人被白人从原居住区集体驱逐,被迫离开家园,去寻找自己的栖息地。作者真实地书写了他们苦难的历程:

> 七十九个人。她们的全部家产都拴在背上或顶在头上。年轻的都轮换着穿鞋。停下来只是为了歇口气,睡一觉和吃点乱七八糟的东西。甘蔗渣、树叶和带糠麸的碎粮食煮成粥或者做成饼,有时打点野味,有时加点蒲公英类的绿草。梦中想的是屋顶、鱼、饭、糖浆。他们穿得破破烂烂,梦想的是带纽扣的干净衣服和有两只袖子的衬衫。他们走成一行;德拉姆和托马斯·布莱克霍斯走在前头,老爷爷当时已经瘸了,被人用一块板子抬着,跟在排尾。离开菲尔立之后,他们不知道向何处去,也不想遇见什么人,以免那些人会对他们讲什么或者脑子里想着别的事情。他们躲着车队,尽量靠近松林和溪床,一路向西北趱行,其实并没有什么具体理由,只是想到离菲尔立最远的地方去。[2]

双胞胎兄弟的哥哥摩根家长子在纽约附近的霍勃肯大街上遇到两个白人男性青天白日里欺辱一位黑人街头女郎,将她打翻在地,踢她的肚子,不禁义愤填膺,冲上去与两位白种男子打了起来,直至被打得鼻青脸肿,军装也被撕扯破。"从此他就再也无法从脑子里清除那白人的拳头打在黑人妇女脸上的情景

---

[1] 托妮·莫瑞森:《〈宠儿〉序》,潘岳、雷格译,南海出版公司,2006,第214页。
[2] 托妮·莫瑞森:《天堂》,第92页。

了。不管他对她的职业有何想法,他一直惦记着她,为她祈祷终生。"①

其次,莫里森的作品描写了美国黑人女性在家庭与社会中的不幸命运,表达了个性解放和自由平等的性别意识。

美国著名的女性主义文学批评家伊莱恩·肖瓦尔特指出:"从1970年莫里森发表《最蓝的眼睛》一书起,黑人女性主义作家和批评家开始让她们的声音响彻文学团体。"②受黑人民权运动的影响,20世纪60年代开始,美国女性解放运动风起云涌,莫里森也深受感染,正如她说的:"20世纪80年代,辩论风起云涌,同工同酬,同等待遇,进入职场、学校……以及没有耻辱的选择。是否结婚。是否生育。这些想法不可避免地令我关注这个国家的黑人妇女不同寻常的历史——在这段历史中,婚姻曾经是被阻挠的、不可能的或非法的;而生育则是必须的,但是'拥有'孩子、对他们负责——换句话说,做他们的家长——就像自由一样不可思议。在奴隶制度的特殊逻辑下,想做家长都是犯罪。"③

秀拉就是一位敢于挑战黑人传统伦理道德观和人际关系准则的新女性,她的行为离经叛道,特立独行。她接受过学校教育,但没有什么朋友,从不讨好别人,也不结婚生子,鄙视外祖母夏娃的"骗保",痛恨其烧死儿子的残忍,却"眼睁睁"地看着母亲被大火吞噬,最后又把夏娃送进养老院。秀拉这种蔑视黑人传统女性价值观的个人主义思想,对白人主流社会来说是正常的,无可厚非的,可是对珍视群体价值观的黑人社会而言就是大逆不道的,她的死亡最终表明女性争取自由独立社会道路的艰难。

《天堂》中的女修道院可谓是黑人女性的"天堂","整栋宅子都充溢

---

①托妮·莫瑞森:《天堂》,第91页。
②伊莱恩·肖瓦尔特:《我们自己的批评:美国黑人和女性主义文学理论中的自由和同化现象》,转引自张京媛主编《当代女性主义批评》,北京大学出版社,1992,第246页。
③托妮·莫瑞森:《〈宠儿〉序》,第2~3页(原著此页无页码)。

着神圣的福祉，如同一块受到保护的领地，没有猎人而只有激情"。①来到这里的女人，不管遭遇多么悲惨，命运多么曲折，用不了多久都可恢复自然天性。最初，玛丽·玛格纳嬷嬷领养了九岁的孤女康瑟蕾塔（昵称康妮），不仅教她独立生活的本领，还教她保持仁慈之心，友爱对人。因此，在其年老体衰时，康妮像亲生女儿照顾母亲似的悉心照料她。同时，康妮也传承了她的技艺和爱心，无条件地收留了玛维斯、吉姬、西尼卡、帕拉斯等众多因各种不幸逃离家庭来到修道院的女性，就连鲁比镇的阿涅特、比莉·狄利亚等受到家暴、排挤和压抑的女性也经常待在这里不回家。可见，女修道院舒适安逸、自由平等的气氛感染并影响着这些女性的身心健康和精神发展，体现出真正意义上的"姐妹情谊"。诚如比莉·狄利亚的心理感受："她在女修道院那儿看到和学到的，改变了她的一生。"②

然而，女修道院女性们的生活方式遭到鲁比镇顽固保守势力的唾弃和攻击。作品描写玛维斯、吉姬等女修道院女性参加"八层石头"子弟K.D.和阿涅特的婚礼，结果她们暴露的衣着和随性的举止，导致性别矛盾与冲突的升级。

> 她们谁也没穿参加婚礼的衣裙。她们走出汽车，样子像是歌舞团的姑娘：粉红色的短裤，很暴露的上衣，半透明的裙子；涂了眼影的眼睛，没有抹唇膏；显而易见地没穿内衣，没穿长袜。③

顽固而保守的"八层石头"人无法容忍这种败坏女性传统规范的行为，何况这有可能影响和带坏家庭里的妻女们。于是，双胞胎兄弟第肯和斯图亚特带人枪杀了康妮，捣毁了女修道院。这一结局也预示着，女性个性解放和追求平等自由的道路仍然漫长，并须经历重重的阻碍。

---

① 托妮·莫瑞森：《天堂》，第123页。
② 同上书，第148页。
③ 同上书，第152页。

再次，莫里森的作品描写了黑人群体内部的阶级分化和代际冲突，批判了保守落后的思想意识，指出消除偏见的途径。

莫里森在揭露美国社会种族歧视和种族压迫的同时，还以犀利的眼光批判了黑人群体内部的阶级分化和狭隘固执的血统观。《宠儿》描写塞丝所在社区的黑人们听说124号闹鬼，联想到塞丝曾经杀婴的历史，不禁感到恐惧和厌弃，不仅不与塞丝接触，路上遇见时也总是有意避开。后来，在丹芙的请求下，老黑人斯坦普·沛德率先打破了这种隔阂，主动登门道歉，决心公正地对待塞丝和她的亲人。

《所罗门之歌》中的麦肯·戴德二世经营房地产生意发财致富，成为黑人新贵，买上了豪车。殊不知他的财富积累和奢华生活都是靠剥削、压榨和吸吮贫穷黑人的血泪筑成的，而他安然享受，完全背叛了黑人的传统，并以自己的一套金钱价值观"金钱就是自由"教育儿子奶娃，希望他继承自己的事业，相反却压制、嘲讽妻子和两个女儿。娇生惯养的奶娃直至被朋友吉他带到穷黑人区，才亲身感受到这种阶级分化。当他为寻金来到南方蓝岭山脚下的荒村小店"所罗门杂货店"时，想请店中闲坐的几位黑人帮他修车，可是对方打量着他的肤色，虽然知道与他们是同一种族，却清楚地"知道他长着一颗白人的心，只是把他们招上卡车，雇他们去干活"。嘲讽和侮辱弥漫在小店里，最终演变成为一场见血的冲突。

"八层石头"的祖先在从密西西比、路易斯安那到达俄克拉荷马一路漂泊和迁徙的过程，无非是寻找一块属于"自己的土地"，然而建镇后的他们思想日渐狭隘、排外和故步自封。小说描写："这些黑人他们清澈又大睁的眼睛毫不流露他们对那些不像他们这些八层石头的人们的真正看法。"[①]就连黑人妇女也有一套带有偏见的评判标准：纯血统黑人、劣等混血种黑人、黑白混血儿。他们拒绝接受外来种族和其他肤色的人。例如，米努斯因"新一代的父辈"强行拆散自己和其深爱的"从沃吉尼亚来的沙色头发的漂亮姑

---

① 托妮·莫瑞森：《天堂》，第189页。

娘"，而绝望地酗酒，但又因不敢违拗"父辈"，便谎称自己酗酒是因为残酷战争的缘故，最后彻底妥协。

帕特丽莎的父亲贝斯特经营殡仪馆生意，兄弟姐妹均死于1919年流行性肺炎，因为娶了没有姓氏和亲人的"长着阳光肤色""模样像南方穷白人"的母亲而被认为破坏了血缘规矩，削弱了种族。因此，她的母亲生产妹妹弗斯汀时，没有一位黑人肯帮忙，最终母亲难产死去，也带走了妹妹。而此前，母亲在特殊时期靠着肤色没少帮助镇子上的黑人家庭。由此，母亲也就成了父亲的第一位顾客，这是多么令人寒心而冷酷的事实啊！

具有作者影子的帕特丽莎（即贝斯特小姐，帕特·卡托）不想重复父母的悲剧，就嫁给了一位"八层石头"，但是她们的女儿比莉·狄利亚并未继承父亲的纯黑色，所以这种"边缘人"的命运并未改变。帕特丽莎通过各种渠道秘密调查并收集黑文镇居民的历史，编写黑文家族史。她认为，自由与奴隶、白人与黑人，是他们从白人那里学来的社会分类，种族隔阂非但没有消除，黑人头脑里又增加了浅肤色和黑肤色的新的区分。而且摩根家的第肯、斯图亚特等八层石头新一代的父辈，坚决捍卫血统的纯正性，所以"他们巩固了八层石头的血统，并且如以往一般高傲地进一步向西迁徙"。[①]

"八层石头"集体迁徙到黑文后，黑人群体的代际矛盾与冲突日益显现。例如，黑文人在谈论大炉灶口处的铭文或者"上谕"是"当心他皱起眉头"还是"是他皱起的眉头"时产生争议。年轻人主张后者，还要改变铭文为"给我降点温"。尤其是年轻人说话的态度和语气令传统的老黑文人不满："要是年轻人在陈述自己的观点时，说话的声音轻一些，表现出他们的教养，大家或许会感觉好得多。但他们不想讨论；他们只想发号施令。"[②]在普立安神父等人看来，这种"发号施令"更像是顶撞，失去礼貌和教养的体现，是厚颜无耻的。而罗约尔·毕尤尚普、K.D，甚至米斯纳神父等年轻人却认为

[①] 托妮·莫瑞森：《天堂》，第190页。
[②] 同上书，第80页。

这是"回嘴"、对答，既然是对话，就应有"回嘴"。这场争论最终被斯图亚特带有威胁性的话语所终止："如果你们，你们当中的任何人，忽视，改变，去掉或增加大炉灶口处的词句，我就把你像半睁眼的蛇一样，把头打掉。"①

最后，莫里森的作品通过探寻黑人祖先的历史寻找失落的自我，重建黑人群体的精神家园。

莫里森主编过《黑人之书》，熟悉黑人的历史，这种浓重的历史情结深深浸透于其作品中，几乎每部小说都或多或少地涉及主人公寻找失落的自我，表现寻根的主题。其中，《所罗门之歌》最为突出，小说名称"所罗门之歌"就蕴含着黑人寻找自我、重建精神家园的意义。奶娃的父亲从小聪明伶俐，不仅是其父亲田地里的好帮手、乡邻男孩们的崇拜者，而且家庭观念浓厚，对妹妹疼爱体贴，然而长大后却变了一个人，自私、偏狭、独裁和唯利是图，成了"和有钱的白人一样自私的"家伙，数典忘祖，落得个众叛亲离。莫里森认为，已经沾染现代化"恶习"的黑人如果重新接受本民族古老文明的"再洗礼"，就能够从西方现代文明的窒息中得到解脱，返璞归真，重获"失去的天真"。而黑人民族的古老文明何处寻找呢？这就是美国南方，因为此地的黑人还保持着纯朴和善良，儿童天真无邪。

奶娃为寻找丢失的黄金来到美国南方弗吉尼亚州沙理玛、查理曼等村镇，在与当地人、祖父朋友的交谈中意外探听出自己家族的历史。他从祖父的朋友瑟丝口中得知祖父母的名字叫吉克和兴，又从孩子们传唱的童谣诗句中领悟出所罗门、海迪、吉克和莱娜四个人名，经过联想和仔细推敲，奶娃终于缕清了自己的家族史，明白了孩子们唱的就是自己祖先的故事。曾祖父所罗门，也叫沙理玛，就是"飞走"的那个人，他是被白人从非洲贩卖来的黑奴，据说与曾祖母莱娜生了 21 个孩子。后来，因忍受不了棉

---

① 托妮·莫瑞森：《天堂》，第 84 页。

田的劳动和农场主的残暴，他丢下了妻儿"飞走了"①。此后，沙理玛"这一带所有的人都自称是他的后裔"。吉克是最小的孩子，还是个婴儿。所罗门的妻子在山谷里大声哭泣，悲极成疯，其哭泣之地被称为"莱娜峡谷"。印第安女人海迪将吉克抱回家，抚养他和女儿兴一起长大。吉克和兴青梅竹马，后来私奔去了北方。兴的名字是兴莹·勃德，意为"在唱歌的鸟"，她的弟弟克洛威尔·勃德意为"乌鸦"。吉克在登记身份时，被一位醉酒的白人士兵错写成"麦肯·戴德"（意为"死"，隐含着白人对黑人的不尊重）。由此，奶娃深刻地认识到，只有把握人名、地名、物名及其所蕴含的黑人历史，才能找到最终的归属，因为这些名称不单纯是符号，更承载了趋于消失的民族历史与文化，从而也理解了姑母派拉特把自己的名字藏在耳坠里以及一生保存着父亲骸骨的原因。获悉家族历史渊源的奶娃仿佛突然间成长起来，产生了民族认同感、自豪感，祖先的故土、神秘的非洲令他向往。小说结尾描写奶娃摒弃了父亲"金钱即是自由……真正的自由"的说教，获得了飞翔的能力，象征着他与黑人民族的真正融合。

然而回归民族传统并不意味着消除现代文明，因此莫里森在小说创作中还试图解除现代人来自种族、血统、经济、军事等方面的精神束缚，构建人类未来和平而美好的幸福家园。《天堂》里的青年神父理查德·米斯纳神父是鲁比教区神父，也是一位理想主义者。他反对老辈黑人过分看重血统、固步自封和自绝于世界的主张和做法，反对孤立，希望世界上的黑人都和睦共处，彼此相爱。他说："俄克拉荷马是印第安人、黑人和上帝混居的地方。其余的都是饲料。"②他把这一理想寄托于年青一代，希望他们创造美好的未来，却备受老辈鲁比黑人的不解和阻力。他对帕特丽莎谈

---

①《所罗门之歌》中兴的后代苏珊·勃德一再强调，所罗门飞回了非洲，而且说那边山谷里的一块两头尖的大石头就是用所罗门的名字命名的。但根据当时的时代背景，"飞走"实则有两个意思，一是逃跑，二是被白人杀害，后者可能性最大。

②托妮·莫瑞森：《天堂》，第53页。

起"真正的家"的理想:

> 我指的不是天堂。我指的是一个真正的地面上的家。不是你买下和建成的堡垒,把人锁在里面或外面。一个真正的家。不是你到那里侵略和屠戮而夺得的某个地方。不是你宣称了而且因为你有枪便攫获的某个地方。不是你从住在那里的人手里偷取的某个地方,而是你自己的家,如果你回到那儿,就会经过你的曾曾祖父母,经过他们的曾曾祖父母和他们的他们的曾曾祖父母,经过整个的西方历史,经过系统知识的起点,经过金字塔和毒弓,到达雨还是新的时代,到达植物忘记它们能唱歌,鸟儿认为它们自己是鱼之前的时代,到达上帝说"好!好!"的时代——那儿,就在那儿,你知道你的自己人在那儿诞生、生活和死去。[①]

四、托妮·莫里森小说创作的黑人女性形象

莫里森擅长描写黑人妇女的独特生活境遇和体验,书写其性格发展变化及精神成长的过程。在她的笔下,往往呈现出黑人女性祖孙三代、母女两代的单亲家庭模式,或是存在代际差异的女性群体空间,祖父、父亲等男性或者死亡,或者离家出走,或者不存在,常常是缺席的。例如,秀拉的家庭由外祖母夏娃、母亲汉娜和自己三代构成;塞丝家由婆婆贝比·萨格斯、塞丝及其女儿丹芙、宠儿三代构成;派拉特家由外祖母派拉特、女儿丽巴和外孙女哈格尔组成;女修道院这个大家庭则居住着玛丽·玛格纳嬷嬷、康妮、玛维斯、吉姬、西尼卡、帕拉斯等不同年龄的黑人女性。这些女性中,既有辛勤劳作、乐善好施、性格保守、遵循传统的夏娃、萨格斯、康妮、奈尔、佩克拉等,也有貌美如花、轻浮放荡、取悦男性、备受欺辱的汉娜、丽巴等,

---

① 托妮·莫瑞森:《天堂》,第209页。

更有命运多舛、性格坚强、追求理想、个性独立的秀拉、塞丝、玛维斯、吉姬等。此外，还有帕特丽莎、吉丁（《柏油孩子》）等知性女性，但不是作家着力刻画的女性形象。

贝比·萨格斯（《宠儿》）在蓄奴制时代是一位身体强壮、勤劳能干的女黑奴，做鞋能手，被主人当作繁衍黑奴的工具，先后与不同的男人生过8个孩子，但都被夺走卖掉，只有小儿子黑尔幸运地留在了"甜蜜之家"。黑尔跟主人学会了识字算术，因而想出赎出母亲的计划，最终用自己的劳动付出赎回了母亲。此后，贝比·萨格斯与儿子一家生活在"甜蜜之家"，直至搬到124号。小儿子黑尔的孝顺和未被白人夺离身边的事实，特别是与儿媳和孙辈们的阖家团聚（尽管黑尔还杳无音讯），令萨格斯感恩上帝的恩赐，从而对生活充满了期望和信心。她以自己的热心布道和辛苦付出一度成为周围黑人群体的精神领袖，受到大家的尊敬。然而，"解放自我是一回事；赢得那个解放了的自我的所有权却是另一回事"。[①]当那一天，萨格斯正在胡椒地里干活，目睹儿媳塞丝被白人"学校老师"及其侄子、猎奴者追逐而绝望地残杀孩子的事件发生后，她对上帝的信仰就彻底丧失了。因为她无法赞同或者谴责塞丝的粗暴抉择，她被这双重打击击倒了，心力交瘁，也真正认清了这个地狱般的现实社会。作品描写道：

> 因为在贝比的一生里，还有在塞丝自己的生活中，男男女女都像棋子一样任人摆布。所有贝比·萨格斯认识的人，更不用提爱过的了，只要没有跑掉或吊死，就得被租用，被出借，被购入，被送还，被储存，被抵押，被赢被偷被掠夺。所以贝比的八个孩子有六个父亲。她惊愕地发现人们并不因为棋子中包括她的孩子而停止下棋，这便是她所说的生活的龌龊。[②]

[①] 托妮·莫里森：《宠儿》，第113页。
[②] 同上书，第28页。

第四章　女性文学作品论

　　棚屋事件（塞丝杀婴）发生后，贝比·萨格斯虽然有时仍做鞋去卖，可是经常遭到周围人的嘲笑，精神导师的地位早已不复存在。后来，她变得心灰意冷，沉默寡言，每天只是琢磨蓝色、绿色等颜色，享受这些充满生机的颜色，当然除了红色（暗喻被塞丝杀死的宠儿的鲜血）以外，直至去世。

　　塞丝（《宠儿》）是苦难、命运多舛的女性。她有一双美丽的眼睛，嘴型极具个性，然而塞丝是个苦命女性。她出生不到两星期就被剥离了父母的怀抱，后又被卖到"甜蜜之家"，成为"甜蜜之家"（白人加纳夫妇家）唯一的姑娘，也是众多保罗们心仪的姑娘。她后来嫁给黑尔，生下霍华德、巴格勒两个男孩和宠儿、丹芙两个女儿。她梦想着有朝一日带着孩子们与母亲团聚，没想到母亲却被无辜吊死。塞丝不想重复母亲等老辈们的命运，不想像母亲一样因嘴经常被勒马嚼子而看起来总像是在笑得滑稽样，她要主宰自己的命运，"自己想笑才笑"。这种孤傲不屈和个性独立的性格在杀死孩子的瞬间迸发出来，在贝比·萨格斯死去、被周围黑人群体疏离、独自带着女儿生活的日子里得到了强化。

　　加纳死后，加纳太太将"甜蜜之家"交给加纳先生的妹夫"学校老师"经管。"学校老师"是阴险而狡猾的白人，非常看重塞丝的价值，因为"她做得一手好墨水，熬得一手好汤，按他喜欢的方式给他熨衣领，而且至少还剩十年能繁殖"。为此，他四处夸耀黑奴塞丝，以"一点所谓自由"想"正规培养"塞丝及其儿女们，这就是他的如意算盘，不想这一切计划都被其侄子破坏了。"学校老师"的侄子不仅虐待毒打塞丝，还令人发指地命人摁住她，粗暴地吸吮她的奶，从精神和肉体上侮辱折磨她。当"学校老师"带着猎奴者找到塞丝的藏身之地124号时，陷入孤立无援之中的塞丝决不能让这一切发生，即把他们母子分离，于是"她就飞了起来。攒起她创造出的每一个生命，她所有宝贵、优秀和美丽的部分，拎着、推着、拽着他们穿过幔帐，出去，走开，到没人能伤害他们的地方去。到那里去。远离这个地方，去那个他们能获得安全的地方"。塞丝因杀婴而入狱，由于白人爱德华·鲍德温的说情，她未被处死。出狱后，两个男孩始终恐惧母亲，最后逃离了塞丝。

塞丝独自带着女儿丹芙在124号生活。为了生活，她到镇上一家饭店打工。当"甜蜜之家"的保罗·D再次见到她时，过去那个软弱、顺从、害羞、轻信的黑人姑娘消失了，站在他面前的是经历种种磨难仍坚不可摧的全新的塞丝。她成熟、坚强而骄傲，独立不羁，不怕鬼魂，不再信命和盲目相信白人的假话，也不求人，而是以浓浓的爱保护着女儿不受侵犯，并且坚信儿子们已摆脱"学校老师"的魔爪，获得了自由。保罗·D自以为可以带给124号特别是塞丝安全的保护和稳定的家庭氛围，可是他逐渐感觉到自己在这个家的多余和尴尬。特别是宠儿还魂回到家中后，常用无形的力量驱使他坐卧不安，无法持续睡在摇椅、贝比·萨格斯的床、贮藏室、房子后面的棚子等任何一个地方，其最终还是离开了124号。塞丝真正达到了自己的心愿："谁也不能让我跟我的孩子们分开。"

与其说塞丝完全被宠儿缠住，不如说是迷住，就像忏悔并偿还当年杀女所欠下的孽债一般，塞丝如同伺候婴儿一样伺候着宠儿，把好东西都留给宠儿吃，给她倒夜壶，在她身上尽情地消耗着爱。如此，宠儿一天天地肚挺腰圆起来，而塞丝则变得消瘦而虚弱不堪，两人的角色悄悄地在互换。小说描写道："宠儿长得越大，塞丝缩得越小……。同时宠儿在吞噬她的生命，夺走它，用它来使自己更庞大，长得更高。而这个年长的女人却一声不吭地交出了它。"丹芙爱妈妈，也爱鬼姐宠儿，但是看到塞丝完全被宠儿迷住，很怕母亲终究会受到宠儿的伤害。于是丹芙勇敢地走出124号，寻求琼斯女士等周围黑人的帮助。在艾拉等黑人们的干预下，宠儿化成碎片消失了，塞丝则精神错乱。正在这时，她抬头看到了戴着一顶宽宽的黑帽、牵着一匹母马，并朝她的院子走来的爱德华·鲍德温，霎时昔日"学校老师"们强抢自己孩子的镜头重现，精神受到刺激的塞丝拿起冰锥刺向他，结果被丹芙、艾拉等人挡住。

夏娃·匹斯（《秀拉》）是左腿残缺的老年黑人女性，性格开朗直率，健谈风趣。她育有两女一子3个孩子。丈夫波依波依不务正业，好吃懒做，又酗酒好色，一不如意就欺侮夏娃。婚后5年，他就抛妻弃子，离家出走。被丈夫遗弃的夏娃靠乞讨、邻居帮忙而艰难持家。后来，她把孩子托付给萨格斯太太照料，独身一人离家，等到一年半后回来时，她有钱了，但是残缺了一条腿。她在距原来房子60英尺（约18米）的地方盖起了新家，并且不断扩建，还收养弃童（杜威们）、招租房客。这一切都是做给波依波依看的。她的家是一所大杂院，什么人都有，"这所硕大的住宅连同前院的四株弯梨树和后院的一棵孤零零的榆树的创建者及所有人是夏娃·匹斯，她坐在三楼上的一个轮椅里，指挥着她的子孙、朋友、流浪汉和不断来来往往的房客的生活"。[①]夏娃从不掩饰子孙的过失，也不助长败坏门庭之事。她之所以亲手烧死儿子"李子"，是因为不想看到他颓废下去，想让他死得像个男子汉，而对秀拉眼睁睁地看着母亲汉娜被烧死却无动于衷的举动非常生气和痛恨。

女儿汉娜一直怀疑母亲夏娃不爱他们，可是当汉娜不小心引火烧着全身时，夏娃顾不得腿脚不便，奋力打碎窗玻璃，"把那条残腿放到窗台上当作支点，用那条好腿当作杠杆，身子往前一耸，就跳出了窗口"。[②]她不顾危险从二楼跳下去救女儿，却被摔昏，未能救出已烧成火球的汉娜。女儿死后，特别是周围的亲人们相继离开或死亡，夏娃孤独地住在大房子里。秀拉的回归，并未给她带来快乐，祖孙俩经常吵架。秀拉尽管把她送进了养老院，但生命力顽强的夏娃在养老院又活了20年，这与年轻却先她而去的秀拉的结局形成鲜明的对比。

秀拉·匹斯（《秀拉》）集外祖母夏娃的蛮横乖戾与母亲汉娜的自我放纵于一身，真实好动，不满足于平庸，自我幻想，看破红尘，我行我素，信马由缰，个性独立。这种性格是在其少女时代偷听到母亲不爱自己的话和"小鸡"消失在河中心的漩涡里而丧失的责任感开始的。在塑造秀拉形象时，作者常将其置于与小说中另一位女性奈尔的比较中或者从奈尔的视角描写她。

[①]托妮·莫瑞森：《秀拉》，第29页。
[②]同上书，第71页。

秀拉与奈尔有亲属关系，又都是独女，缺乏父爱，都怀有少女的梦想。12岁那年，也即少女怀春的年龄，精神孤独和对爱的憧憬使她们亲近，走到一起，成为闺蜜。奈尔从小生活在母亲安排的整洁安静、井然有序的家庭环境里，被虔诚于宗教的母亲教养成坚强稳健而又循规蹈矩的性格，"既听话又懂礼"。而秀拉则生活在凌乱、嘈杂而无爱的家庭氛围中，性格反复无常，易于感情冲动，喜欢冒险，为此不惜自残。例如，她小时候用水果刀割破自己手指的行为和义正词严的申斥，立刻吓退了想要欺辱她们的4个白人男孩儿，表现出勇敢精神和凛然正气。奈尔皮肤呈湿砂纸色，秀拉皮肤深棕，眼睛大而沉静，一只眼的眼皮上长着一块形如一朵带梗玫瑰的胎记。长大后的她们性格渐渐出现差异，奈尔宣布与裘德结婚，秀拉对此非常高兴，动用自己的力量帮助奈尔筹办体面的婚礼。婚礼过后，秀拉离开了梅德林，外出求学和闯荡，却发现"到处都一样"。直到10年后，秀拉才重新回归家园。作者充满寓意地描写道：秀拉回到梅德林，"随她而来的是一场知更鸟的灾害"。[1]

秀拉傲然独立的性格使她与周围的人们格格不入，冲突不断。首先是与祖母夏娃的冲突。作品描写10年后回归"底层"的秀拉：

> 她的一身衣着打扮，任谁看了都会认为实在像个电影演员：一身黑衣缀着粉红和黄色百日草图案的绉呢衣裙，脖子上缠着狐尾，头上戴着一顶黑毡帽，面网斜斜地垂下遮住一只眼睛。右手挎着一个黑钱包，上面是缀着珠子的金属咬扣；左手提着一个红色的旅行箱，小巧玲珑得令人百看不厌……[2]

秀拉回来一见到祖母夏娃，一老一小两个女人便针尖对麦芒地斗起嘴来。夏娃看不惯秀拉违背传统的行为：到处游荡，不结婚生子，诅咒她嘴上长疮

---

[1] 托妮·莫瑞森：《秀拉》，第84页。
[2] 同上书，第85页。

化脓，受上帝惩罚。秀拉则反感夏娃的"霸道"，揭露夏娃故意让火车轮轧断一条腿以骗取每月23块保险金的秘密，并且威胁要把外祖母和镇上的人们都烧死，她说："我要把这镇子撕成两半，让你来不及扑灭就把镇上的一切烧光。"[1]祖孙两人的矛盾也是新旧思想的冲突，结果是祖母夏娃败北。因为害怕夏娃像烧死李子那样烧死自己，秀拉便以夏娃监护人的身份，找人用帆布把夏娃捆起来送到毕奇纳特附近白人教堂开的桑迪戴尔养老院，自己则俨然成为外祖母一手置办并居住的整幢房产的继承人。但好景不长，秀拉很快就英年早逝，而祖母在养老院里却多活了20年，这一结局颇耐人寻味。

其次，秀拉与闺蜜奈尔的矛盾。其实，秀拉很珍惜这一友情，也"从不争强斗胜；她只是帮助别人去确定自己"。[2]秀拉打开了奈尔的眼界，使她用新眼光看旧事物，变得聪明、文雅，还有一点自惭。但是在奈尔看来，上大学后回到家乡的秀拉性格仍未改变，"秀拉跟以往一样，只能作出最琐细的决定。当面临严肃的重大问题时，她就会不负责任地感情用事，而由别人去收拾残局"。[3]奈尔目睹好友秀拉与丈夫裘德偷情的场面后，内心备感痛苦。对此，小说采用意识流手法，用长达7页的篇幅展示其内心滔滔不绝而又茫然纷乱的思绪，可见秀拉对奈尔的伤害之深。更让奈尔理解不了的是，轻笑放荡的秀拉根本不考虑闺蜜的感受和痛苦，也不计后果。她勾引丈夫裘德上床，随后又抛弃他，使他羞于回家，最终出走到底特律。而秀拉却看破红尘，嘲笑奈尔的保守和被传统同化，认为婚姻不过是出卖独立的契约。

由此，秀拉成为"底层"人们唾弃的对象，被称为蟑螂、害人精、"猪肉"等。秀拉与白种男人上床，被当作罪不可赦的邪恶之人，被疏远孤立，并受到"监视"。叙述者对此发表议论道：

---

[1] 托妮·莫瑞森：《秀拉》，第88页。
[2] 同上书，第90页。
[3] 同上书，第96页。

每个人都按照自己的偏好去想象那情景……。他们固执地认为一切白种男人和黑种女人之间的交媾全都是强奸,因为要一个黑种女人心甘情愿本来就是不可思议的。从这一意义上说,他们对种族平等的看法与白人的观点倒是毫无二致。①

在"底层"人看来,秀拉的举止极其另类,她喝啤酒从不打嗝;她一打响指,嘴上骂骂咧咧、桀骜不驯的夏德拉克立刻老实,恭敬地向她致敬。特别是"她不穿内衣就来到他们的教堂晚餐会上,花钱买了他们的冒着热气的一碟碟食物,还不用刀叉,伸手抓着吃——也不加任何佐料,她对别人的冷嘲热讽毫无抱怨。他们相信她在揶揄他们的上帝"。②

秀拉追求与男人的性爱,但短暂的欢愉过后,孤独感便油然而生,认为这是天大的讽刺和凌辱。她要决定自己与男人的关系,而不是被动地等待或忍受男人与她的关系,显然这远远超脱了母亲汉娜对男人的依赖。奇怪的是,秀拉虽然被梅德林的黑人们所唾弃,但她的存在竟使梅德林的夫妻们互相保护和爱护了。他们开始爱自己的配偶,保护孩子,修理家宅,总之团结起来反对这个害群之马。最后,秀拉患病而死,年仅30岁,奈尔组织人力安葬了她。

在当时的美国社会,秀拉无疑是一位独立而复杂的黑人女性形象,"这一形象的意义在于:她把黑人的原始性观与争取做人的斗争联系了起来。作为一个处于社会最底层的黑人女性,秀拉敢于做白种男人不一定敢于进行的对偏见习俗的挑战,这是亟须勇气的"。③正如秀拉弥留之际对奈尔说的一番话:"我了解这个国家里每个黑种女人在做些什么。……等死罢了。就像我现在这样。不过区别在于她们是像树桩一样等死。而我,我像一株红杉那

---

① 托妮·莫瑞森:《秀拉》,第107页。
② 同上书,第108页。
③ 胡允桓:《黑色的宝石——黑人女作家托妮·莫瑞森》,第237页。

样等死。我敢说我确实在这世界上生活过。"[1]

派拉特在小说《所罗门之歌》中是传承家族史和黑人传统文化的女性形象，也是主人公奶娃的精神引路人，带有神秘性。她贫穷而达观，有责任担当，乐于助人。她在小说中第一次出场是在保险公司收费员史密斯跳楼自杀、奶娃母亲即将临盆的阵痛之时，她头戴一顶手织的水兵帽，一身破破烂烂的装束，裹着一条旧被子。这种怪里怪气的打扮，与头戴一顶黑色圆顶窄边钟形女帽、身穿整齐的灰色外套、足蹬四扣女式高筒橡皮套靴的奶娃母亲形成鲜明对比，昭示出她们贫富与社会地位的悬殊，而她们却是姑嫂关系。最吸引人注意的是她用浑厚有力的低音唱的"所罗门之歌"，这首歌在作品中反复响起，实际上是解锁麦肯·戴德家族秘密的钥匙。派拉特本来与嫂子即奶娃母亲关系密切，可是兄长即奶娃父亲怀疑她私吞了父亲的遗产，又嫌厌她贫穷，就不再允许她进门，也不许家人与她联系。奶娃12岁时破戒来到姑母家，倾听派拉特祖孙三代边摘黑莓边唱所罗门之歌，被这种和谐幸福的气氛所感染，精神开始觉醒。随着接触的增多，奶娃认识到派拉特并非父亲所说的自私孤僻，相反她安于贫穷，乐观面对生活的劫难，关心他人超过自己，有着极强的生活能力。正是派拉特的叙说，奶娃有了寻根行动的力量，也明白自己为什么喜欢去接触她，因为她是一位脚踏实地的人，是精神和心灵都自由的人，"不用离开这片土地她就能飞起"。

五、托妮·莫里森小说创作的艺术成就

莫里森具有编织故事的独运匠心，前后呼应，左右兼顾，形成疏密有致的网状结构。其中，暗含历史纵轴，通过倒叙、多重叙述视角、回忆、口述、心理独白、意识流和象征等艺术手法，揭示黑人部族或家族的历史由来、痛

---

[1] 托妮·莫瑞森：《秀拉》，第134页。

苦的漂泊或逃亡经历以及艰难的定居和创业过程，具有一种对民族历史回望和瞻仰的厚重感与敬仰心。同时以时代发展对作品中人物思想的冲击和产生的影响为横轴，描写新旧思想的矛盾冲突和人际代沟，塑造人物形象，借此探寻黑人命运的未来归宿。

首先，莫里森的作品将民间神话传说嵌入现实描写中，增强神秘性。

莫里森的小说创作充分借鉴拉美魔幻现实主义技巧，将黑人民间文学的神话传说融合其中，即善于"把神话色彩和政治敏感有机地结合起来"[①]，使作品中的某个人物、某一事件带上了神秘色彩，这些物象和人物形象仿佛一把钥匙或者"寻宝图"一般，引导着人物的思想和行动。例如，《宠儿》里闹鬼的124号、宠儿的还魂归来；《所罗门之歌》贯穿小说情节始终的是黑人能飞行的传说；《柏油孩子》首尾呼应的是骑士岛盲人骑瞎马的故事；《天堂》中祖父撒迦利亚和父亲列克特夜晚在森林中看见的"神秘引路人"等。拿《天堂》来说，当失落感、愤愤不平感开始弥漫整个部族的时候，撒迦利亚带着儿子在夜晚去松林祈祷上帝，结果神迹不久便出现了，随着一阵沉重而响亮的脚步声，身旁现出"一个小人，身材之矮与脚步声极不相称。"[②]他身穿一套黑西装，这就是"神秘的指路人"，即上帝的化身。

其次，莫里森的作品采用多重叙述视角的写作方式。

多重叙述视角宛若中国传统绘画美学的散点透视，看似没有中心，其实是从不同的角度深化主题、塑造人物性格。在描写某一事件时，为了使读者了解并印证其真相，作者便让每位当事人从不同角度分别叙述，说出其见闻和感受，这样就自然展现出人物的内心世界及彼此间的看法与关系。《所罗门之歌》中的麦肯·戴德二世在与儿子奶娃的几次谈话中，反复强调他目睹的有关妻子与岳父乱伦、妹妹派拉特独吞藏金的"事实"，并告诫儿子"金钱才是自由"的理论，叮嘱儿子远离姑姑派拉特一家。后来，通过奶娃的接

[①] 胡允桓：《黑色的宝石——黑人女作家托妮·莫瑞森》，第226页。
[②] 托妮·莫瑞森：《天堂》，第93页。

触与观察和母亲、姑母等人的讲述,最终明白了父亲所谓的"事实"纯属其主观臆测,从而认清父亲实是"悭吝、贪婪、毫无爱人之心"唯利是图之人。

《爵士乐》也采用多重叙述视角来叙事,即小说除了传统的叙述者外,乔、多卡斯和费莉丝等都以长篇独白的方式叙述自己的故事,担当了叙述代言人的角色,正是由于他们的共同叙述才使故事的真相被揭示出来。针对黑人形象在小说中长期失语的现实,莫里森有意打破第一人称全知全能的传统叙事手法,赋予笔下黑人们话语权,让他们自由地表达心声,与读者对话,实则在强调读者的参与性阅读。

回忆和倒叙也是莫里森小说常用的叙事手法。《宠儿》描写塞丝从打工的饭店回家的路上回忆起一家人在"甜蜜之家"的幸福生活,以及加纳先生死后,加纳太太身体衰弱,其妹夫"学校老师"接管"甜蜜之家"后,黑人们便开始了悲惨的命运。《天堂》开篇描写双胞胎兄弟第肯和斯图亚特带领7名"八层石头"黑人袭击女修道院,枪杀康妮的极端事件,然后从头讲述女修道院的历史、姑娘们的来历及其与鲁比镇居民的关系。《宠儿》描写124号闹鬼,"甜蜜之家"发生的塞丝及其黑奴们的悲惨遭遇以及塞丝杀婴的故事都是通过塞丝、萨格斯等人的回忆呈现给读者的。

再次,莫里森的作品采用了大量的隐喻、象征以及心里独白。

托妮·莫里森把语言看作一只有生命力的鸟,认为"语言的生命力在于它具有描写讲它、读它、写它的人的实际的、想象的、可能的生活的能力。……语言永远无法把奴隶制、种族灭绝和战争杜绝。它也不该变得那样自负。它的力量、妙用就存在于它试图表达那些无法以言语表达的东西的探索之中"。[①]因此,她在许多小说的扉页中都插入长短不一的题词或题诗,如《宠儿》扉页前后的卷首分别写着题词"六千万/甚至更多"和引用《新约·罗马》第9章25节中的题诗:"那本来不是我的子民,/我要称为我的子民;/那本来不是我的宠儿,/我要称她为宠儿。"这一隐喻含蓄地传达出作者对美国种族歧

---

①托妮·莫里森:《宠儿》,第338页。

视的批判以及上帝面前人人平等的思想。《天堂》卷首题诗"洛伊斯"："对许多人而言快乐的形式在于/无数的罪孽,/和无节制/和不光彩的激情/和一时的快乐之中,/这都是(男人)欣然接受的/直到他们冷静下来/并升到他们的安息之地。/此时他们会发现我在那里/而他们愿意活着,/且不愿再死。"[①]这实际上含蓄地表达了作品的中心主题,即反对种族歧视和性别偏见,追求人类和谐与平等的思想。《所罗门之歌》的题诗为"献给爹爹——让父亲们得以飞升,孩子们得以知道他们的姓名",这暗喻作品的寻根思想主题。《家》扉页上的题诗:"这是谁的房子?/谁的夜晚没有一丝光亮?/你说,谁拥有这栋屋子?/它不是我的。我向往另一栋甜美明亮的,/看得见彩色的小船划过湖面,/广阔的田野向我张开双臂。/而这栋多么陌生。暗影幢幢。说啊,告诉我,为何我的钥匙能打开这把锁?"[②]在此,暗影幢幢的房子展现出没有一丝光亮的夜晚和黑暗的屋子,象征性地隐喻主人公精神创伤记忆的心理空间及其探寻和追索。

  前面谈过,莫里森小说中的人名、地名和物名并不是简单命名的,而是其深思熟虑、仔细推敲后的产物,因而用意深刻,具有象征性。例如,"甜蜜之家"一词具有讽刺意味,表面上,加纳夫妇采取不同于其他白人庄园主残酷森严的统治方式,对手下的黑奴不打不骂,态度温和,还传授他们生活常识,力图把他们培养成为"男子汉"。殊不知,这是"一个美丽的谎言"和温柔的陷阱。他们用这谎言和陷阱驯服了黑奴,充分占有黑奴的身体和自由,无偿地享受他们的劳动与服务,一旦自己的利益受阻遇困,就会牺牲掉黑奴。加纳太太在丈夫死后就卖掉了保罗·F,尽管他能干得像头牛。可见,"甜蜜之家"象征着在白人残暴统治下黑奴的冤屈和孤独。同样,"124号"之所以用门牌号来命名,是为了与"甜蜜之家"或其他庄园相区别,突出它的独特性——"闹鬼"。

---

①托妮·莫瑞森:《天堂》,第93页。
②托妮·莫里森:《家》,刘昱含译,南海出版公司,2014,扉页。

"林肯天堂"也颇具讽刺性内涵，象征黑白种族间的矛盾和冲突。北上的麦肯·戴德一世（吉克）在分得一块荒地之后，苦心经营成一片农场，取名为"林肯天堂"，表达了解放后的黑奴对新生活的美好愿望。然而农场的蒸蒸日上却引起附近一家白人的垂涎，他们将戴德一世射杀在"林肯天堂"的篱笆上。"林肯天堂"成了书中唯一见证白人暴行的地方，"林肯天堂"因此也就成了"自由黑奴的地狱"。作者通过对"林肯天堂"的命名反映了黑人种族内部的阶层矛盾以及种族间的矛盾，从而揭示了美国黑人的生存状态。

"所罗门之歌"在小说中先后出现4次，对应作品的题词，象征着黑人寻找自我、重建精神家园的意义。

秀拉死去15年后，奈尔来到她的墓前，呼唤着秀拉的全名"秀拉·梅·匹斯"，这个名字象征着"秀拉可以安息了"。

《天堂》里的"大炉灶"象征意义更突出。它是"八层石头"祖辈黑文人一抔土、一块砖、一桶浆，小心翼翼、精心修造起来的，"烟囱高大宽敞；所有的栓钉和烤架都装牢"。[1]因为它不单纯是所有黑人都能共享的厨房，这个已存在80多年的砖砌大炉灶更具有民族史和宗教意义上的象征性。"大炉灶也是我们的历史"，"大炉灶"象征"上帝的居所"，"大炉灶并不属于某一个教派，而是属于所有的人"[2]。另外，"大炉灶"也有保护本部族黑人女性免受白人性侵犯和性压迫的意义，"他们感到骄傲的是，他们的妇女没有一个在白人的厨房做过饭，也没有给一个白人孩子当过奶妈。虽说地里的活更重，而且摆不出什么身份，但他们相信，在白人厨房工作的黑人妇女遭强奸即使不算确定无疑也是可能性极大的——无论如何也不容他们去想。因此，他们把那种危险换成虽然繁重却相对安全的工作。正是出于这一想法，使建造一个公共'厨房'的主意得到了普遍赞同"。[3]

---

[1] 托妮·莫瑞森：《天堂》，第5页。
[2] 同上书，第80页。
[3] 同上书，第95页。

心理独白也是莫里森塑造人物常用的手法。《宠儿》分别从不同的人物视角描写塞丝、丹芙和宠儿等人的心理独白。例如，作品用几页篇幅书写塞丝对宠儿的独白，讲述他们逃离"甜蜜之家"的过程。西克索带来大蓬车队的消息，乘上车就可以走向自由，不需赎身，而且她成功逃离了，来到了124号。"那时124号仍旧生机勃勃——曾经有来自四面八方的女友、男友，来帮她分担悲伤。然后就一个也没有了，因为他们不愿意到一个小鬼魂肆虐的房子里来看她，而她也以受虐者强烈的骄傲回敬大家的不满。"[①]而宠儿独白地狱里的场景和自己回到124号的过程则真实地揭露出黑奴们被从非洲贩运至美洲大陆时在船舱中的凄惨经历。

　　最后，莫里森的作品采用鲜明的对比手法。

　　莫里森小说鲜明的对比手法俯拾皆是，黑人与白人，儿童与成人，传统与现代，淳朴的自然与喧闹的都市，南方村镇与北方城镇等。《天堂》里女修道院的和谐安谧和自由自在与"八层石头"黑人群体日渐凸显的阶级分化、代沟都构成对比。《秀拉》中秀拉与外祖母夏娃、母亲汉娜、闺蜜奈尔等形成鲜明对比。除现实对比、人物对比外，空间对比也是一大特色，如《所罗门之歌》中奶娃的家与姑姑派拉特的家就是两种人生观和价值观的现实场域，前者家庭成员间相互猜忌、冷漠，缺乏亲情和爱，后者彼此恩爱、和谐共处、思想自由。在自己家里，虽然物质生活优渥，但精神空虚，奶娃失去了前进的动力；在派拉特家里，奶娃感受到家庭的温暖和人际关系的和谐，开始放飞自我，精神获得了重生。从这个意义上说，派拉特家这个场域是奶娃精神成长的独特空间，派拉特也就成为奶娃思想成长的引路人。

思考与练习：

1.托妮·莫里森在美国文学史上的地位如何？其主要创作有哪些？

2.托妮·莫里森小说创作的主题思想是什么？

[①] 托妮·莫里森：《宠儿》，第121页。

3.试分析托妮·莫里森小说创作中的女性形象。
4.托妮·莫里森小说创作的艺术成就表现在哪些方面？